JN124485

いつから魔力がないと錯覚していた!?

登場人物紹介
パーシヴァル・ベリサリオ
ヴァンダーウォール辺境伯家の三男。
幼い頃から騎士を目指している真面目な優等生。
サフィラスの初めての友達で、
トラブルに巻き込まれがちな彼を心配している。
サフィラス・ペルフェクティオ
魔法の名門・オルドリッジ伯爵家の次男なのに
〝魔力なし〟と虐げられてきた薄幸の美少年。
二階から落ちた衝撃で伝説の魔法使いだった前世を思い出す。
可哀想な自分と決別し、自由な人生を送ることを決意する！

ギリアム・アンダーソン
スペンサー侯爵家の次男で、
サフィラスの婚約者。素行が悪く、
学院でサフィラスを手篭めにしようとする。
ケイシー・モルガン
サフィラスの母方の従兄弟。
〃魔力なし〃のサフィラスを見下しており、
何かと突っかかってくる。
アウローラ・スタインフェルド
ブルームフィールド公爵家の一人娘。
完璧な淑女と名高いが、令嬢らしからぬ好奇心と
積極性の持ち主でもある。
聖魔法の使い手で、第二王子の婚約者。
ケット・シー
幻獣界から
サフィラスが召喚した妖精猫。
クラウィス・ガルシア
獣人の国・ワーズティターズ王国からの留学生。
狼の獣人で、どうやら高貴な身分のようだが——？

目次

いつから魔力がないと錯覚していた!?

プロローグ

バシンッという音とともに激しい衝撃を顔面に受けて、視界がぶれる。気がついた時には床に転がっていた。目の前で星が瞬いて頭がくらくらするし、耳鳴りもする。

左の頬が酷く熱くて痺れているけれど、一体何が起きたのか俄には理解できなかった。口の中に広がった鉄のような味に、ああ、殴られたのだとようやく状況を吞み込む。

「魔力なしの役立たずのお前など、その容姿くらいしか取り柄がないのだから、もったいぶらずにいくらでも抱かれてやればよかったのだ！　それを……それを……！」

酷い言い様だな。到底実の息子に言うような言葉じゃない。

怒りのあまり言葉が続かない様子の父の姿を、冷めた目で見やる。

顔を真っ赤にして、今にも憤死しそうだ。そうなったらなかなかに面白いだろうけど。

どうして、親子でこんな修羅場じみたことになっているのかというと、事は一昨日の夜に遡る。

だが、その前に少しだけ俺と『僕』の話をしよう。

『僕』はオルドリッジ伯爵家の次男、サフィラス・ペルフェクティオとして十四年前に生を受けた。

『僕』の先祖である初代ペルフェクティオは、国を襲った魔獣の大群を魔法で退けた功績を讃(たた)えられ、ソルモンターナ王国国王よりオルドリッジ伯爵位を賜(たまわ)ったそうだ。

以来、ペルフェクティオ家は優秀な魔法使いとして王国に仕えている。

ソルモンターナ王国は、いくつもの争いを経て大陸で最も大きくなった国だ。そんな豊かで広大な大国に仕える魔法使いである父の矜持(きょうじ)は、大陸最高峰のスコプルス山よりも高かった。

魔法伯爵家とも呼ばれる我が家に生まれた子供たちは、その歴史から常に魔法使いの才能を求められているのだが、悲しいかな『僕』は五歳の時に受けた魔力鑑定で魔力なしの烙印(らくいん)を押された。

どの国の出身であろうとも、貴族のほとんどは皆魔力を持っている。それを確認するため、貴族の子女は五歳になるともれなく神殿で魔力鑑定を受けるのだ。

鑑定用の特別な水晶は、魔力がある者が触れると、その魔力に反応して光る。魔力が強ければ強いほど、強い光を放つ仕組みだ。

『僕』が五歳の誕生日を迎えた時、二歳年上の兄は既に優秀な魔法使いとしての頭角を現していて、『僕』と弟も当然期待されていた。

そんな期待の中、『僕』は父と母に連れられて、この世界を創った唯一神である運命の女神フォルティーナを祀(まつ)っている神殿を訪(とぶら)った。

ペルフェクティオの人間ならば、水晶は光って当然。だから、この魔力鑑定はあくまでも形式的なもの。

父も母も、当然水晶は光るものだと思っていたし、『僕』もそう思っていた。

ところが『僕』がいくら触れても、水晶が光ることは終ぞなかった。神官が『僕』には魔力がないと宣告した時の父の怒鳴り声と、母の悲鳴は今も耳に残っている。

その日を境に、魔法伯爵家次男としての『僕』の立場はすっかり失われてしまった。

それまでは貴族の子息として、それなりに大切にされていた。なのに、魔力がないとわかった途端、庭の隅に建てられた物置のような離れにたった一人放り込まれ、そこから出ることを禁じられた。

「この恥曝しがぼくの弟だと思うと、非常に不愉快だ」

兄が蔑んだ視線を向けて『僕』に言い放った。弟を抱いた母は『僕』を見ようともしなかった。

魔力がない——ただそれだけで、『僕』は彼らにとって家族ではなくなったのだ。

一日一回の食事を運んでくる使用人が最低限の世話だけは焼いてくれたが、用が済むとさっさと離れを出ていってしまう。誰もが『僕』と関わることを避けた。

押し込められた離れには古い本が山のように放置されていて、その様子が自分の境遇と重なった。忘れ去られた本の山を哀れに思った幼い『僕』は、読書に没頭した。読めない文字があれば自分で調べて、どんな本でもとにかく読んだ。

本を読んでいる時だけは、空腹もたった一人の寂しさも忘れていられた。


そんなある日のことだ。母方の従兄弟であるケイシー・モルガンが離れにやってきた。ケイシーはいつも偉そうで、何かといえば僕が僕がと前に出ようとするので少し苦手だった。

その彼が窓から顔を覗かせて、どうして一人で離れにいるのかと聞いてきたので、『僕』は馬鹿正直に、自分には魔力がなく、そのことに父親が怒っているからだと答えてしまった。

それほど仲良くない従兄弟だったけれど、色々と聞かれたことに『僕』は素直に答えた。あまりにも寂しくて、誰でもいいから話をしたかったんだ。だけど、それがいけなかった。

その日の夜、父が突然離れにやってきた。

もしかして、ケイシーが『僕』を離れから出してあげてほしいと父に言ってくれたのではと期待したけれど、そんな希望は一瞬にして打ち砕かれることとなる。

離れにやってきた父は、無表情で『僕』の髪を掴んで思い切り投げ飛ばした。壁に叩きつけられ、そのまま床に転がった『僕』は、痛みと困惑に震える声で父を呼んだ。

存在しないものとして扱われてはいたが、今まで父から暴力を振るわれたことはなかった。

ところが、父は冷ややかに『僕』を見下ろし、お前など息子ではないと言い放つと、今度は手にしていた乗馬鞭を容赦なく振り下ろしたのだ。

焼けるような激しい痛みに『僕』は悲鳴を上げる。鞭は幾度も幾度も振り下ろされ、許してくれと泣いても父の手は止まらなかった。

「我が家の恥をペラペラと話しおって！　本当に忌々しい！　生まれた時に魔力なしとわかっていれば、さっさと処分できたものを……！」

父は『僕』に魔力がないことを一族に隠していたらしい。なのに『僕』がケイシーに話してしまったため、魔力なしの息子がいることが世間に知られてしまった。そのことに父は激怒したのだ。

いくら許しを請うても、父の怒りは収まらなかった。打ち下ろされる鞭と罵詈雑言。残念ながら、この離れに父を止める者は誰もいない。

『僕』は小さな体を丸め、父の怒りをただひたすらに受け止めるしかなかった。

声も嗄れ果て、痛みに意識が朦朧とし始めた頃、ようやく父は手を止めた。憤懣遣る方無いとばかりに、握っていた鞭を『僕』に投げつける。

「お前など生きている価値もない」

そう言い捨てた父は、動けなくなった『僕』を一瞥もせずに離れから出ていった。

鞭で打たれた痛みと熱に苛まれた『僕』は、そのあと数日間苦しんだ。使用人も食事を置いてゆくだけで、倒れて呻いている『僕』を見て見ぬふりをする。

父に生きている価値がないとまで言われた『僕』は、このまま死ぬのかなと思ったけれど、結局生き延びてしまった。『僕』が死なくて、父はさぞがっかりしたことだろう。


気がつけば離れに追いやられてから、七年の月日が流れていた。

自分はこのまま離れで一人死んでゆくんだろうか。そんなことをぼんやりと考え始めた頃だ。

あの鞭打ち以来、数年ぶりに顔を見る父が離れにやってくると、『僕』に婚約が決まったと告げた。

幸か不幸か、ペルフェクティオの家系は美形揃いで、顔だけを見たら『僕』は間違いなくペルフェクティオの血統だ。自慢じゃないが、その中でも『僕』は群を抜いて美しかった。

我が容姿ながら、神秘的な黒髪に、角度によって色の濃さを変える不思議な青い瞳。その上に白い肌と淡紅の唇の、有り体に言えば深窓の美少年なのだ。

傾国の……と言っても、過言ではないかもしれない。

ただ、ほぼ放置の監禁状態かつ、ろくに食事も与えられなかったせいで、せっかくの美貌も精彩を欠いた貧相な体になってしまったけれど。

与えられなかったのは食事だけじゃなく、家族からの愛情もだ。ほぼ誰とも会話をせずに育ったおかげで、『僕』は感情の起伏が乏しい、人形のような少年になってしまった。

感情をどこかに放り出しておかなければ、こんな環境下ではとてもじゃないが生きていけなかったのだ。

思い返すと、本当に可哀想だったな、『僕』。

そんな『僕』の婚約者となったのは、二歳年上のスペンサー侯爵家の次男、ギリアム・アンダーソンだった。

慈悲深き運命の女神フォルティーナは、同性の婚姻を認めている。運命の絆を結ぶ相手は必ずしも異性というわけではない。求め合う者を引き裂くことなかれと女神の教えにはある。

ただし貴族の場合、その運命が繋ぐ絆の先が相愛の相手とは限らない。むしろ、家の都合で結ばれる政略上の縁がほとんどだ。親が勝手に決めてきた『僕』の婚約は、間違いなく後者である。

このギリアムという男は、スペンサー侯爵が家格の低い貴族令嬢に手を出してできた子供だった。

一応は認知をされて侯爵家に入ったものの素行が悪く、侯爵家子息としては全くあり得ないような振る舞いばかりをする。当然のことながら、継母となった侯爵夫人からは蛇蝎（だかつ）のように嫌われていた。

そんな次男にまともな縁談が来るとは思っていない侯爵は、子供のできない男の伴侶を探していたらしい。それを聞きつけた父は、見目だけは良い『僕』を売ることで、格上の侯爵家との縁を結ぶことにしたのだ。

そうとは知らない『僕』は、いつかこの家から出られる日が来るのかと、まだ見ぬ婚約者に縋るような希望を持った。

しかし、淡い期待を抱いて顔を合わせた婚約者のギリアムは、横柄かつ傲慢な態度で魔力なしの『僕』を馬鹿にしては、散々虐げた。

自分より弱い者を無理矢理従わせることで優越感に浸る、くだらない男なのだ。婚約者として我が家の離れを訪れる度に、魔力なしの役立たずを娶ってやるのだから感謝しろと言っては『僕』を甚振る。

ひっそりと抱いた希望も粉々に打ち砕かれ、何もかもを諦めてしまった『僕』は、どんなに酷いことをされてもギリアムに逆らうことはなかった。

魔力なしで生まれてしまった『僕』は、自分はなんの価値もない人間だと思い込んでいたからだ。

そんな日々を耐え忍ぶこと、さらに二年。

『僕』が王立クレアーレ高等学院に入学して間もなく、冒頭の修羅場のきっかけとなる事件は起きた。

何をされても黙ってじっと耐えていた『僕』に、ギリアムはあの日とんでもないことをしようとした。強引に寮の部屋に連れ込んで、手篭めにしようとしたのだ。

ギリアムに情なんかない『僕』は、ついに抵抗の意思を見せた。いくら婚約者とはいえ、正式に誓いを立てるまではこの体を許すつもりはない。もちろん最終的には籍を入れざるを得ないとしても、白い結婚を通したかった。

それが、全てを諦めていた『僕』の最後の砦だったのだ。

だというのに、悍ましい欲望を抱いたギリアムは、まだ十四になったばかりの『僕』の純潔を奪おうとした。学院にいる間の、都合のいい欲望の捌け口にするつもりだったのだろう。

愛はなくとも婚約者だ。誰かに見咎められても、大きな問題にはならないとでも思ったのかもしれない。

寝台に押し倒され、上に乗り上がったギリアムに体中を弄られた『僕』は、その悍ましさから逃れようと決死の覚悟で二階の窓から飛び降りた。

学院生が二階から落下したのだ。当然大騒ぎになったらしい。

らしいというのは、『僕』は落下の衝撃で意識を失い、丸一日眠っていたからだ。

眠っている間、『僕』の中では人格がガラリと変わってしまうという大変な事態が起きていた。

☆　☆　☆

真っ白く明るい空間。

天も地もない。寒くもなければ暑くもない。

――フォルティス、聞こえていますか？――

頭の中で声が響く。優しく柔らかでいて、けれど絶対的。女性ということだけはわかる。

一体誰だ？

――わたくしはフォルティーナ。貴方に魔法の祝福を与えたものです――

え？　誰だって？　フォルティーナ？　俺に祝福？

目の前にはぼんやりと光っている女性のシルエットがある。まさか、運命の女神フォルティーナ？

それとも、これは夢か？

――せっかく魔法という祝福を与えて地上に降ろしたというのに、自ら命を落とすようなことをしでかすなんて……貴方という人は本当に仕方のない――

一体なんの話だ？　自ら命を落としたって？

俺――フォルティスは、救国の冒険者パーティ「風見鶏」（仲間には頗る評判が良くないパーティ名だが、俺は悪くないと思っている）に所属する魔法使いだ。

俺たちは厄災の黒炎竜インサニアメトゥスを討伐し、冒険者ギルドと王国からいただいた莫大な報奨金を使って馴染みの酒場で祝杯をあげていたはずだ。

勝利の美酒を味わい、肉をたらふく食って、踊り歌って盛り上がっている最中で……

でも、なんか変だな？　何だろう、この違和感。俺はなんでこんな不思議なところにいるんだろう？　酔って夢でも見ているのか？

――……酔った貴方は、走っている馬車に自ら飛び込んで命を落としました――

聞こえてくる声に、呆れの色が混じる。

命を落とした？　そんな馬鹿な。

一拍おいて、一気に記憶が流れ込む。

……ああ、そうだ。思い出した。泥酔していた俺は、ちょっと頭が緩くなっていた。

延々と乾杯の声を上げて、遂にはエールのジョッキを掲げながら外に飛び出したんだ。

それから何をとち狂ったのか、俺は自ら馬車に突進していった。

馬に弾き飛ばされて宙を舞う俺の最後の視界に映っていたのは、ぽかんと口を開けて驚愕している仲間たちの姿。

そうか、あの時俺は死んだのか。さすがの俺も、無防備に馬に撥ねられても生きていられるような鋼の肉体は持っていなかったようだ。

世界を滅ぼすとまで言われた厄災の黒炎竜インサニアメトゥスを倒し、最強の魔法使いと謳われたこの俺が、酔っ払って馬車に弾き飛ばされてあっけなく死ぬなんて。

というか、冷静に考えて恥ずかしい。走ってきた馬車馬に抱きつこうとしたなんて、いくらなんでもどうかしている。

いやぁ、御者もさぞ驚いたことだろう。完全なる俺のせいで起きた事故だから、あの御者が責任を感じていなければいいけど。

あいつらもいい加減呆れたに違いない。天下に名を轟かす大魔法使いが、まさかそんな死に方をするなんて、誰も想像できなかった最期だろう。……なんて間抜けな。

それにしても何を思って走っている馬に抱きつこうとしたのか、我がことながら理解ができない。思わず苦笑いが浮かぶ。

……結構楽しかった俺の人生は、案外呆気なく幕を閉じてしまったのだな。仲間のことは心配だけれど、あいつらのことだ。俺がいなくても上手くやってゆくだろうさ。

だとしたら、ここは一体どこなんだ？　全く何もない空間だけど。

――此処は過去、現在、未来が同時に存在する場所――

過去、現在、未来……？

――貴方たちの世には在らざる場所。生ある者には至ることのできない処とでも言っておきましょうか――

ああ、そうか。ここは神の領域なのか。

せっかく女神直々に魔法なんてすごい祝福をいただいていたらしいのに、その祝福を十分に生かしきれなくて悪いことをした。

――全くです。ですから、貴方にもう一度機会を与えましょう――

え？　機会？

――そうです。もう一度地上に降りて、わたくしをもっと楽しませてごらんなさいな。わたくしフォルティーナの名の下に、強運の祝福も与えましょう。いいですか、今度はすぐに戻ってくることのないように――

え？　ちょ、ちょっと待ってくれ……！　いきなりそんなことを言われても……！

☆　☆　☆

「くっそ、いってぇ……」

後頭部の鈍痛に思わず呻(うめ)く。

「ペルフェクティオ君、気がついたかね？　頭を強く打っているから、無理に起き上がらない方がいい」

やけに薬草の匂いがする。ここはどこだ？　頭を打っているってどういうこと？　それにペルフェクティオって？　俺はそんな名前じゃない。シニストラだ。フォルティス・シニストラ。

ううん、違う。それは厄災の黒炎竜を倒した偉大な大魔法使いの名前。『僕』は魔力なしのサフィラス・ペルフェクティオだよ……

はぁ？　『僕』!?　いや、待て、俺は『僕』なんて柄じゃないだろ！

……なんだ、これ？　おかしい。俺(『僕』)がおかしい。どうなってる？

「私のことがわかるかい？　ここは救護室だよ。私は学院医のリスターだ。二階から飛び降りるだなんて、なぜそんな無茶をしたんだね？　たまたま下を通りかかった学院生が君を受け止めてくれたからよかったものの、そうでなければその程度の怪我では済まなかったよ」

二階から飛び降りた？　そんなことをした覚えはないけど。それに、落下する成人男性を受け止めたって、どんな屈強な人物だ。俺は魔法使いとはいえ、それなりに体も鍛えていたんだが。逆にそいつは無事だったのか？

あぁ、その親切な奴の安否も気になるが、それよりこの頭の中の違和感はなんなんだ？　別の俺が頭の中にいるみたいだ。

目眩で揺れる視界を塞ごうと手を上げた俺は、ギョッとした。

なんだよ、この頼りない手は。腕だって細くて今にも折れそうじゃないか。

己の体の変化に動揺していれば、ふっとさっきまで見ていた夢が脳裏を過る。

「あ……もしかして」

ああ、なるほど！　そういうことか！

これがフォルティーナの言っていた、俺に与えられた「機会」か！

フォルティスとして一回死んだ俺は、もうとっくにサフィラスとしての新しい人生を歩んでいたらしい。

『僕』が落下して頭を強く打った衝撃で、前世の記憶が蘇ったんだ。十四年間培ってきたサフィラスの人格は、前世であるフォルティスにだいぶ食われてしまったようだが。

なにせ、フォルティスだった俺の享年は二十五歳。人生経験豊富な成人の人格が出てきてしまったのだから、それも仕方がないのだろう。ただ、『僕』の存在が薄い理由はそればかりではなさそうだ。

どうせなら、もっと早く前世を思い出すことができればよかったな。

これまでのサフィラスの境遇は、可哀想の一言に尽きた。魔力なしの烙印を押され、不遇の人生を歩んでいる真っ最中なんだから、そりゃぁ消えたくもなるだろう。

このソルモンターナ王国の貴族子女は、十四歳になったら王都にある王立クレアーレ高等学院に入学しなければならない。なんでもそれが貴族のしきたりだそうだ。離れに閉じ込められていたサフィラスも、このしきたりのおかげで外に出ることができた。

学院で学ぶのは主に魔法だが、算術や外国語、歴史文化についても学習する。希望すれば剣術だって学べるときた。貴族の中にはもともとは平民で、何らかの功績をもって爵位を賜った家もあるので、数として多くはないが魔力なしの子も当然いる。

そう、貴族だからと言って、魔法が全てではない。サフィラスが魔法を使えなかったとしても、他の才能を伸ばす教育をいくらでもできたはずなのに、両親はそれをしなかった。

俺が不義の子供ではなく、確かにペルフェクティオの血が流れているのだとしたら、どこかでまた魔力なしの子供が生まれる可能性は大いにある。兄や弟の子供が魔力なしってこともありうるのだ。

そんな子供が生まれたら、また俺と同じように家族から弾き出すんだろうか。

魔力と金はいつまでもあるもんじゃないぞ。当たり前のものだと思ってほしくない。

……ところが、なのである。俺は魔力なしの魔法が使えない落ちこぼれではない。

こうしている今だって、自分の中に十分な魔力を感じるので、前世と同じように魔法を使えることとは間違いない。だから、魔力なしと判じられたことに全く納得がいかないのだ。

貴族と違って、庶民はわざわざ魔力の鑑定なんかしない。フォルティスの時は、気がつけば自然と魔法を使うようになっていた。

両親もそんな俺を特別に扱うことはなかったし。せいぜい、へぇ、そんなことができるんだ、そりゃ便利だね、ってそれだけだ。驚いたり、恐れたりもしなかった。

なんともおおらかというか、大抵のことでは動じない懐の深い両親だったな。今世の両親とは大違いだ。

前世はともあれ、俺の魔力ではあの水晶は光らなかったことは確かだ。

この魔力は女神から与えられた祝福のようだから、きっと根本的に力の種類が違うのだろう。百歩譲って、水晶が光らないのは仕方がない。

しかし、かつての大魔法使いが魔力なし呼ばわりされるのは俺の矜持（きょうじ）が許さない。

魔力鑑定の時に俺の人格が目覚めていれば、魔法で水晶を太陽のように光らせて大爆発させてやることもできたんだけど。

魔法は魔力があって初めて使えるものだ。国が後ろ盾となる権威ある神殿から魔力がないと言われてしまえば、魔法は使えないものだと『僕』自身も周囲もそう思う。

それでも、まともな家に生まれたのなら、魔力なしのサフィラスだって幸せに暮らしていただろうに。ろくでもない家族を持ってしまったばかりに、サフィラスは可哀想な人生を強いられてきた。

けれど、俺が目覚めたことでサフィラスの『運命（フォルトゥーナ）』は大きく変わった。

きっとこれが、運命を司る女神フォルティーナが俺に与えてくれた強運の祝福なのだろう。

自分で言ってしまうが、俺は実に規格外な魔法使いだ。

はっきり言って、俺の魔力は湯水のごとく湧いてくる。まさに底なしで、いくら魔法を使っても魔力切れになんかならない。しかも、魔法を使うのに必要とされる詠唱がいらない。

詠唱？　何それ？　面白いの？　と言った具合だ。

どんな魔法も自由自在。我がことながら規格外が規格外すぎて、前世は人生面白すぎた。

なんと驚くべき女神の祝福だ。その上に、今世では強運の祝福も与えられた。

もう何も怖いものはない。これからは存分に女神を楽しませてやるよ！

今日までのサフィラス、今まで呑気に眠っていて本当に悪かった。

本来は一族の中で最も尊ばれて、楽しい毎日を送っていただろうに。

なんならクソお堅い家風だって、ぶち壊してやれたかもしれない。従兄弟のケイシーだって鼻先で笑ってやったし、ギリアムなんかと婚約させなかった。

ちょっと遅くなってしまったけれど、前世を思い出してほんとよかったよ。まだまだ若いんだ、これからいくらでも人生を巻き返せる。

今までは肩身が狭く、息を殺して人形のように生きてきた十四歳の『僕』。

でも大魔法使いだった俺は、結構なお調子者だった。

楽しくて面白そうなことには必ず首を突っ込むし、やりたいことは思う存分やって、やりたくないことはのらりくらりと躱す。厳格なペルフェクティオの家風にはそぐわないが、これが俺だ。

こうやってかつての記憶が戻ってくれば、これまで俺を蔑ろにしていた家族と上手くやっていけるわけがない。そもそも、今までだって上手くやってはいなかったけれど。

人にはそれぞれ得手不得手はあるだろうし、一人で生きているわけじゃない。ましてや家族なら尚更、支え合うものじゃないか？　魔力の有る無しだけで人の価値を決めつけ、我が子を虐げるなんて、人として終わっている。

冒険者だった前世では、そんな考えの奴はだいたい仲間から敬遠されていた。家族もある意味ではパーティだ。パーティを組むなら、信頼、尊重、尊敬ができる相手じゃないとね。

だけど、とてもじゃないが今世の俺の家族にそんな感情は抱けない。

十四年間育ててもらった恩が一応はあったとしても、愛された記憶が全くないから、家族に対する情は微塵もない。

本来であれば一番愛情を注いでくれる存在であるはずの母親でさえ、俺のことはいないものとして扱った。能無しの子供を産んだ責任を押し付けられてはかなわないとでも思ったんだろうな。彼女は伯爵と婚姻を結ぶにあたって、母性や慈悲の心を川にでも投げ捨ててきたらしい。

自分を守ってくれると信じていた母親からも目を背けられ、サフィラスはとても傷ついた。魔力がないのは生まれつきなのだから、サフィラスのせいじゃないのに。

（本当は魔力はあるけど）努力でどうにもならないことを責め立てられ、サフィラスがどれほど苦しかったたか。

誰にも愛されなかったサフィラスは、父親や婚約者を怖れ、いつも息を潜めて生きてきた。

子供の世界というものは狭い。視野が狭いという意味だけじゃなくて、自らの力で生きる術を持たないから逃げ出すこともできないのだ。何より、五歳から監禁状態にあったサフィラスには外の世界の知識がほとんどなかった。離れの書物でちらっと読んだ程度だ。『僕』の世界は、あの薄暗い離れと書物から得られる情報で完結していた。

でも安心してほしい、今日からのサフィラス！　俺は冒険者として大陸を渡り歩いてきたから、人生の経験値は圧倒的。魔法だって、父伯爵なんかとは比べ物にならない。あの男に何を言われたとしても、痛くも痒くもないさ。


とまぁ、随分と長くなってしまったが、以上がここに至るまでの経緯だ。

俺が女神との対話を思い出していた間に、ギリアムはあの騒ぎを全部俺のせいにしやがった。俺が勝手に窓に近寄り、不注意で落っこちた不幸な事故だと証言したらしい。クズだクズだと思っていたが、期待を裏切らないクズだったわけだ。

俺が侯爵家子息に恥をかかせたという形になるため、ギリアムとの婚約はなくなった。

しかし、さすがの侯爵家も息子のしでかしを全てなかったことにはできなかったようだ。

何しろ、ギリアムの学院での態度はお世辞にも良いとは言えなかったし、俺が無理矢理部屋に引き摺り込まれるのを見た学生が何人もいた。人の口に戸は立てられない。

だから、伯爵家に対しての一応の配慮として、俺に完全に非があるとする婚約破棄ではなく、解消となったわけだ。侯爵家もこれ以上、家の評判を落としたくはなかったとみえる。

俺としては命懸けのダイブとの引き換えだったとはいえ、あんな男との婚約が解消になって心底ほっとした。加えて前世を思い出すこともできたし、この騒動で得た収穫は大きかったのだが、当然父親にとってはそうではなかった。

意識を取り戻したばかりの俺を呼び出すと、心配するどころか思い切り殴りつけて、いくらでも抱かれてやればよかったのだと宣（のたま）った。おい、俺はまだ未成年だぞ。本当にご立派な親だ。

わかっていたことだが、この家に俺の居場所はない。

とりあえず学院にいられる間は適当に過ごして、卒業したらまた冒険者を目指そう。

今の俺には無敵の魔法があるから、ソロでも十分やっていける。親に頼らずとも自分で生活できる手段が既にあるんだ。そのうちに、昔の仲間みたいに気が合う奴らに出会えるかもしれない。

学生時代なんてたかだか四年。せっかく学院生活を送るんだから、ぜひとも青春を謳歌（おうか）したい。

前世では田舎の小さな商家生まれだった俺は、冒険者登録ができる十二歳になるとすぐに家を出たから、学校には通わなかった。三男ということもあったけど、放任主義の両親のおかげでのびのびと自由に育ったのだ。それはそれで悪くはなかったけれど、一度学生というものをちゃんと体験してみるのもいい。

そう考えると、これからの学院生活も楽しみになってくる。友達を百人作って、大陸一の山スコプルス山の頂上でみんなとサンドウィッチを食べようじゃないか！

怒り狂った父親に屋敷から叩き出された俺は、気持ちをスパッと切り替える。エントランス前で血まじりの唾を吐き出すと、腫れた顔をさすりながら学院の寮に魔法で転移した。

これまでの可哀想なサフィラスよ、さようなら。これからは我慢も自重もしない！

第一章

やっぱりなぁ。

俺の座っているテーブルの周りだけ、見事にガランと空いている。みんな遠巻きに見てはいるのだが、誰も側にはやってこない。昼時のゴールデンタイムだというのに、実にいたたまれない。混雑しているんだから、みんな遠慮せずに座ってほしい。あんな騒ぎを起こした俺はまさに腫れ物なのかもしれないが。一応、こっちは被害者なんだけどなぁ……

そもそも、サフィラスにはあのギリアムのせいで、入学してからそろそろひと月も経とうというのにたった一人の友人もいない。

サフィラスが誰かと話していると、どこからともなくギリアムがやってきて、散々に貶(けな)す。そうじゃなければ、下僕のように扱ってみせる。そんなことを繰り返された。どんなにクズだって、相手は侯爵家子息だ。誰もが問題になることを恐れて、たちまちサフィラスに近づく人はいなくなってしまった。

あいつと婚約を解消したからって、すぐに話しかけられるものでもないのだろう。

友人作りはゼロどころかマイナスからのスタートだ。こればかりは気長にやってゆくしかない。

そんなことを考えながら、カフェテリアのランチを一人で食べる。

ここのランチ、なかなかに美味いな。貴族の子息令嬢が通う学院のカフェテリアは、街中の大衆食堂とは提供されるものが全然違う。それに、久々にちゃんと味を感じるから食事が楽しいよ。

というのも、この体は心に相当の負担を抱えていたようなのだ。

なにせ、最近までは何を食べても粘土でも噛み締めているようで、なんの味もしなかったんだから。

これにはさすがの俺も辟易（へきえき）した。美味しく食事ができないって、どんな拷問かよってね。

でも今はだんだん味を感じられるようになってきたので、これからはいくらでも美味しく食事ができる。美味しくご飯が食べられるって、それだけで人生楽しいからね。

結構な犠牲は払ったけれど、厄介者から解放されたことで心の負担がなくなったんだろう。

俺っていう前世が目覚めたのも大きいだろうけど。

それにしても、俺を助けてくれた学院生って一体誰なんだろう。できれば、一言礼を言いたいな。

先生も誰かってことまでは教えてくれなかったし……。名乗り出てくれればいいんだけど、こんな悪目立ちしている俺にわざわざ声をかけるなんて、面倒なことはしないだろう。

「失礼。相席いいだろうか？」

美味しいランチを一人で楽しんでいたら、勇者が現れた。

腫れ物の俺に声をかけるなんて、相当の猛者（もさ）だな。それとも話題の人物から話を聞き出して、流行りの中心になるつもりだろうか。

それならそれで、その期待に応えることに吝（やぶさ）かではないけど。

顔を上げて声をかけてきた生徒を見れば、金髪碧眼の、俺に負けず劣らずの美少年。

もしかしたら俺より年上だろうか。背が高くて、瞬発力の高そうなしなやかな筋肉を身に纏(まと)う、いかにも頼り甲斐がありそうな騎士様的容姿。

頼りなげな俺と違って、きっとご婦人方から引く手数多(あまた)に違いない。なんとも羨ましいことだ。

「もちろん。どうぞ」

「ありがとう」

麗しの騎士様は、流れるような動作で俺の正面の席に着く。

テーブルに置いたのは俺と同じランチプレートだ。だが、その量が全く違う。

載っている肉やマッシュポテトの量が俺のプレートの倍はある。大盛りって注文できるんだな、知らなかった。

「俺は第一学年のパーシヴァル・ベリサリオだ。よろしく」

麗しの騎士様改め、パーシヴァルは爽やかな笑顔を見せる。

なんと、年上に見えた彼は同学年だった。爵位を名乗らないのは、学院で学ぶ学生は皆平等が謳(うた)われているから。

名乗らなくても親の爵位が丸わかりな学生もいるけれど、爵位によって学生の中で忖度(そんたく)などがないように、との学院側の計らいだ。

俺は生い立ちのせいで、貴族に関する情報に非常に疎(うと)い。建前とはいえ、この校則は実にありがたいものだ。

まあ、ギリアムはそんな事などお構いなしに、親の爵位を振りかざしているがな。

ともあれ、パーシヴァルの爽やかな雰囲気から察するに、俺をからかうために近づいてきたわけではなさそうだ。

これはもしかして友人一人目獲得の足がかりになるかな？　美少年の清々しいオーラが眩しくて直視が憚られるが、俺も負けずに爽やかに対応しなければ。第一印象は大切だ。

「第一学年のサフィラス・ペルフェクティオだよ。こちらこそ、よろしく」

今話題をさらっている噂の学院生だから知っているとは思うけどね。

俺がとびきりの笑顔で自己紹介をすると、パーシヴァルはなぜか少し驚いたような表情を浮かべた。あんな事件を起こして孤立しているのに笑っているんだから、ちょっと怪訝に思うのも仕方ないだろう。

だけど、俺は事件前の『僕』とは違う。これからは楽しく生きてゆくのだ。そう、前世のフォルティスのようにね！

最初こそ互いに相手を窺うような、当たり障りのない会話を交わしていた俺とパーシヴァルだけど、そのうちにそんな空気もなくなった。

それにしても、彼のランチプレートが気になる。山盛りの肉とマッシュポテトはみるみる減ってゆくけれど、品のある食べ方なので全く見苦しくない。

さすが美少年。その所作も洗練されていて、思わず見入ってしまう。

「どうした？」

俺の視線に気がついたパーシヴァルが顔を上げた。

「いや、見事な食べっぷりだと思って……」

「ああ、食べないと体が持たない環境で育ったからな」

と言うことは、騎士系か軍系の家出身か。そういえばパーシヴァルの家名のベリサリオって、どっかで聞いたことがあるな……？

「……あ、もしかしてさ、パーシヴァルって東のヴァンダーウォール辺境伯のご子息だったりする？」

「ああ。そうだ」

「なるほど、納得」

ヴァンダーウォール領は王国の東の国境に接し、魔獣が多く発生する大きな森を有している。そんなやや物騒な土地柄もあって、冒険者も多い。俺も前世で立ち寄ったことがある。

外（と）つ国と魔獣の脅威に常に晒されているヴァンダーウォールの騎士・兵士たちは皆、屈強だった。

そんな猛者（もさ）が溢れる環境で育ったパーシヴァルも、相当鍛えられているんだろう。

離れに閉じ込められていた俺とは育ち方が違いすぎる。

「ヴァンダーウォールでは長兄と次兄が父を補佐している。俺はここで剣を学び、騎士として家族を支えるつもりだ」

そんな会話をしている俺たちに、遠巻きに座っている学生がチラチラ視線を向けてくる。

確かに悪い方で色々話題になっている俺と、眩しいくらいに貴公子のオーラを放っているパーシヴァルが一緒にいれば、そりゃぁ注目も浴びるだろう。

俺は全く気にしないが、パーシヴァルも気にしないとは限らない。

まだ少し話しただけだけど、パーシヴァルはきっと良い奴だ。彼の迷惑になってしまうのは不本意だから、もう少し周囲が静かになるまでは、友人作りは自重した方がいいのかもしれない。

「……あのさ。今更だけど、あまり俺と一緒にいない方が良いんじゃないか？」

少しだけ声を潜めて、パーシヴァルにそう伝える。

「なぜ？」

「知っているかもしれないけど、俺にはあまりいい噂がないんだ。そんな俺といたらパーシヴァルまで好奇の目に晒される」

俺の中身は百戦錬磨の大人の魔法使いだ。高々子供の陰口や噂話に動じることはない。

それに、友達百人計画は別に学院で達成できなくてもいい。むしろ、厄介な事情を抱えている俺が、貴族しかいない学院でこの目標を達成するのは難しいんじゃないだろうか。

ともかく。あれこれ瑕疵（かし）がある俺に、わざわざ声をかけてきてくれた勇者パーシヴァルをこちらの事情に巻き込むのは大変申し訳ない。

「なんだ、そんなことか。サフィラスは俺と一緒にいるのは迷惑か？」

「迷惑なわけないだろ！　パーシヴァルはこんな俺に声をかけてくれた勇者だよ」

「勇者、か。サフィラスは面白いことを言うな。だが、サフィラスが心配するようなことは何もない。俺がサフィラスと仲良くしたいと思う気持ちと、周囲の人間の感情は全く関係ないことだ」

そう話すパーシヴァルは爽やかな笑みを浮かべていて、本当に周囲の視線を気にしている様子はない。

その笑顔に、俺の中でもともと高かったパーシヴァルに対する好感度が爆上がりする。その後も、パーシヴァルは俺の心配をよそに最後までランチを共にしてくれた。

二十五歳と十四歳が混在する俺に、純粋な十四歳の少年との会話は成り立つだろうかと実はちょっと心配だったけど、それほど噛み合わないということはなかった。

それよりも、世間から隔離されて生きていたが故に、今の流行りにとことん疎く、俺って田舎者なんだろうかと痛感したダメージの方が大きかった。

その日から、パーシヴァルは俺とランチを共にするようになった。

特に約束を交わしているわけではないけれど、俺が一人でランチを食べていると当たり前のようにパーシヴァルがやってくる。パーシヴァルが先に来ている時も、俺がカフェテリアに入ると声をかけてくれる。

そんなことが数日続くと、周囲も変わった組み合わせに見慣れたのか、好奇の視線は感じなくなった。よかった。俺は気にしないというのは本心だが、ちょっとは落ち着かない気持ちにもなるしね。

それに、俺は食事の時間に重きを置いている。落ち着いて食べられるのが一番だ。

何しろサフィラスは痩せっぽっちで、全く頼りのない体躯をしている。しっかりと食事をして、今からでも成長の巻き返しを図らなければならない。

冒険者を目指すなら、体作りは何より重要だ。こんなヒョロヒョロの体では、野営も山越えも耐えられない。

カフェテリアの食事は、数種類のうちから好きなプレートを選ぶ形式なので、俺はいつも肉がメインのプレートを選ぶ。体を作るためにも肉一択。

パーシヴァルも当然のように肉のプレートを選んでいる。そしてやっぱり大盛り。

山盛りの肉と、同じく山盛りのマッシュポテト。そしてグリーンサラダ。

思わずジトっと見てしまった。毎回これだけ食べたらデカくもなろう。食の細い俺とは格が違う。

「サフィラスはそれで足りるのか？」

「……まぁね」

足りるどころか、長年の一日一食生活で胃が縮んでいるものだから、普通の量を食べるのも一苦労だ。

それにしても、これは負けていられない。この今にも折れそうな小枝のような体付きを一刻も早く何とかしなければ。

「いただきます」

貴族の学校らしくナイフとフォークでの食事だけど、放っておかれていたサフィラスにマナーなんてものはろくに備わっていない。

お行儀は悪いかもしれないけど、俺に必要なのはマナーよりも栄養だ。細かいことは気にせず、早速肉に齧（かじ）り付く。

「うーん、美味い！」

適度に脂が乗っていて柔らかい。毎日こんなに美味しい食事を三食もいただけるなんて幸せだ。

俺たちは食事をしながら、お互いのクラスの情報交換などをする。ある意味で世間知らずの俺には、何を聞いても「へぇ！」とか「そうなんだ！」とか感心することばかりだ。

「サフィラスは物静かな人物なのかと思っていたが、実際話してみると全く違うんだな」

「そうだった？」

……だろうな。色々目覚めたおかげで、今の中身はほぼ別人だ。

この間までの『僕』は、あらゆるものに怯えて小さくなっているだけのか弱い少年だった。萎縮して、自信がなくて、いつも俯いていたサフィラス。確かにそれも俺なんだけど。

これからの俺は、自分の主張はしっかりとしてゆく。

我慢はしないし、俯きもしない。ましてや自分を恥じたりもしない。

パーシヴァルは心機一転した俺を知っているが、他の学院生は未だにサフィラスを陰気だと思っているはずだ。クラスが違うのでわからないけれど、俺と別れた後パーシヴァルは友人に何か言われたりしていないだろうか。

「あのさ」

「なんだ？」

「俺のせいで、友人に何か言われたりしてない？」

「何かとは？」

「いや、俺って魔力なしだとか言われているし、アンダーソン子息との事件もあっただろ？　そのせいで、パーシヴァルまで変なことを言われてたら嫌だなって思って」

もし言われていたら、俺が直接そいつと会ってきっちり話をつけようじゃないか。俺自身は何を言われても構わないが、パーシヴァルを悩ませるようなことを言う奴を放ってはおかないぜ。

「何を言い出すのかと思ったら。前にも言っただろう。俺の気持ちと、周囲の感情は関係ない。俺はサフィラスと仲良くしたいんだ。何よりも、関わりのない者に何かを言われる筋合いはない。それに、サフィラスが心配しているようなことは一切ないから安心してくれ」

パーシヴァルは、はっきりと言い切った。

「そっか……それならよかった」

眩しい。美少年勇者、眩しすぎる。俺は思わず目を眇（すが）める。

同じ綺麗な顔なら、パーシヴァルのような容姿がよかったな。サフィラスは少し繊細すぎる。どう頑張っても冒険者って雰囲気ではない。この細すぎる腕に不安を感じるよ……ちょっと無理をしたら、ポキっていっちゃうんじゃないか？　俺は魔法使いだから、必ずしも立派な体格じゃなくてもいいんだけど、それにしたって限度がある。

「サフィラス！」

パーシヴァルと和（なご）やかに食事を楽しんでいれば、カフェテリアに大きな声が響いた。

おいおい、貴族の子息にあるまじき大声だな。俺は眉間に深い皺を寄せる。

婚約は解消になったし、もう関わることはないと思っていたのに。

当然あいつの声を聞くつもりはないし、応える義理もないので無視を貫く。

「サフィラス！　俺が呼んでいるのに、聞こえないのか！」

ええ、ええ、聞こえませんね。俺は素知らぬ顔でフォークを口に運んだ。

ギリアムが煩(うるさ)くても、肉は美味しい。

「サフィラス！　返事をしろ！」

無視されたことがよほど腹立たしかったのだろう。ギリアムは一層声を荒らげる。

異変を感じたのか、さっきまでさんざめいていたカフェテリアが、水を打ったように静まり返った。き、気まずい……

だというのに空気も読まず、ズンズンとこちらに近づいてきたギリアムは、掌で乱暴にテーブルを叩く。振動でトレイに載せた食器がかちゃんと音を立てた。

やめてくれないかな。学院生たちの視線がほとんどこちらに向いているじゃないか。

この間までの比じゃないぞ。ようやく好奇の視線が落ち着いてきたというのに、本当にご勘弁願いたい。

俺はお前から解放されて、穏やかな日常を取り戻しつつあるんだ。なぜ放っておいてくれない、などと思いながら俺は黙ってギリアムを見上げる。

「俺が呼んでいるんだぞ！　なぜ返事をしない！」

なぜも何も、返事をしたくないからに決まっている。

そんなこともわからないのか、この木偶(でく)の棒は。それにしても、昔は顔だけはそこそこ良いと思い込んでいたけど……こうしてパーシヴァルと並ぶと、厨房の裏に捨ててある腐った野菜にも劣るな。

「……何でしょう、アンダーソン先輩」

嫌々答えてやれば、ギリアムが魔物にでも取り憑かれたような顔でぎろりと俺を見下ろす。

今まではギリアム様と呼んでやっていたからね。何か感じるところがあるのだろう。

「婚約の解消など俺は認めていないぞ。いいか、お前からもう一度、俺と婚約を結びたいと伯爵に伝えろ」

この男、馬鹿じゃないのかな。お前と再婚約なんて冗談じゃない。なんで自ら好んであの地獄に戻らなきゃならないんだ？　絶対にありえない。

大体、魔力がないからと自分の子供を男娼扱いするような父親と話なんかするもんか。

「はぁ？　絶対に嫌です。ようやく解放されたのに」

「何だと……？　もう一度言ってみろ」

「だから、絶、対、に、い、や、だ、と申し上げているんです。今度はしっかりと聞こえましたか？」

二度と聞き返されないように、一音一音区切ってはっきりと伝えてやった。

「サフィラス！　お前ごときが俺に逆らうのか！」

さすがに馬鹿にされたことがわかったのだろう。

憤ったギリアムが、顔を紅潮させて腕を振り上げた。殴って言うことを聞かせようというわけか。

今まではサフィラスをそうやって意のままに操ってきたんだもんな。だけど、お前に俺は殴れない。それどころか、指一本触れることはかなわない。

俺は思わず、ふっと笑ってしまった。ギリアムを見上げたまま動じずにいれば、今まさに振り下ろされようとしていた男の手が、何者かによって止められた。

「アンダーソン先輩、また学院で騒ぎを起こすつもりですか」

ギリアムの腕を掴んだのはパーシヴァルだった。

彼の声が朗々とカフェテリアに響く。

ギリアムのように怒鳴っているわけではないのに、人を従わせる強さがある。これは格の違いだな。努力もせず、親の家格を自分のものと勘違いしている、外見だけで中身のないギリアムと、努力をして民の見本となる貴族であろうとしている、外見に伴った立派な中身のパーシヴァル。

全く勝負にすらならない。

「……貴様には関係のないことだ」

ギリアムが顔を顰(しか)め、パーシヴァルの手を振り払う。

「関係ならあります。サフィラスは俺の友人だ。友人が暴力を振るわれようとしているのを助けるのは当然です」

「友人……だと？　ベリサリオはこいつを友人だと言うのか？」

ギリアムはいかにも馬鹿にしたような表情を浮かべた。

「そうです。サフィラスは俺の友人だ。そもそも、ここは食事をする場で、騒ぎを起こす場ではありません」

正論である。それにしても、上級生相手にここまで言えるパーシヴァルは大した男だ。やっぱり実戦で鍛えてきた人間は違う。

さしものギリアムも、パーシヴァルが相手では分が悪いことを悟ったのだろう。

「……ちっ」

舌打ちをしたギリアムは、俺を睨みつけてカフェテリアを出ていった。

忖度はないと言いつつも、社会の縮図である学院内。ソルモンターナの剣と盾と謳われるヴァンダーウォール軍のことは、ただの冒険者だった前世の俺でも知っていたくらいだ。

故に、ヴァンダーウォール辺境伯家の国内での発言力も、スペンサー侯爵家を上回っていると思われる。

その辺境伯家の子息であるパーシヴァルを蔑ろにできないことぐらいは、あんな奴でも一応理解しているらしい。

とりあえず厄介事は去ったが、恐らくこれで終わりじゃない。あの男、結構執念深いので、今度は俺が一人になったところを狙ってくることは間違いないだろうが……今の俺を相手にそんな騙し討ちはできない。

それよりも問題なのは、ギリアムが再度婚約を結ぶことを望んでいると知ったら、あの父親は間違いなくその方向で動くだろうってことだ。

そんなの冗談じゃない。

これは早いうちに手を打って、実家から逃げる算段を立てた方がいいかもしれない。いざとなればギリアムも父親もぶちのめして遁走だ。あんな家がどうなろうと俺の知ったことではない。

「サフィラス、大丈夫か？」

「……あ、うん。助けてくれてありがとう」

パーシヴァルが間に入らなくても自衛はできたけれど、守ろうとしてくれた気持ちが嬉しかった。しかも、パーシヴァルは俺を友人とはっきり言ってくれたのだ。俺はこの恩を絶対に忘れない。受けた恩は倍返し、仇は三倍返し。それが冒険者の心得だ。

「いや、気にするな。しかし、まさかサフィラスがあんな悪役（ヴィラン）のような顔をするとはな。可愛い顔が台無しだぞ」

思わぬ言葉に、パーシヴァルに視線を向ければ、彼は苦笑いを浮かべて俺を見ていた。

今パーシヴァルは俺を可愛いと言わなかったか？　それに悪役（ヴィラン）だと？

「え？　可愛い？　悪役（ヴィラン）？」

「アンダーソン子息に言い返していた時のサフィラスは、まるで悪役（ヴィラン）のような顔をしていた。だが、悪くはなかったな」

「えー……」

可愛いと悪役（ヴィラン）、正反対のその二つが悪くないって……俺は一体どこに突っ込めばいいのかな。

「サフィラスはなぜ今までアンダーソン子息の言いなりになっていたんだ？　最初からさっきのようにはっきりと拒否していれば、不名誉な呼ばれ方はしなかっただろう」

「不名誉って、ギリアムの男妾？　それともペルフェクティオの恥曝（さら）しの方かな？」

ギリアムが退場したカフェテリアはまだ少しざわついているけれど、いつもの和（なご）やかさを取り戻し始めていて、俺たちの会話は周囲の雑音に溶けた。

「……いや、すまない。いささか配慮が足りなかった」

パーシヴァルが申し訳なさそうな表情を浮かべた。

でも、どちらの呼び名も貴族界隈では有名らしいので、パーシヴァルがそんな顔をする必要はない。

ケイシーが吹聴して回ったせいで、俺の魔力なしは世間では有名な話になっている。

父にとって、由緒正しき魔法伯爵家から魔力なしの人間を出したことは恥であり、由々しき事態だった。決して俺の存在を知られてはならないと必死に隠したせいで、そのことが明るみに出た時、却(かえ)って俺の噂は面白おかしく広まってしまったのだ。

大体、今まで普通にいた次男が魔力鑑定の後に突然姿を消せば、不審に思われるに決まっている。

予想外に広まった魔力なしの次男を冷遇しているという噂を消すために、父親は侯爵家のギリアムと俺を婚約させた。家格が上の相手だ、決して次男を蔑(ないがし)ろにはしていないという世間に対するアピールでもあっただろう。

しかし世間はそう思わなかった。伯爵は侯爵家と縁を作るために価値のない次男を差し出し、そのおかげでアンダーソン家はなかなか婚約者が決まらない息子の相手を手に入れた、と正しく理解されている。知らぬは伯爵ばかり也(なり)、だ。

父に逆らえないサフィラスは大人しくギリアムの言いなりになっていたけど、俺はそんなことは絶対に許さないし、当然、父親の道具にもならない。

「いいよ。そう呼ばれているのは事実だし。だけどこれからはもう、そんな呼び方はさせない。二階から飛び降りて目が覚めたんだ。嫌なことを黙って受け入れる必要はないんだって」

前世を思い出したってことは、黙っておこう。転落しておかしくなったと思われても困る。

「……飛び降りた？」

「うん、ギリアムに襲われたんだ。扉には鍵をかけられていたし、窓から逃げるしかなかった」

「あれは事故じゃなかったのか？」

「侯爵家はそういうことにしたかったんだろうね。まだ十四歳で婚姻もしていない俺を、ギリアムは学院の寮で手篭めにしようとしたんだ。そんな醜聞が世間に知れ渡れば、もともと素行の悪いギリアムはともかく、長女の婚約に支障が出てくるでしょ。でも、おかげで俺はギリアムとの婚約を白紙にできたわけだし。思い切って飛び降りた甲斐はあったよ」

そう、侯爵家には正しく侯爵夫人の血を引くご令嬢がいて、やんごとなきお方の婚約者にほぼ内定している。だからこれ以上の醜聞はごめんなのだ。

「そうだったのか……」

パーシヴァルは一層申し訳なさそうな顔をしたけれど、飛び降りたことで俺には色々と利があったんだ。そんな顔をしないでほしい。

「そういう事情なら、これからは遠慮なくあの男を追い払って良いんだな。あいつのことだ、これで終わりにするとは思えない」

「うん、俺もそう思ってる。でも、火の粉は自分で払うよ。パーシヴァルに迷惑はかけられない」

「友が困っていれば、手を差し伸べるのは当然だろう。遠慮は無用だ」

笑顔のパーシヴァルが眩しすぎて、堪らず目を眇めた。やっぱり美少年の爽やか波動が強すぎる。

これはもう、パーシヴァルを友達認定していいのかな？

誰にも相手にされないペルフェクティオの恥曝し（さらし）の『僕』に友達が？　本当にいいのかな？

ああ、いいんじゃないか、パーシヴァルは友達だ。

ほんの数日一緒にランチを食べただけ、それだけだって友達になれる。きっかけなんて何でもいいんだ。そう難しく考えるなよ、サフィラス。

困惑している『僕』に俺はそう諭（さと）す。

☆　☆　☆

魔法の授業の最中、教師の話は適当に聞き流してパラパラと教科書をめくっていれば、俺のかつての名前を見つけてしまった。何を書かれているのか、非常に気になる。

フォルティス・シニストラ　享年二十五歳
無詠唱の魔法使い
ソルモンターナ王国サルトゥス出身　商家の三男として生まれる
厄災の黒炎竜インサニアメトゥスを仲間と共に討伐後、事故により没する

……よかった、自ら馬車に飛び込み死亡とか記されていなくって。

歴史書に載るような大魔法使いが、そんな間抜けな死に方をしたなんて……いや、書けなかったからこそのこの記述なのかもしれない。

でも、ある意味俺らしい最期だったよ。きっとあいつらも驚きすぎて、少しも悲しまなかっただろう。

それにしても、あれから百五十年も経ったのか。

俺にしてみればつい数日前のような感覚だけど、さすがに『風見鶏』のみんなはもう生きてはいないだろうな。あの頃は本当に大変だったけど、毎日が底抜けに楽しかった。

豪快な獣人のバイロン、勇敢な剣士のエヴァン、そして稀有（けう）な聖魔法使いで、大聖女のウルラ。

どんな危険な依頼も、四人だったらあっさり片付いた。笑ったり、泣いたり、時には喧嘩もしたけど。それすらも、俺たちの絆を深めるエッセンスだった。

俺がいなくなった後、みんなはどんな人生を歩んだんだろうか。

彼奴（あいつ）らから付き合ってる奴がいるとか、好きな奴がいるとか、そんな話は聞かなかったけど、みんなの子孫はこの世界のどこかにいるんだろうか。

ぼんやりと回想しているうちに、気がつけば魔法史の講義は終わってしまっていた。

何となくしんみりした気持ちになってしまったな。

俺は一人でも平気だけど、だからと言って一人が好きなわけじゃない。

フォルティスの人生の半分以上は仲間と一緒だった。みんなで楽しく過ごす方が俺には向いているんだ。だから、いつまでもこの一人ぼっちの状況に甘んじるつもりはない。

……ただ、今のサフィラスはまだ未成年で、閉じ込められていたせいもあってあまりにも世間知らずだ。

百五十年前の俺の知識が今の時代で役に立つとは限らない。この状況から抜け出すにしても、先立つものがない十四歳のサフィラスが不安を感じているのも理解できる。

でも、人生なんてなるようになるものだ。学院にいる意味がなければ、さっさと出てゆけば良いさ。俺は、貴族のしきたりとやらに縛られる必要はないんだ。

気分を切り替えようとふと窓の外に視線を向ければ、渡り廊下を歩いている二つ上の兄を見つけた。ギリアムと同じ年齢の彼は、第三学年では優秀な生徒らしい。

俺が学院に入学する時、兄には迷惑を掛けるなと父親に強く言われたけれど。兄と言っても俺からすれば他人のようなものだから、今後も関わることはないだろう。

さらっと魔法の歴史を学んだ後は、魔法実技だ。

演習場にゾロゾロと移動して、まずは例の水晶による魔力鑑定。前世を思い出してからの俺は、こいつは実にナンセンスな鑑定方法だと思っている。事実、めちゃくちゃ魔力を持っている俺が魔力なしになるんだから、ポンコツ以外の何物でもない。

魔法を使って目が潰れるほど光らせることもできるけれど、俺はこの水晶がどういった仕組みで光るのか、一度はっきりと確かめたかった。

魔力の質が違うという俺の仮説が正しいのか、それとも別の何かがあるのか。

光の強さは様々あれど、クラスのみんなは次々と水晶を光らせている。さすがは貴族の学校だ。

いよいよ俺の番になって水晶に触れれば、水晶はチカリともしなかった。ただ、水晶の中を魔力がサラーっと流れてゆく感覚はある。

なるほど。前世を思い出す前と同じく、俺の魔力じゃ水晶は光らない。

やはり、俺の魔力はみんなとは違う性質を持っているのだろう。

しばし黙考していれば、ケイシーが、まるでオーガの首でも取ったかのように笑い出した。

「はっ！　魔力なしとは、やっぱりお前はペルフェクティオの恥曝しだな！」

周りの生徒が哀れなものを見るような目で俺を見ている。

実は幼い『僕』を窮地に陥れた元凶のケイシー・モルガンは同じクラスだったのだ。

顔を見るとその顔面に一発食らわせたくなるので極力接触を避けていたんだけど、厄介なことにケイシーの方からわざわざ絡んできた。

「ペルフェクティオ君、気にすることはない。魔力がなくとも、この学園には学ぶことは沢山ある」

教師もペルフェクティオの恥曝しのことは知っているのだろう、同情的な態度だ。

「……先生、水晶が光らないからと言って、魔力なしと判断するのは早計かと思います」

俺はにやりと笑ってみせる。そもそも水晶が光る原理が解っていないのに、そんな曖昧なものを判断材料にしていることがおかしいのだ。

俺は無詠唱で掌に炎を出す。高温の青く透明な炎だ。どよりと周囲がざわめく。

炎の魔法にも位があって、魔力の強さで温度が変わる。低温の赤から中温のオレンジ、そして高温の青。炎が透明であるほどその温度は高く、青の炎は鋼さえも溶かす。

「あいつ今、詠唱したか？」

「嘘でしょ、青の炎だなんて……」

無詠唱で魔法を使う魔法使いなんて見たことがないだろう。

ほれほれよく見よ。遠からん者は音にも聞け、近くば寄って目にも見よ。あっ、無詠唱だから聞くのは無理か。みんな、普通に寄ってとくと見てくれ。

俺は演習場の端に設置してある的に向けて青い炎を放つ。高速で飛んだ炎は寸分も違うことなく的の中心にあたり、土台ごと燃やし尽くした。

「そ、そんなのいかさまだ！　魔力がないのに魔法が使えるわけがない！　ましてや無詠唱だと！　ペルフェクティオの恥曝しめ、今度は嘘で家名に泥を塗るつもりか！」

なんでモルガン家のお前がペルフェクティオ家のことを心配してるんだよ。関係ないだろう。

大体魔力がない奴がどうやってこれだけの仕掛けを作れるっていうんだ？　いかさま呼ばわりするなら、先にネタを見破るべきだ。

そもそも、仕込みであれだけのことができるならむしろ教えてほしい。それでひと商売するから。

「……皆さん、お静かに。授業を続けます。ペルフェクティオ君は、後で学院長室へ行くように」

教師の言葉にクラスメイトの視線が俺に向けられたが、そのどれもが好意的なものではなかった。

何だかつまらないな。百五十年経ってもう少し魔法も面白くなっているのかと思ったけど。

すっかり鼻白んだ俺はあからさまに嘆息した。

放課後、クラスメイトに好奇の視線を投げられながら学院長室に向かう。

特にケイシーの奴は底意地の悪い笑みを浮かべていたが、お前、一度その顔を鏡で見た方がいいぞ。

絶対女の子にモテない。

「サフィラス・ペルフェクティオです」

学院長室の重厚そうな扉をノックすれば、中から入るようにと声がかかった。

「失礼します」

一歩室内に踏み入れれば、随分と重苦しい空気が漂っている。

執務机にどんと座る学院長と、その両脇には気難しそうな顔の教師が数人立っていた。

学院長はちょっと厳しそうな高齢の女性だ。入学式の時に遠くから見ただけだったけど、近くで見ると威圧感が半端ない。細身の眼鏡が、マナーに厳しいお堅い家庭教師みたいな印象を与えている。

この空気の重苦しさ、並みの生徒だったら気怖じしてまともな話もできないだろう。

たかだか水晶が光らないぐらいで、大騒ぎしすぎじゃないのか？

「さて、あなたの担任から本日の魔法実技の授業について報告を受けています。あなたは何か細工を施し、あたかも魔法を使えるかのように偽ったそうですが、本当ですか？」

いきなり本題ですか。しかも、俺が細工をしたってのは決定事項なわけ？

既成概念にとらわれすぎだ。

魔法は本来自由の翼で、好奇心や探究心の旺盛な奴ほど自在に操れるようになる。基礎的な考え方や、制御の仕方を学ぶことを否定はしないが、ありえない、から始まる考え方は魔法を停滞させる。

この時代にもなって魔法への理解が百五十年前と変わりないどころか、後退しているようにさえ感じるんだが。

「……なぜ、私が細工をしたと決めつけているのですか？」

「君には魔力がない。そもそも魔法が使えるわけがないのだ」

「君の家の事情は存じているがね。境遇に同情しなくもないが、嘘はいけない」

「正直に話さなければ、我々は君になんらかの処分を下さねばならん」

教師陣が代わる代わる意見を言っているが、俺からしたらなんでみんな盲目的に水晶を信じているんだろうと、そっちの方が不思議でならない。

世の中に絶対なんてない。例外ってものは必ず存在する。

「同情は結構ですし、そもそも私は嘘などついておりません。ところで学院長。学院長はなぜ魔力を流すと水晶が光るのか、その仕組みをご存知なのですか？」

「なっ！　君！　学院長に対してそのような質問をするなど、失礼ではないか！」

授業で俺にいらん同情を向けた小太りの教師が、青筋を立てて怒鳴る。

いや、失礼なのはお前の方だ。教師なら生徒の素朴な疑問に答えるべきだろう。

「……学院長のお考えをお聞かせください」

俺は小太り教師を無視して、学院長に再び問いかける。

「……水晶が光る仕組みは未だ解明されてはおりません。ですが、魔力を流せば光る水晶の特徴を利用して、魔力の有無を判定する方法は古くから確立している、国も認める鑑定法です」

「そうですか。つまり、仕組みはわかっていないのですね……。私は、水晶が光る理由にある仮説を持っています」

「仮説、ですか？」

学院長が胡乱げに眼鏡の奥の目を細めた。

「はい。私の魔力は皆の魔力と性質が違うのではないかと考えています。水晶に触れた時、何かが流れてゆくのを私は確かに感じるのです。そしてそれは、私の魔力であることに間違いはないと思っています。きっと私の魔力には水晶を光らせる力はないのでしょう。けれど、その違いこそが、魔法を発動させる際に詠唱を必要とするか否かなのではないかと私は考えています」

何を言っているんだと言わんばかりに、教師たちがざわついた。

だけど、既に白魔法っていう明らかに種類の違う魔法があるんだから、第三の魔力があっても不思議じゃないだろう？

白魔法というのは、回復に特化した魔法だ。この魔法を使える者が水晶に魔力を流すと、透き通った水晶は白く曇り、ぼんやりと光る。その白く光る様から、この魔力を持つ者を白魔法使いと呼ぶのだ。

さらに、この魔力がより強いと、白く光った水晶はついには金色に光を放つ。それができる者は聖魔法使いと呼ばれ、最早聖女や聖人の域だ。

俺は、金色の粉を撒いたように光った水晶を、前世で一度だけ見たことがある。

それは、俺のパーティに所属していた大聖女ウルラが水晶に触れた時だ。神殿にいた連中がどよめいたのを今でも覚えている。

「あなたは自分の魔力が人と違うものだと考えているのですか？」

「はい。白魔法のように、通常の魔力とは異なる魔力があるのですから、第三の魔力があってもおかしくはないと、私は愚考します」

俺はここで、詠唱なしに青の炎を右の掌に浮かべてみせる。

教師たちが一様にぎょっとした顔をした。

「これが細工か、それともまやかしか何かの類いかどうか、どうぞ存分にお調べください」

さらに、左手には水球を乗せた。

学院長室を破壊までするつもりはないからね。ここは一年生らしい魔法で。

水球と炎を次から次へと複雑な形に変えてみせる。炎や水の形を変えるためには、それなりに微妙な魔力制御が必要になる。

学院長室を壊す気はないが、力を出し惜しみするつもりもない。

小細工などしなくとも、それなりに魔法を使いこなせることを認めてもらわなければならないからね。

俺は水で鳥籠を作ると、その中に青い炎の小鳥を閉じ込めた。水の籠の中で、青い小鳥は燃え続ける。

火と水。相反するものを同時に破綻させることなく操るのは、相当の手練れでなければ無理だ。

自分で言うのもなんだけど、美しい芸術作品だと思う。

「必要なら、他の魔法もお見せいたしますが？」

「……いいえ、結構です」

他の教師は驚いたまま固まっているけれど、学院長だけは何かを考え込んでいるようだった。

まぁ、これで退学になるならそれでもいい。俺は別にこの学院で学ぶことにこだわっているわけじゃないし、なんなら今更勉強することもないからな。

改めて魔法を学ぶのもちょっと面白そうだなって思っていたけど、教師も古い考え方の保守的な人ばかりのようだし。

大体、百五十年も前の人間の俺の方が柔軟な考え方してるって、ちょっとどうだろうか。

もう少し魔法は面白くなってるのかなって期待していたけど、案外そうでもなかったな……

だったら、俺にはお上品な魔法の使い方を習う必要はない。冒険者として、依頼をこなせる確実な力があればそれでいいんだから。

せっかくの学生生活を楽しめなかったことだけは残念だけど……

「わかりました。あなたはもう下がってよろしい」

学院長に退室を促されたので、俺は炎と水を消すと一礼をして踵を返したけれど、ふと思い立ち、扉を開ける直前に足を止めて振り返った。一応俺の気持ちは伝えておく。

「私は学院の意向に従います。特に温情的な措置も求めておりません」

とりあえず、俺的には別にこの学院には未練もないし、退学ならそれでもいいという意思を告げた。

後から恩着せがましく、学院に残してやったんだ風な空気を醸し出されるのもあまり気分はよくない。釘を刺しておかなくてはね。

学院長室を出ると、なぜかパーシヴァルが廊下で心配そうな顔をして待っていた。

「サフィラス……！」

「あれ、パーシヴァル。どうしたの？」

「サフィラスが学院長室に呼び出されたと聞いたんだ」

俺を心配してわざわざ来てくれたのか。

パーシヴァルは本当にいい奴なんだな。俺が退学になって学院を離れても、パーシヴァルが危機の時には必ず駆けつけるよ。

「大丈夫だったのか？」

パーシヴァルは、俺がなんで学院長室に呼び出されたのかをきっと知っている。

気遣わしげな顔をしているのは、それについて聞いていいのか迷っているのだろう。

「うん。まぁ、どうなるかはわからないけど。それはそうと、夕飯にはちょっと早いけど、カフェテリア行かない？　俺、お腹減っちゃった」

学院を辞めることになったら、ここの美味しい食事も食べられなくなっちゃうからね。今のうちに堪能しておかないと。

「おい」

パーシヴァルと並んでカフェテリアに向かっていると、後ろから声をかけられた。

おいって、それだけじゃ一体誰を呼んでいるのかわからない。しかし、朧げながらもこの声には聞き覚えがあるので、呼ばれているのはたぶん俺だ。

このまま聞こえなかったことにしてもいいんだけど、無視しても面倒臭いことになりそうだ。仕方なく足を止めて、作り笑顔で振り向く。

「……お久しぶりですね。兄上」

俺がにっこり笑って挨拶をすると、ペルフェクティオの長兄ウェリタスは僅かに驚いた様子を見せた。いつも薄暗い顔をしていた俺が笑っているのが意外だったんだろう。

「全く、この国の慈悲深い教育制度のせいで、お前のような恥曝し者にも、我が家は無駄な金をかけなければならない」

「はぁ……」

なんじゃそりゃ。そんなことを言うためにわざわざ呼び止めたのか？

「忌々しいことに、お前の無能さはこの学院にも知れ渡っている。しかも魔法実技で下らない小細工をしたそうだな。二年後にはお前と違って優秀な弟のアクィラもこの学院に入学するんだ。これ以上ペルフェクティオの名を汚すことはするな……お前が家のために賢明な判断をすることを願っている」

言いたいことだけ言うと、兄はさっさと立ち去っていった。

一体何が言いたかったのかよくわからん。

「えーっと？」

「あれは、本当にサフィラスの兄なのか？」

俺が首を傾げていると、パーシヴァルが隣で渋い顔をしていた。

「え？　そんなに似てないかな？　髪の色は違うけど、目鼻立ちはそこそこ似てると思うけど？」

兄貴は薄い金髪、俺は黒。色味は違うけど、ペルフェクティオ特有の儚げな美少年顔って共通点はあると思う。あと、目の色も似ているな。

しかし悔しいことに、兄の方が体格はいい。これは年齢的なものではなく、明らかに食生活の違いだ。


「そういうことじゃない」

パーシヴァルが憤慨(ふんがい)したように言った。

俺のために怒ってくれて嬉しいよ。サフィラスはこれまでずっと孤独だったから。

「まぁ、あんなもんじゃない？　俺、家族から疎(うと)まれてるし。それにしても、わざわざ声をかけてきて、一体何を言いたかったんだろう？」

「自主退学しろ、とおっしゃっていたのではありませんか？」

「ああ！　なるほ……ど？　えーっと、どなたでしょうか？」

突然話に割り込んできたのは、癖の全くない蜂蜜色の金髪に、アメジストの瞳を持つ美しい少女だ。透き通るような白い肌と艶めいた桜貝の唇に、うっかり視線を奪われる。

「あら、申し訳ございません。勝手に会話に割り込んでしまって。わたくし、アウローラ・スタインフェルドと申します」

少女はスカートの裾を摘み、すっと膝を下げて挨拶をした。洗練された所作だ。

けれど、俺の目を引いたのは彼女の美しさだけではない。

これは、

「聖魔法使い……？」

「あら、おわかりになりました？」

アウローラと名乗った美少女は扇子で口元を隠しながら、うふふと悪戯に成功した子供のように笑った。

前世で聖魔法使いと長く一緒にいたので、俺には白魔法使いの魔力がなんとなくわかるのだ。

しかも、アウローラの白魔力はなかなか強い。間違いなく聖魔法使いと呼ばれるレベルだ。

「世にも希少と言われる聖魔法使いに、まさか学院で会えるなんて思ってもみなかったな」

「まだ見習いですわ。魔法制御が上手くできませんのよ」

「白魔法は、普通の魔法と魔力の性質や使い方が全く違うからね」

通常の魔法は自分の魔力を外に放出することで現象を起こすが、治癒の白魔法は自分の魔力を相手に与えることで傷や病を治す。

白魔法使いとしての素質があっても、その魔力を使いこなせる人間は少ない。それは生き物の体の仕組みを理解して、自分の魔力を拒否されることなく相手に流すのが難しいからだ。

「あら、白魔法にお詳しいだなんて……ペルフェクティオ様はなかなか面白い方ですのね」

白魔法の使い方は一般には知られていない。本能的に使える勘のいい者ならともかく、白魔法使い自体が滅多にいないので、学ぶ場が極めて限られてしまうのだ。

俺の場合は、仲間に聖魔法使いがいたからその原理を教えてもらえた。

とはいえ、白魔法の素質がない俺が教えてもらったところで、治癒魔法は使えないんだけど。

「しかし、自主退学かぁ……まぁ、それもありかな」

「本気で言っているのか？」

パーシヴァルが低い声で唸る。

「いやだって、言われてみればあの父親の金で学院に通ってると思うと、どうも居心地が悪い。ペルフェクティオも貧乏ではないだろうから、俺の学費ぐらいは痛くもかゆくもないだろうけど……何かあるたびに文句を言われるのはさすがに鬱陶（うっとう）しいよ。いい機会だし、学院を辞めて冒険者にでもなるよ」

侯爵家と縁を繋ぐための道具としての価値もなくなったしな。

何かしらの理由をつけて俺を追い出す可能性もある。

そうなったら、そもそも学院に通う資格自体なくなるし……

「あら、冒険者ギルドには十六歳にならなければ登録できませんのよ」

「は？　え！　うっそ！　そうなの？　……それは、参ったなぁ」

前世では十二歳からギルド登録できたのに。百五十年の間に一体何があったというんだ⁉

しかし、それは困った。冒険者になれなければ、俺に稼げる手段はない。

あと二年、無職で生活するにはちょっと無理があるし、退学になったら雨風凌げる寝床を失うことになる。冒険者以外で俺の特技を生かせる仕事、何かないかな。

「一つ、提案がございますのよ」

俺がうんうん唸っていると、アウローラが紫の瞳をキラリと光らせる。

「この学院に通う皆様は貴族ですけれど、全ての貴族が高い学費を払えるとは限りません。随分無理をして、ご子息ご令嬢を学院に預けておられる家もあるのですわ。ですから学院には後援奨学金制度というものがありますの」

「後援奨学金？」

「はい。成績優秀な生徒の学費を、学院を支えている貴族が援助するというものです」

「ふーん、すごくいい制度に聞こえるけど、その制度使っちゃうと卒業後、強制的に国や出資してくれた貴族に奉公するとか、そういう落とし穴があるんじゃないの？」

何しろ、この学院は王立。王様が創立したのだ。

「ええ、まぁ。一応、国王に仕える人材を育成するための制度ですから。ですが、卒業後に在学中の学費の半分を返済することができれば、無理にお勤めにならなくともよろしいのですわ。ですから、もし学院に残られることが決まりましたら、奨学生になられることを一度検討してみてはいかがですか？」

普通はそのまま安定した王宮仕えを目指すと思うのですけれどね、とアウローラは上品にウフフと笑った。

なるほど。

とはいえ。ついさっき学院長に喧嘩じみたものを売ってきた俺としては、その制度はいささか使いにくい。

「この奨学金制度、我がブルームフィールド公爵家も関わっておりますのよ。ですから、ご心配なさらずに」

なんのご心配かはわからないが、なんとこの美少女、公爵家のご令嬢であったか。

ほんと世間に疎いなサフィラス。立派な監禁令息だ。

アウローラと別れた後にパーシヴァルが教えてくれたけど、なんとアウローラはこの国の第二王子の婚約者でもあるそうな。

聖魔法使いということは抜きにしても、ちょっと普通の娘さんじゃないなって思っていたけど……

何も学ばせてもらえなかったサフィラスは、貴族とそこにまつわる諸事情について本当に何もわからない。侯爵家の息子に嫁がせるなら、それなりに貴族のことやマナーを教えておくべきなのに、そんなものは一つも教わっていない。

本当に男妾としてアンダーソン家に売るつもりだったんだな。

でも今の俺の将来の夢は冒険者なので、そのあたりはわざわざ覚えなくてもいいだろう。

それに、今後学生のままでいられるかもわからない。

だけど、どうなるにしても心配することはないさ、サフィラス。

俺ならどこででも、何をしてでも生きていける。何しろ、魔法と強運を持っているんだから。


その日の夜、学院長から連絡があった。

魔法実技の授業の件について、特にお咎めなし、だそうだ。

俺は別に咎められるようなことはやっていない。勝手に疑ったのは教師側なんだから、むしろ詫びの一つもあっていいもんだろうけど。

まあ、細かいことをいちいち気にしていても仕方がない。今の俺は子供だから、大人の事情に付き合ってやるしかないのだろう。

とりあえず雨風が凌げる寝床と三食の食事に困ることはなくなったから、アウローラに教えてもらった後援奨学金制度、真面目に検討してみるか。


翌日。

教室でいつもの席に座っていると、クラスメイトの誰もがもの言いたげな視線を向けてきた。

気になるなら直接聞きに来ればいいのに、そこまでの勇気はないんだな。

聞いてくれればなんでも話すよ。寧ろこっちは早く話しかけてこないかと待ち構えているくらいだ。この調子じゃぁ、友達百人の道は遥か遠いな。やっぱり学院で友人を作るのは難しそうだ。

相変わらず孤立している現状にひっそりとため息をついていれば、お呼びではないケイシーが教室に入ってくるなりこっちに向かってきた。

よっぽど暇なんだろう。俺なんかに構うより、他にやることを見つけた方が良いと思うけど。

「なんだ、お前。教室に来ても無駄なんじゃないか？　どうせ退学だろ？」

「いいや、違うけど？」

「は？　もしかしてお前、ペルフェクティオの力で学院長を黙らせたのか？」

何を言ってるんだ。あの父親が俺のために何かをするわけがないだろう。

「……なるほど。お前の中で、学院長ってそういう感じなんだ。この王立学院の名誉ある長として、国王陛下が直々に任命された学院長をねぇ……ふぅん」

俺を貶（おとし）めるつもりだったんだろうけど、それじゃまるで学院長は金と権力で動かされる人物だと言っているようなものだ。学院長がそれを聞いたらどう思うだろうね。

自分の失言に気がついたのか、ケイシーが顔を真っ赤にした。

こんなに頻繁（ひんぱん）に怒って喚いていたら、そのうち憤死するのではないだろうか。人間はあまり怒らない方が長生きするらしいぞ。

ケイシーはなんとかして俺を傷つけたいのだろうが、中身二十五歳で数多（あまた）の修羅場（しゅらば）を踏み越えて、酸いも甘いも噛み分けてきた俺は、ちょっとやそっとのことで凹んだり萎（しお）れたりはしないのだよ、少年。

ケイシーは今まで、サフィラスを痛めつけて得られる優越感で自尊心を満たしていた。

家族から恥曝（さら）しと言われ、何を言っても言い返すことのなかった気の弱いサフィラスは、都合のいい的だったに違いない。

ところが、何を言っても全く傷つかないどころか言い返してくるようになった俺に、相当ストレスを感じていることだろう。だがそんなことは俺の与り知るところではない。

何も反論の言葉が見つからなかったのか、ギロリと俺を睨んだケイシーは自分の席に戻っていった。

教室中が俺たちに注目していたらしく、俺が周囲に視線を向けるとクラスメイトたちは慌てて前を向く。

俺たちの掛け合いは、クラスの連中からしたらさぞや面白いだろうな。俺だって第三者なら嬉々として観戦していたことだろう。

午後になって、早速実家からの呼び出しがあった。どうせ兄が父親に報告したのだろう。だけど、詰めが甘いな。魔法の件は昨夜のうちに不問になっている。

でも俺にとってはいいきっかけかもしれない。昨日の今日だけど、面倒事はさっさと切り捨てるに限る。

とりあえず、アウローラに奨学生の件でお世話になりたい旨を一言伝えてから、親父の呼び出しに応じることにした。

勘当されるかもしれないが、とも言い添えた。俺を恥じている家族のことだ。この機会に勘当を言い出すに決まっている。

「良い決断をしてくださいましたわ。お家のご事情も問題ございません。父には話を通しておきますので、奨学生の申請書を学院側に提出しておいてくださいませ。それから、魔法実技と魔法論文の試験がありますので、心にお留め置きを」

「うん、よろしくお願いします」

俺はぺこんとアウローラに頭を下げる。

実技は問題ないけど、論文は正直自信がない。経験と直感で魔法を操っているから、理論的なことはさっぱりなんだよな……

俺は誰かに頼らなくともなんとかなるだろうし、絶対にしてみせるけど、実家よりも家格が上のブルームフィールド公爵の後ろ盾があって悪いことはない。

公爵閣下がどういう人物かはわからないが、アウローラを見ればどんな環境で育ってきたかが推察できる。公爵家は歴史ある古い貴族らしいけど、きっと彼女の父親は視野が広く、抜け目のない人物に違いない。

利益になると判断すれば、それがこれまでの価値観と大きく違うものでも、受け入れて取り込むことのできる懐の広さと強(したた)かさを持っている人物なのだろう。

俺がペルフェクティオの恥曝(さら)しであることは承知の上だろうし、当然学院での俺のことを学院長に問い合わせもするだろう。

学院長にはいささか偉そうな態度を取ってしまったので、それがどう判断されるかわからない。

奨学生になれず学院を辞める事になった時のことも、視野に入れておいた方がいいかもな。

十四歳という年齢が足枷にはなるが、得意の魔法を売りにすれば、きっと二年ぐらいなんとか食いつないでいける。

市井に出たら、前世で冒険者としてやってきた経験が役に立つだろうし。

――ところで、この学院の生徒であれば誰でも奨学金制度は受けられるらしい。

そもそもお金を持っている生徒も受けられるのだとか。ちょっと甘過ぎやしないだろうかと思う。けど、たいていは貴族としての矜持があるので本当に困っている生徒しか奨学金制度は使わないということだった。

ということは、大陸で最高峰と言われるスコプルス山よりも高いプライドを持っていそうな父が、ペルフェクティオ家の息子が奨学金で学院に通っているなんて知ったら、怒髪が天を衝きそうだ。

だけど、自分の実力で得た権利で学ぶのだから、そんなのは知ったことではない。

それに、どうせ今日勘当されてしまうんだから、どうでもいいことだな。


放課後、俺はオルドリッジ伯爵家に向かった。

屋敷は学院から馬車で半刻ほどの、貴族の屋敷が立ち並ぶ地域にある。

記憶が戻ってから二度目の実家だ。

転移でさっさと行ってもよかったが、今回は敢えて乗合馬車を使った。

何しろサフィラスは人生のほとんどの時間を閉じ込められていたので、色々な意味で世間を知らなすぎる。この間はまだ混乱中でそれどころではなかったので、今度は王都の様子をよく見ておきたい。急いで行く必要もないし、のんびりと行くことにした。

王都ではバザールが開かれていて、多くの人が行き交っている。昔と違ってこの国も周辺諸国も安定しているのか、実に平和だ。

ちょっと覗いてみたい店とか、物珍しい屋台の料理とか、気になるものが次から次へと目に入る。思わずキョロキョロしていたらすっかりお上りさんと勘違いされて、隣に座っていたおばさんに笑われてしまった。

ついでにおすすめの食堂なんかも教えてもらったので、機会があったら行ってみたい。

車窓から呑気に都見学をしているうちに、屋敷近くの停車場に着いた。

そこで乗合馬車を降りて、歩いて屋敷に向かう。今日で家族という柵とさよならできると思うと、気分も上がる。

足取りも軽くペルフェクティオの屋敷に着くと、家令が俺を迎えた。表情一つ変えず、父親の執務室に案内する。

この男も俺のことをなんとも思っていないんだろうな。魔力なしの役立たずの次男、その程度の認識なんだろう。

それにしても、魔力持ちがどんなもんだと言うんだ。魔力があったって世間の役に立たない奴もいるし、魔力がなくても人のために懸命に働いている人もいる。

人の価値は魔力なんかで決められない。

「旦那様、サフィラス様がお越しです」

「……入れ」

いかにも不機嫌剥き出しの声。

そんなに会いたくないのなら、書面で勘当だと伝えて終わりにすればいいのに。わざわざ呼び出して、一体どういうつもりだろう。

家令が重厚そうな扉を開いて室内に入るよう俺を促すと、部屋を出ていった。

父は書類に視線を落としたまま俺を見ようともせず、座れとも言わないので、とりあえず立ったまま待つ。人を呼び出しておいて、待たせるなんて非常識な男だ。時間が無駄だから、早く終わらせてくれないかな。

しばらくして、父が広げた書類から目を離し、ようやく俺を視界に入れた。

「ウェリタスから報告があった。あれほど我が家とウェリタスの顔に泥を塗るようなことはするなと言ったはずだが」

「一体なんの話でしょう？　父上のおっしゃることに覚えがありませんが？」

「魔法の授業で不正をしたそうじゃないか！」

苛立った父が拳で机を叩く。

ちょっと前の俺だったら、それだけで竦み上がって声も出せなかっただろう。けれど、今の俺にとってそんな威嚇は何の効果もない。しかし、短気な男だな。

だけどこうして改めて顔を合わせてわかったことがある。サフィラスの父親の魔力は、俺の魔力はおろか、そこらの貴族と比べても大したことはない。

先祖は相当の手練れだったかもしれないが、今代は先祖の栄光に胡座をかいているだけの並の魔法使いだ。だからこそ、息子たちの魔力の有無に執着しているのかもしれないけど。

「お言葉ですが、私は不正など何一つしておりません」

「魔力のないお前に魔法が使えないことはわかっている！　それを、学院で堂々といかさまなどしおって！　もう我慢ならん！　元よりお前のような魔力なしが、我が血筋にいることすら悍ましく思っていたのだ！　最早お前は我が息子ではない！　出てゆけ！」

言うに事欠いて、自分の息子に悍ましいとは。

俺の胸の奥がズキンと痛んだ。これは俺の痛みじゃない。十四歳のサフィラスが傷ついている。当然だ。こんな男でも父親で家族だ。疎まれていても、まさか悍ましいとまで思われているとは思ってもいなかった。

サフィラスのために言い返してやろうかと思ったけれど、やめた。今ここで言い返さなくても、そのうちに思い知ることになる。

何よりも、こんな奴に何を言っても無駄だろう。

「かしこまりました、オルドリッジ伯爵。今までお世話になりました。それでは、ご機嫌よう」

本当はお世話になったなどと微塵も思っていないが、少なくともこの年齢まで寝食だけは世話になっている。貴族としてはろくなもんじゃなかったけど、貧民街の生活と比べれば、そこそこ贅沢だったと言えよう。

それに、勝手に読んでいただけとはいえ、監禁期間の読書三昧のおかげで、サフィラスの頭の中には意外にも雑学がぎっしり詰まっている。これは今後、何かの役に立つはずだ。

未練など何もないし、この屋敷から持ち出すものだって一つたりともない。

最後に貴族らしい礼をして、俺は踵を返すと父に背を向けた。

家令が玄関まで見送ってくれたが、彼が俺に何か言うこともなかった。昔からペルフェクティオに仕えている男で、俺が魔力なしとわかるまではそれなりに世話をしてもらった記憶もあるが……実に薄情なものだ。

この家の人間ではなくなった俺にとっては、今更どうでもいいけど。

「さぁて、帰るか。書類提出しなきゃいけないし」

もう二度とこの家の門を潜ることはないだろうな。

なんの感慨もなくそう考え、俺はぐっと伸びをすると寮の自分の部屋に転移した。

勘当された数日後に受けた奨学生認定試験は、なんともあっさり合格した。

魔法論文にいささかの不安はあったけれど、監禁時代の読書が大いに役に立ってしまった。何かの役に立つって確かに言ったけど、出番が早すぎて俺もびっくりだ。

家族からは何も与えてもらえなかったけれど、離れに放置されていた本は、埃をかぶって黄ばんではいても知識の宝庫だったというわけだ。

元家族はサフィラスのそういう努力をよく見てやるべきだった。

終わったことなので、今更言っても詮ないことだけど。

魔法実技については言わずもがなだ。惜しみなく俺の魔法を披露した。

教師陣は最早魂が抜けたように、口をあんぐりと開けるばかりだった。無詠唱で次から次へと高位魔法を見せられたら、そんな顔にもなるだろう。

むっふっふ。うっかり鼻の穴を大きくして、笑ってしまった。

前世では大魔法使いなんてもてはやされていたけど、些細なことで死ぬ時は死ぬ。それはもうあっさりと。

討伐後の宴会で、最後にゆっくり味わって食べようと思って大事にとっておいた珍しい渡り鴨の丸焼きも、最初にさっさと食べてしまえばよかったんだ。そのすぐ後にころっと死んじゃって、結局一口も食べずじまいだった。あの肉を思い出すと、今でも惜しい。

つまり何が言いたいかと言うと、たとえ明日死んだとしても後悔が残らないように、好物は一番最初に食べ、そして力は出し惜しみせず、常に全力で生きなきゃならぬ、と今世では思っているということだ。

もちろん、フォルティスだって全力で生きていたけど、まさかあんなに簡単に死ぬなんて夢にも思っていなかったから、渡り鴨を筆頭にやり残したことが山ほどあるのだ。

稀にある話で、あまりすごい力を見せすぎたら悪い奴らに利用されるとか、誘拐されて悪人たちに無理やり働かされるとか聞くけれど、そんな心配は一切ご無用だ。

人生二回目の俺は十四歳の子供ではなく、二十五年の人生経験で得た俺の信念に基づく善悪の判断ができるし、俺を利用しようと企む奴らを撃退できる十分な力がある。

そんなわけで、なんら問題なく奨学生となった俺は、後援者となってくれるブルームフィールド公爵閣下と面会することになった。

かつての俺は王族に謁見したこともあるけれど、今はつい最近まで監禁されていたただの子供だ。姿見に全身を映し、制服に変なところがないか確認する。

俺は学生だし、何よりも冷遇されていた身なので大した衣装を持っていない。どうしたものかと思っていたら、学生なのだから制服でいいと学院長が教えてくれた。

制服なら何も悩む必要はない。ちゃんと着ていればいいだけだ。

パーシヴァルが言うに、公爵閣下は貴族らしく厳格な人物だが、柔軟な考えを持っている御仁らしい。

確かに、いかにも貴族令嬢らしい立ち居振る舞いをしながら、普通の令嬢が眉を顰めそうな事柄に積極的に関わろうとしてくるアウローラを見れば、公爵家の教育方針がなんとなくだが窺える。

「大丈夫か？」

「うん、まぁ、なんとか……」

珍しく緊張して朝食を残した俺を案じて、パーシヴァルが正門まで付き添ってくれた。

ブルームフィールド公爵家はこの国古参の貴族。貴族内での発言力も相当大きいそうだが、それだけ力がありながらも、内政に関わる地位には就いていない……というのがパーシヴァルから聞いた話だ。

もしかしてだが、表立っての地位があると何かと動きにくいので、自領地の経営しかしていない体でいる……のではないだろうか。

　きっとアウローラのお父上は、黒幕とか影のなんたらとか言われているに違いない。

　胃の腑が重いなぁと思いながら迎えを待っていれば、まもなく、公爵家の紋章をつけた黒光りする立派な馬車がやってきて、俺たちの前でゆっくりと停まった。

「……」

「……」

　いや、いや！　おかしいだろう！　たかだか子供一人を迎えるのに四頭立ての馬車だと？

　もっと小さくて、目立たない馬車で迎えに来ると思っていたのに、これでは目立ちまくりだ。たまたま周囲にいた学院生たちも、一体何事かとこちらに注目している。

　馬四頭はどう考えてもいらない。庶民の子供を乗せるんだから、驢馬の荷馬車でもいいくらいだ。

　そっと隣に視線を向ければ、さしものパーシヴァルも言葉を失っている。何事にも動じない奴だと思っていたけど、さすがにこの馬車は想定外だったらしい。

「サフィラス様でございますね。お迎えにあがりました」

　従者が流れるように馬車の扉を開けて、俺に乗るように促す。

「……じ、じゃあ、行ってくる」

「ああ、気をつけて」

　声を引き攣らせつつ、パーシヴァルに別れを告げた。

　こうして俺は、乗合馬車とは違う全く揺れない座り心地最高の馬車に乗り、ちっとも落ち着かない心持ちで公爵家へと向かったのだった。

ふかふかの座面に身を任せきれないまま、半刻ほどで公爵邸に到着する。

公爵家は、オルドリッジの邸宅がある地域よりも、さらに高位貴族が住んでいるサウスアッパーと呼ばれる地区にあった。この辺りは、王族の血筋を持つ貴族も屋敷を構えているそうだ。

予備知識としてパーシヴァルに教えてもらった。なんでも、パーシヴァルの母上のご実家もこの辺りにあるらしい。

従者が扉を開けると、目の前にはどーんと、これぞ公爵家と言わんばかりの立派すぎるお屋敷が建っていた。

開いた口が塞がる間もないまま、これまた立派なエントランスと廊下を通過して応接室に案内される。ペルフェクティオの屋敷にある物なんて比べ物にならないほど荘厳な家具が置かれ、歴史や家名の重みをひしひしと感じる。それでいて室内は明るく客を迎え入れるのだから、これが品が良いってやつなのだろう。

何もかもに呆気に取られながらも、弾力のあるソファに恐る恐る腰を下ろした途端、ブルームフィールド公爵閣下がお出ましになった。

俺は慌てて立ち上がると、開けっ放しの口を閉じ、深く腰を折って礼をする。

五歳の魔力鑑定以降ほったらかしにされていたから、貴族としてのマナーとか礼儀なんてものは全く身についていない。今の俺ができるのは、前世で身につけた所作だけだ。

王との謁見でもこんな感じだったが、特に咎められた記憶はないので問題ないと思いたい。

「よく来てくれたね、サフィラス君。私がブルームフィールド公爵家当主オーガスト・スタインフェルドだ」

「お初にお目にかかります、公爵閣下。サフィラスと申します。先日ペルフェクティオより廃籍されましたので、家名はなく現在は平民となりました。此度のお力添え、心より感謝申し上げます」

「顔を上げたまえ、サフィラス君」

視線を前に向けると、公爵はじっと俺の顔を見た。

アウローラと同じ、金の髪と紫の瞳を持つ美丈夫だ。若い頃は相当ご令嬢たちをざわつかせたことだろう。

「なるほど、アウローラの言った通りの人物だな」

「？」

「君は齢十四にして、数多の修羅場を乗り越えてきたかのような雰囲気がある。実に興味深い……まぁ、座って楽にしなさい」

ブルームフィールド公爵閣下は、俺が再びソファに腰を下ろすと侍女に視線を送った。それが合図だったのか、公爵家のできた侍女はすすっと部屋を出ていく。

「早速だがね、実は私の側近に君の試験の様子を観に行かせたのだよ。娘の推薦とはいえ、我が公爵家が支援する予定の学院生が、どれほどの実力を持っているのか気になってね」

「それで、私の評価はいかがでしたでしょうか？」

「無詠唱の魔法使いフォルティスの再来か、と側近は言っていたよ」

それは……間違ってはいない。中身は確かにフォルティスだしね。

「大変光栄ですが、過大評価しすぎかと」

さすがに、実は俺の前世はフォルティスなんです、とは言えないので、当たり障りなく謙遜しておく。

魔法は自重しないが、今の俺はサフィラスなので前世とは関係なく生きていくつもりだ。下手に前世を持ち出して、面倒くさいことになるのはごめんだからね。

「そうかな？　君はまだ学園に入学したばかりだ。なのに無詠唱で魔法を自在に操る。私はね、君のその底知れない才能がとても気に入ったのだよ」

そう言って公爵閣下は、俺をじっと見つめた。……なんか、色々と見透かされていそうで落ち着かないな。

「恐れ入ります」

「しかし、オルドリッジ伯爵はなぜ君のような才気溢れる子息を廃籍したのだろうね？」

やっぱりそこは気になるよな。

「……私は五歳の魔力鑑定で、魔力なしと神殿から宣告されましたので」

「ああ、そう聞いているな」

まあ、当然知ってるよな。そもそも、俺の存在をなかったことにできると思っていた父親の方がおかしいのだ。

この国の制度を鑑(かんが)みても、子供一人をいつまでも隠し通せるわけがない。もしかして、監禁した後に時期を見計らって、病死か事故で俺を消すつもりでいたのかもしれない。

そう考えると、無事に学院に通うことができたのは奇跡か、あるいは女神に与えられた強運の加護が働いたと考えても不思議じゃない。

「しかし、私は問題なく魔法が使えたのです。十四歳になり学院に通う直前までは家の離れにて一人でおりましたので、魔法については独学で勉強しました。家族とは一切関わらない生活をしておりましたから、オルドリッジ伯爵は私が魔法を使えることに気がつかなかったのでしょう」

「……なぜ魔法を使えることを黙っていたのだね？　魔法が使えれば、廃籍されることはなかったのではないかな？」

「そうですね……私と家族とでは、価値観が違いましたので。ペルフェクティオにいては、私の望む生き方はできないと思いました。幸いにも伯爵家には優秀な兄と弟がおりましたし、私が家を出ても問題はないかと」

「なるほど。では、君の望む生き方とはなんだね？」

「私は将来冒険者になりたいと思っております。自らの足で各地を巡り、己の魔法を極めたいと」

「国や貴族に仕える気はないのかな？」

「私はこの国を愛しておりますので、他国に身を寄せようとは思っておりません。いずれ冒険者として、どこかの地で命を落とすことになろうとも、肉体を失った私の魂は、安息を求めこの国へと還ってくることでしょう。ですが、自らの足で歩けるうちは、世界を巡って見聞を深めたいと思っているのです」

「……ふぅむ、そうか、なるほど……君の考えはあいわかった。よろしい、私はサフィラス君の将来への手助けをしよう。君の目指す道のために、クレアーレで思う存分学びなさい。そのための援助は惜しみなくするつもりだ」

公爵閣下は満面の笑みを浮かべた。

どうやら俺は彼のお眼鏡に適い、支援するに値する生徒と判断されたようだ。

きっと将来は冒険者を目指しているということも、あらかじめアウローラから聞いていたのだろう。

強権的に公爵家の魔法使いになるよう言われたなら、奨学生はお断りして学院を辞めようと思っていたけれど、今のところはその心配はなさそうだ。

もしかしたら、公爵家の援助が入ることで妙な色気を出しはしないか、見極めるための今日の面談でもあったのかもしれない。ケイシーみたいな奴だったら最悪だからな。

俺は冒険者になると決めているので仕えることはできないが、お世話になる以上はできる限り公爵家に益のある行動をしようじゃないか。

受けた恩は倍返しだからね。ついでに言うと、仇は四倍で返すことに考えを改めている。サフィラスは周囲から侮られすぎだ。俺を軽く見ると痛い目に合うって知ってもらわないと。

「……ありがとうございます」

俺が深々と頭を下げると、公爵はテーブルの上のベルをならす。チリンチリンと澄んだ音で、さっき部屋から出ていった侍女がティーセットの載ったワゴンを押して戻ってきた。

彼女は流れるような所作で、紅茶と色とりどりの果物が乗った華やかなお菓子を俺と閣下の前に置いた。

すごいな、こんな贅沢なお菓子は初めて見た。俺は閣下の目の前だということも忘れて、お菓子にじっと目を奪われた。

「そのタルトは娘のお気に入りでね。私も気に入っているのだよ」

へぇ、これはタルトというのか。

それにしても、馬車といいお茶といい、たかだか平民の小僧に随分と丁寧なお持て成しをしてくれる。閣下は良い人だな。

「さぁ、遠慮せず食べなさい。カスタードが甘すぎず、爽やかな味わいで実に美味いのだよ！」

閣下はそう言うと、早速タルトに手を付けた。

いかにも厳格な貴族の男が、実に美味そうにタルトを召し上がっておられる。なんというか、随分ギャップがある人だ。

けれど、こういう人物こそ要注意。敵に回さないよう気をつけなければならない。

本当はまだ緊張が完全に解けたわけではなく、何かを食べる気分じゃなかったけど、きっとこんな高級なお菓子を食べることは滅多にないだろう。人生経験の一つとして絶対に食べておくべきだ。

とはいえ、ここは名目上は無礼講の学院のカフェテリアではないので、あまりがっつかないように慎重にタルトを口に運ぶ。

口に入れた瞬間、俺は感動に打ち震えた。

程良い酸味とまろやかな甘み、そして滑らかなクリーム！

なんだこれ！　こんなお菓子、前世でも食べたことがない！　美味しすぎて頽れそうだ。

すごいぞ公爵家！　出されるお菓子も一流だった。このタルト、あと十個くらい食べたいな。

経験したことのない美味しさに、食欲がなかったことなどすっかり忘れ、タルトに夢中になってしまった。そんな俺の様子を公爵が緩い眼差しで見ているけど、気にしてなんかいられない。

何はともあれ、アウローラだけではなく公爵も気に入っているタルトが供された。

つまり、このお気に入りのタルト同様、閣下は俺を気に入ってくれたと思って間違いないだろう。


閣下は帰ってから食べなさい、と言ってお土産にあのタルトを持たせてくれた。

あんなに美味しいものを、また食べられるなんて！

帰りも立派な馬車で送ってくれると言ったが、そちらは丁重にお断りした。またあの四頭立ての馬車で学院まで送られたらいたたまれない。

転移で帰れば一瞬だからと伝えると、閣下は大層驚いた。

俺自身が一度でも行ったことのある場所なら正確に転移できるし、制限はあれど人や物も同時に移動できるので、必要があればお呼びくださいと言っておく。

いつだってお役に立ちますよ。

俺は恭しく菓子の入った箱を侍女から受け取り、丁寧に礼を述べると転移でその場を辞した。

部屋に戻ってきた俺は早速箱を覗いてみる。中にはフルーツの輝くタルトが四つも入っていた。こんな珍しいお菓子をいくつも用意できるなんて、公爵家は格が違う。

俺はそのままタルトの箱を持って、パーシヴァルの部屋を訪ねる。

「おかえり、サフィラス。問題はなかったか？」

パーシヴァルは俺の顔を見てほっとした表情を見せた。随分と心配してくれていたらしい。

「大丈夫、大丈夫。ちゃんと歓迎してもらえた」

「そうか、それならよかった」

「パーシヴァルに聞いた通り、閣下は確かに厳格そうな人物ではあったけど、でも美味しそうにタルトを食べる人だったよ」

「え？」

「それで、そのタルトをお土産に持たせてくれたから一緒に食べよう。この世のものとは思えないほど、美味しいんだ！」

俺がそう言えば、パーシヴァルは嬉しそうに笑った。

そうだろう、そうだろう。美味しいタルトが食べられるんだから。

「せっかくだから、お茶を淹れよう」

「お茶を淹れられるの？」

貴族の子息なのに？　と思っていたのが顔に出ていたんだろう。

「ああ、討伐で野営をすれば、なんでも自分でやらなきゃならないからな」

パーシヴァルは淀みのない慣れた手際でお茶を淹れると、俺の前にカップを置いた。

「へぇ、本当に慣れてる」

パーシヴァルの淹れてくれたお茶を飲みながら、俺は本日二個目のタルトを頬張る。

これまでのサフィラスは、甘味なんて嗜好品には全く縁がなかった。一日一回の食事は飢えて死ななければ良いという程度で、菓子なんてものは当然食べさせてはもらえない。

前世ではウルラたちと、旅先でその土地の名物や珍味に舌鼓を打ったものだ。せっかく味覚も復活したのだから、これからはもっと食べることも楽しもう。

それに、少しはましになったといえど、まだまだ枯れ枝のようなこの体をなんとかしたい。まずは食生活を充実させないとな。

☆　☆　☆

パーシヴァルという友達はできたものの、クラスでは相変わらずの腫れ物扱いだ。

ケイシーは陰でコソコソと何かを言っているようだけど、特に害はないので放っておく。

未だ一人ぼっちではあるが、今のところ困ってはいないので良しとしよう。目指していた学生生活とは違うけれど、三食寝床付きのこの生活は食事も美味しいし快適だ。

しかも、だ。とりあえず、この学院に在籍していれば最低限衣食住には困らないな、よかったなと十分満足していたのに……さらに、後援者であるブルームフィールド公爵家から支度金だとか学用品購入費だとかの名目で、月々お小遣いが貰えるのである！

大体どれくらいのお小遣いがいただけるのかというと、月に大銀貨三枚。これは、王都の下町に部屋を借りている若い夫婦が半月生活できるだけの金額だ。帳面やインクをいくら買ったって使いきれない。

食料は買わなくていいし、家賃もかからないこの寮生活で一体どうやって使えというのだろうか。制服だってあるんだから、服だって余程のことがなければ必要ない。

使わないからいらないと固辞したのだけれど、これを渡さないとケチな貴族と周囲は思うらしい。ましてや公爵家の支援を受ける学院生なのだから、それに相応(ふさわ)しい学院生活を送る必要があるそうな。よくわからないが、貴族というのは大変だ。

それから俺の部屋は、主に家格の低い家の学院生が入る、校舎から一番遠く狭い第四寮棟にあるのだが、高位貴族用の寮に移るようにと勧められた。

だけど現状に全く不満もないので、部屋替えは学年が上がる時でいいと断った。

ちなみに、元兄のウェリタスはしっかりと高位貴族の寮に入っている。同じ兄弟でもこの格差だ。

実家からなんの援助もなかった俺の生活環境は、公爵家の後ろ盾を得てから驚くほど変わった。

だからと言って贅沢(ぜいたく)をするつもりはない。もともとサフィラスは限界貴族のような生活だったし、前世も庶民出身の冒険者だ。

つまり、贅沢(ぜいたく)の仕方がわからない。だからいただいた銀貨は貯めておいて、卒業後に公爵家に返還しようと思う。

「待っていたぞ、サフィラス。随分と遅かったな」

ところで、なんでこいつがここにいるんだろうか？

明かりが弱く、薄暗い寮への渡り通路で、俺は目の前の男を半目で睨みつける。

パーシヴァルと一緒に夕食を済ませて、あとは部屋に戻ってお湯を浴びたらゆっくりしようと思っていたのに。

俺の貴重な自由時間を邪魔せんと、通路に立ち塞がって行く手を阻んでいる男たちの先頭にいるのは、元婚約者のギリアムだ。そもそも通路を塞ぐなんて、マナー違反じゃないかな。

「この間は邪魔が入ったが、ここならお前もゆっくり話せるだろう？　なんなら、もっと静かで誰も来ない場所に移動したっていいんだぞ」

「はぁ……」

この男は、俺がパーシヴァルと別れて一人になるタイミングを狙って、わざわざここで仲間と待ち伏せしていたのか。

ご苦労なことだが、もし転移で部屋に戻っていたら、こいつらは来ることのない俺を、この薄暗く寒々しい通路でずっと待ち続けることになっていたのね。

なんだ、そうとわかっていれば転移で戻ったのに……残念なことをした。もう一回カフェテリアに戻ろうかな。

「素直に俺の元に戻ってくるなら、先日の無礼な態度は許してやる。お前だって酷い目には遭いたくないだろう？」

ギリアムが、全く理解できないことを勝ち誇ったように言っている。

彼の背後には、取り巻きである男子学院生が四人。皆、ニヤニヤと酷く下品な笑みを浮かべて並んでいる。

貴族とは思えない品の悪さだ。数の力で脅して、服従させるつもりなんだろう。

都合のいい玩具を手放したくなくて必死なんだな。

「いえ、俺は別にアンダーソン様に許していただかなくても結構ですので。それでは失礼」

相手にするのも馬鹿馬鹿しい。そのままギリアムたちを押し除けて通り過ぎようとしたら、強い力で腕を掴まれた。

おい、痛いじゃないか。

「お前、いつから俺に対してそんな偉そうな口を聞けるようになったんだ？」

いつからと言われても、最初からとしか言いようがないが。

そもそも、もっと早く前世を思い出していたら、お前のような男とは空と海が入れ替わったって婚約していない。

「残念ながら俺は先日、ペルフェクティオの家から縁を切られました。だから、もうアンダーソン様とのご縁はないですよ」

「なに？」

「今の俺は平民なんで」

腕を掴むギリアムの手を振り払おうとしたけれど、これがしつこくてなかなか放れない。振っても揺すっても、まるで蔦が這うようにしつこく握っている。

いい加減に放してくれないかな。そろそろ俺の我慢も限界を迎えてしまうが。

「……ふぅん、平民、か」

ギリアムがいっそう醜悪な笑みを浮かべた。

うわ、酷い顔だな。とても見られたものじゃないんだが。

腐った野菜がとうとう腐臭を撒き散らすようになった。鼻を摘みたいので、早く手を放してほしいんだけど。

「なるほど、つまり平民のお前は俺には絶対に逆らえないってことだ。それをその体に徹底的に教え込んでやる、来い」

「はぁ？　行きませんよ。俺、もう部屋に戻りたいんで、この手、放してもらえます？」

ぐいっと強く腕を引かれたので、当然俺は引き戻す。

連れていかれたらろくなことにならないのは目に見えている。絶対行くわけがないだろう。

俺の反抗的な態度に苛ついたのか、ギリアムはまたしても魔物に取り憑かれたような形相になった。

「俺に逆らうつもりか！」

この男はいつだってそうだった。

サフィラスが少しでも抵抗すれば、恫喝して暴力を振るう。一体どこの破落戸だ。

大体、貴族が通う学院に、平民になった俺がどうして通えているのか全く疑問に思わないのだろうか。

そういえば、ギリアムはそんなことすら考えようとしない愚鈍な男だったな。元父親はこんな男と俺を結婚させて、本当にペルフェクティオに利があると思っていたのだろうか？

どう考えてもこの男が問題を引き起こす将来しか見えないのだが。伯爵家が巻き添えを食って、微妙な立場が益々微妙になるんじゃないか？

こいつらの相手はそろそろ終わりでいいだろう。十分相手はしてやった。

無駄な時間を終わらせるべく魔力を漲（みなぎ）らせれば、鈍感なギリアムでも何かを感じたようだ。ギョッとした表情を浮かべ、掴んでいた俺の腕を慌てて放した。

おや、残念。これで放さなければ、魔法で吹き飛ばすつもりだったんだけど。

「サフィラス、ここにいたのか」

不意に後ろから名を呼ばれ、振り返ればパーシヴァルがこちらにやってくるところだった。

「帳面を忘れていったぞ」

「帳面？」

あれ？　帳面なんて忘れていたかな？

パーシヴァルは、俺の前に居並ぶギリアムとその取り巻きたちを全く視界に入れる様子もなく、一冊の帳面をぽすんと俺の手に乗せた。

けれど、これは俺のものじゃない。

「そうだ、このあいだサフィラスがブルームフィールド公爵閣下にいただいたタルト、とても美味かった」

　唐突に始まったタルトの話に、首を傾げながらも話を合わせる。

「ああ、アウローラ嬢も公爵閣下もお気に入りのタルトなんだって」

「サフィラスはブルームフィールド公爵閣下に相当気に入られたのだな。迎えに来るのに、まさか四頭立ての馬車で来るとは思わなかったよ」

「ああ、帰りも馬車で送ろうとおっしゃってくれたんだけど、さすがに申し訳なくてお断りしたんだ」

「ブルームフィールド……？」

　ギリアムは怪訝そうな顔をしているだけだが、彼の取り巻きたちは既に顔色を悪くしている。後ろの連中の家格は子爵家や男爵家だもんな。

　なるほど、そういう作戦か。

　おたくらのご子息が、我が公爵家が支援している学院生に不愉快な態度を取ったようだが、ご家庭の教育は一体どうなっているのかね？　と公爵閣下が抗議の書状を一通でも送れば大変なことになる。

　短絡的に、平民になったのなら弄んでやろうと考えたのなら、最早貴族ではなく、その辺の小悪党と同じだ。

「ああ、アンダーソン先輩ですか。サフィラスはペルフェクティオの家名を失いましたが、この度ブルームフィールド公爵家の全面的な後援を受けることになったのですよ。ご存じありませんでしたか？」

まるで、たった今、いたことに気がつきましたよ、と言わんばかりの口調でパーシヴァルは返す。

「サフィラスの才能をいたく評価しているようで、大変目をかけておられる。何しろ公爵閣下が目の中に入れても痛くないほど愛しんでおられるスタインフェルド嬢が直々に、ぜひ奨学生にと推薦したのですよ。奨学生認定試験の際も、公爵閣下の側近の方が見学にいらしていたくらいですから、その期待の程が窺えるというもの」

貴族にとって情報は、時に金貨に勝るほどの価値を持つ。

正確な情報の収集と正しい状況の判断ができなければ、思わぬ落とし穴に嵌まるのは貴族に限ったことではない。

ここまで聞かされて、頭の悪いギリアムもようやく状況を理解したらしい。

最早サフィラスは、自分よりも家格の低い伯爵家の冷遇されている次男でも、家を追い出され後ろ盾のない平民でもないのだ。学院にも認められ、公爵家の後ろ盾を得た優秀な学院生だ。

「ま、魔力なしのくせになぜ！」

「なぜ？　サフィラスは優秀な魔法使いですよ。アンダーソン先輩は知らなかったのですか？」

パーシヴァルがそう言えば、ギリアムはぐっと言葉を詰まらせた。

「い、行くぞ」

ギリアムはそう言うと、取り巻きを連れて足速に去っていった。

俺はその後ろ姿を冷めた目で見送る。

それにしても、すごいのはパーシヴァルだ。俺にほとんど喋らせずに、あのギリアムを追い払ってしまった。

「ありがとう、パーシヴァル。また助けられたね」

「アンダーソンが第四寮棟に向かったと聞いたんだ。大方こんなことだろうと思ったが……あの世間知らずは、いい加減周囲で何が起きているのかを正しく知る必要があるな。サフィラスも、あんな奴に魔法を使う必要はない」

至極真面目な顔でそう言ったパーシヴァルに、俺は尊敬の眼差しを向けた。

あのままギリアムと会話を続けていたら、俺は間違いなく直截(ちょくせつ)にお前は馬鹿だな、くらいは言っていただろう。殴られそうになったら魔法で反撃できるからだ。

力で敵わなければすぐ魔法でなんとかしようと考えるのは、暴力で言うことを聞かせようとしているギリアムと変わらない。

なんでも魔法で解決するのはよくないなと、ほんの少しだけ自分の考えを改めた。

ほんの少しだけね。

☆　☆　☆

学院に入学してから早二か月、今日も今日とてケイシーがまるで親の仇でも見るような視線を向けてくる。

何しろ散々魔力なしと馬鹿にしてきた俺が、魔法の授業で大注目を浴びているからだ。

学院から追い出されるどころか、奨学生としてブルームフィールド公爵家の後ろ盾も得ている。

それに、勘当された俺はペルフェクティオとはもうなんの関係もないのだ。親戚だという理由がなくなってしまえば、絡みようがない。

これを機に、俺に向けていた他者を虐げずにはいられない衝動を、もっと前向きな何かに還元してほしいものだ。

ちなみに、クラスメイトは未だに遠巻きにこちらを窺っている。いい加減、話しかけてくればいいのに。

だけど、パーシヴァルが俺と一緒にいてくれるから平気さ。クラスが違うので常に行動を共にしているわけではないが、彼とは話が合うし、一緒にいても気を遣わない。

彼も同じように思ってくれているかはわからないけれど……

とにかく、最初に仲良くなれたのがパーシヴァルでよかった。それに、時折アウローラも声をかけてくれる。今まで孤独だったサフィラスの出だしとしては、まぁまぁなのではないだろうか。

そんな感じで、学院生活は初っ端から色々あったけれど、今は概ね平和に過ごしている。

こんな風に放課後のカフェテリアで、パーシヴァルとお茶などをしているのだから。

カフェテリアでは食事しかできないと思っていたが、放課後になるとお茶とお菓子のメニューが提供されると知ってから、俺はちょくちょく足を運んでいる。

それに時々パーシヴァルが付き合ってくれて、課題や授業の復習をしながらのティータイムを楽しむのが習慣になりつつある。

そんな俺たちに、少し離れたテーブルからちらちらと視線を投げてくる学院生も少なくない。目当てはもちろん、パーシヴァルだろう。

最近小耳に挟んだのだけれど、パーシヴァルは〝太陽の騎士〟と呼ばれているらしい。

みんな詩的な二つ名を付けるのが好きなようだ。初めて聞いた時にはいささか呆れたが、パーシヴァルは幼い頃から魔獣を相手に剣を振るっていると言うし、騎士と呼ばれるのも納得だと俺も深く頷いた。

前世の俺、フォルティスは冒険者として世界中を巡っていたので、今よりもずっとしっかりした体躯（たいく）を持っていた。それに、自分で言うのもなんだがなかなかのいい男だったので、男女ともにそれなりに人気があった。

……今の俺とは随分違う。あの頃の俺だったら、パーシヴァルといい勝負ができたのにな。

サフィラスは綺麗な顔をしてはいるけれど、逞（たくま）しさとは遥か彼方の遠いところにいる。

ちらっとパーシヴァルに視線を向ければ、太陽の騎士様は痩せっぽっちの俺と違って、少年ながらにご立派な体躯（たいく）だ。

無駄のない筋肉を纏（まと）った、引き締まった体。長い脚に、俺の頭一つ分ほど高い身長。さらにはきらっきらの金髪。

パーシヴァルと並んでいると、俺の脆弱な体つきがより際立って見える。

俺だって最初は体を作ろうと結構頑張って食事を摂っていたけれど、もともと食が細いから思ったようには食べられなかった。

そんなわけで俺は早々に無駄な努力をやめた。食事の度に無理をして食べ物を押し込んでいたら、ひ弱な胃の腑が悲鳴を上げたからだ。

毎度毎度、食後に具合を悪くしていたら、無茶はやめろとパーシヴァルに止められてしまった。その調子では体を大きくするどころか本末転倒だと言われ、確かにな、と俺も納得した。

そもそも、パーシヴァルとは始発点からの差がありすぎて、今更それを埋めることは不可能なのだ。それに俺は魔法使いなんだから、体が大きい必要はない……そう、ないんだよ……

「……どうした？」

俺のじとっとした視線に気がついたパーシヴァルが、訝しげに首を傾げる。

「いや、体格の差に生まれながらの理不尽を感じて……」

「？」

「それをおっしゃられたら、サフィラス様の魔法も理不尽だと思う方が沢山いらしてよ」

「アウローラ嬢」

華やかな笑みを浮かべながら登場したアウローラは、聖魔法のオーラを放っていて、仄かに光って見えるようだ。

パーシヴァルといい、アウローラといい、なぜ俺の周りには光る人物が集まるんだろうか。俺は暗い色味をしているから、二人の輝きをさぞ引き立てることだろう。

そんな光り輝くアウローラも、実は俺と同じ一学年だった。上級生かと思ってたよね。最近になってようやく自分の周囲を知る余裕ができたので、初めて知ることも多い。

「先日も素晴らしい魔法をご披露されたそうですわね。わたくしのクラスでも噂になっておりましたわ」

一昨日の魔法実技は、魔力の微妙な操作を学ぶために、自ら呼び出した水の形を操るという授業内容だった。

中には学院に入る前に家庭教師から学んでくる子もいるので、魔法の腕前にはだいぶばらつきがある。魔法に慣れている学生はそこそこに水の形を変えたりできるが、慣れていない学生は思い切り水を被ってびしょ濡れになっていたりもした。

俺は言わずもがな、なので、当然自重などするつもりはない。

祭りの大道芸人かよってくらい派手な水の魔法を披露して、大人気(おとなげ)なく実力を見せびらかした。

実際今の俺は十四歳の子供だから、全く大人気(おとなげ)なくはないのだ。

当然、桁違いの魔法操作を見せられたクラスのみんなはポカンである。そんな俺の様子は学舎からも見えていたらしく、ちょっとした騒ぎになっていたようだ。

「そういえば、もうすぐ野外演習ですわね」

「そうだね」

野外演習とは、学院が所有する森で魔獣と対峙する訓練だ。数名で班を組んで魔獣退治を行うが、当然魔獣は本物ではなく、学院が用意した擬似魔獣を使う。

男子学生は基本全員参加で、女子学生は希望者のみが参加する。アウローラは数少ない女子の参加組だ。

「アウローラ嬢も参加するんでしょ？」

「ええ、もちろんですわ」

「閣下がよく許可をしたね」

貴族の子息令嬢たちが参加するのだから、学院側も万全の安全策をとっている。

とはいえ、夜の森での演習だ。何か予想外の事故が起こらないとも限らない。そんな危険な授業に出席することを、閣下がよく許可したなと思う。

「不測の事態にも対応できるように、こういった経験も必要なのですわ」

「へぇ……」

アウローラはこの国の第二王子の婚約者。彼女の言う不測の事態というのは、王族に何かあった時のことを言っているのだ。

国としては彼女の聖魔法を王家に取り入れたいのだろうが、彼女のような聖魔法使いこそ冒険者になるべきなのに……もったいない。

とはいえ、アウローラは貴族の、しかも公爵家のご令嬢。王家との婚約がなくても、冒険者になることはないだろうけど。本当に残念。

「パーシヴァルは魔獣に慣れてるんだよね？」

「ああ、領地では魔獣討伐に出ていた」

ヴァンダーウォール領で本物の魔獣を相手にしていたパーシヴァルにとって、学院の演習はきっと遊びのようなものだ。

俺もフォルティスだった頃は散々魔獣を討伐した。だけどサフィラスは違う。世の中すら知らないサフィラスが、心の底で慄（おのの）いているのがわかる。

確かに魔獣は怖いよな。だけど大丈夫。俺は大魔法使いだ。

「俺、魔獣を見るのは初めてだな」

今世では、だけど。

「心配しなくていい。大抵の学院生は魔獣と相対するのは初めてだ」


そんな会話を交わした数日後。いよいよ演習の日がやってきた。

スタートは夕まずめ頃から、夜間の討伐を想定しての演習だ。

四人から五人の班で森に入り、協力して擬似魔獣を討伐する。班の組み合わせは実力がだいたい同じになるよう、教師陣があらかじめ決めていた。

パーシヴァルしか友人がいない俺なので、せっかくのこの機会にもう少し交友関係を広げたい。だけど最初の悪い印象が残っているせいか、誰も近寄ってきてくれないのが現状だ。

今回の演習でも遠巻きにされて終わりかなと半ば諦めていたんだけど、もしかしたら、この儚げな見た目が気安く話しかけにくい要因の一つなのでは？　とアウローラが助言してくれた。どうせだから、アドバイスに従って俺の方から積極的に話しかける作戦で行くことにする。

外見は儚げ美少年かもしれないけど、中身はただのお調子者。一度でも俺と会話をしてもらえれば、話しやすい奴だとわかってもらえるはず。

「今日はよろしく！」

硬い表情をしていた班員たちに軽く手を上げ、俺から声をかけてみれば、みんなほっとしたように表情を緩めてくれた。どうやら掴みは成功のようだ。アウローラのおかげだな。

自己紹介を交えつつ、どうやって目的地を目指すかを話し合う。

「早速だけど、陣立てはどうする？」

「僕は魔法より剣が得意なんだ。前衛を務めるよ」

「へぇ、じゃあ将来は騎士に？」

「うん、そのつもり」

はにかみながら笑った彼は、男爵家の長男だそうだ。物静かな少年だけど、選択した剣術の授業を真面目に受けていたように思う。

なるほど、それなら俺は彼が十分活躍できるように後衛を任されようかな。

「だったら俺は、後衛を務めさせてもらうよ」

その後の話し合いも順調で、前衛三人の後衛二人に決まった。

俺が同じ班になったからには豪華客船にでも乗ったつもりでいてくれよな、などと冗談を交わす。

すると、地図を広げて談笑しているところに、なぜか教師とアウローラがやってきた。

「サフィラス君」

「はい？」

「申し訳ないのだが、君にはスタインフェルド嬢の班に入ってもらいたい」

アウローラに視線を向けると、彼女の後ろには二人の獣人と一人の女生徒が立っていた。女生徒の方は子爵家のご令嬢で、アウローラの侍女を勤めているリリアナという娘だ。

獣人の二人は確か、ワーズティターズ王国からの留学生だったか。クラスが違うので言葉を交わしたことはないが、高位貴族の子息だという噂は聞いている。

きっと、アウローラは彼らの世話役なのだろう。

「わかりました……みんな、悪いな。せっかく同じ班になったけど、また次の機会に一緒に回ろう」

班のみんなは笑顔で俺を送り出してくれたので、次に顔を合わせた時は挨拶くらい交わせるだろう。まあ、一歩前進かな。

「サフィラス様、急な変更に応じてくださってありがとうございます」

「いや、いいよ」

新しい班に移動すると、アウローラが獣人留学生に俺を紹介した。

「クラウィス様、リベラ様、彼はサフィラス様です。サフィラス様は家名をお持ちではないですが、ブルームフィールド公爵家が全面的に援助をしております、優秀な学院生ですわ」

俺は黙って頭を下げる。平民の俺が調子に乗って話しかけて、いきなり不敬だ！　なんて言われたらかなわないからね。

「サフィラス様、こちらはクラウィス・ガルシア様とリベラ・エルナンデス様です。お二人が我がソルモンターナ王国と友好を深めるためにいらっしゃった、ワーズティターズ王国からの留学生であることはご存知ですわよね」

「もちろん」

つまり、彼らは国賓級の留学生で失礼があっちゃならないのに、この学院に一部獣人に対して差別的な生徒がいるんだけど、まさか貴方様はそんなクズではないわよね？　って言うことだね。

前世では獣人に対する差別が今より強かった。そんな差別が百五十年経った今もなお残っているというのは、悲しいことだ。

彼らはその獣性から見た目が少々人とは違い、力も強い。たったそれだけで、獣人は野蛮だと思われている。

だけど、彼らの中身は人と全く同じだ。それなのに、勝手な思い込みで差別的な態度を取る者が少なくない。中には獣人が人を襲い、支配しようとしていると嘯く者もいるのだ。阿呆らし。

しかし残念なことに、大体そんなことを言う奴は貴族に多い。

貴族というのは、良くも悪くも古きを重んじる。古き良きものだけを重んじればいいが、悪しき習慣や時代にそぐわぬ饐えた考え方まで重んじる者も少なくない。

一方、平民の中では獣人は既に良き隣人だ。

市井の生活の中で、獣人との交流はもう随分と昔から行われてきた。実際に彼らと関われば、獣人は乱暴者なんかじゃなく、自分たちと何も変わらないとわかるからだ。そもそも人の中にだって乱暴者はいる。

人を襲い、支配しようとする輩はむしろ人の中にこそいるのではないかって俺は思ってるけどね。

――フォルティスだった頃の俺には、獣人の仲間がいた。狼の耳と尾を持ったバイロンは、心優しく強い男だった。久しぶりに獣人の姿を見て、ついかつての仲間を思い出してしまう。

「獣人が嫌なら我々の班に入ってもらわなくても結構だが？」

少々物思いに耽っていた俺の様子を見て勘違いしたんだろう。護衛っぽい方、リベラが俺を睨みつけた。

「え？　……ああ、いや、申し訳ない。貴方がたを見ていたら昔の知り合いを思い出して、少々懐かしく思ってしまって」

「獣人に知り合いがいるのか？」

主人っぽい方のクラウィスが、険悪になりそうな空気の流れを変えるように話題を振ってくれた。クラウィスは懐が深いな。

「はい、冒険者で、優しく強い男でしたが……もう随分会っていないので、今頃どうしているのかと」

そのバイロンに、クラウィスはなんとなく似ている。灰銀色の髪に、水色の瞳。

バイロンの髪はもう少し濃い灰色をしていたけど。彼はどこかで素敵な伴侶を見つけて、幸せに暮らしたんだろうか。

「そうか……その御仁とまたどこかで会えるといいな」

「はい。でも、冒険者はひと所に落ち着いたりしないので。どこかで元気にしていたら、それだけでいいんです」

そのうちにバイロンの足跡を辿ってみるのも悪くはない。彼も英雄の一人だ。その後の軌跡が何かしら残っているだろう。

ところで、俺がこの班に入った理由はきっと護衛のためだ。他国の貴族と自国の公爵令嬢。しかもアウローラは第二王子の婚約者。

確かに俺なら、学院側が用意した魔獣程度であれば居眠りしてても消せる。そもそもインサニアメトゥス級の厄災竜でなければ、俺の手を煩わせることなんかできやしないんだけど。

「サフィラス、気を遣わずいつも通りに話してくれ。同じ班になったんだ。いちいち気を遣っていては、いざという時に素早い意思疎通はできないだろう。俺たちのことはクラウィス、リベラと気安く呼んでくれて構わない」

「なら、遠慮なくそうさせてもらうよ、クラウィス」

そういうことなら、俺は遠慮はしない。堅苦しいことは苦手だからね。

「ああ、サフィラス、よろしく頼む」

そう言ってクラウィスは右手を差し出した。俺は躊躇わずその手を握る。どうやら同じ班になった獣人は悪い奴じゃなさそうだ。彼らとは上手くやれるだろう。

改めて地図を広げ、どのルートを通って目的地を目指すのか話し合う。

森にはいくつかのルートが設定されていて、そのどれを通っても良い。魔獣を倒し、あるいは避けて終着点である野営地にたどり着き、そこで一夜を明かせば課題は終了。

サフィラスになってからはやったことがないとはいえ、知識がある俺には野外炊爨なんてお手の物だけど（たぶん）、普通の貴族の子息にそんなことできるはずがない。

だから野営の準備は学院側がしてくれていて、俺たちは特別仕様の豪華な天幕の中で寝るだけという手筈になっている。

なんてお気楽な野営かな。それだって、外で寝たことのない学院生にとってはとんでもない苦行だろうけど。

さて、課題の方だけど、どのくらいの頻度で魔獣もどきとエンカウンターするかはわからない。地図を見た感じでは、何事もなければ数時間で森を抜けられそうだ。

「役割を決めた方がいいと思うが……俺とリベラは剣を得意としているので、前衛で構わないだろうか？」

「うん、俺は後衛を引き受ける。アウローラ嬢とリリアナ嬢の守りも任せてもらって構わないよ。二人は前衛で思う存分剣を振るって」

「それは頼もしいな」

「……ふん、獣人ごときが偉そうに」

耳に飛び込んできた失礼極まりない言葉に、俺は思わず動きを止めた。アウローラが咄嗟に扇子を出して口元を隠す。

今日はドレスではなく、乗馬時のような服とロングブーツを着用しているが、そんな姿でも扇子は持っているんだな。一体どこに隠していたんだろう。ちょっと気になる。

失礼な発言が聞こえた方を壊れた風見鶏のようにグギギと振り返って見れば、ケイシーが立っていた。相変わらず嫌味な顔をしているな。

「貴様っ……」

リベラが熱り立つ。

気持ちはわかるが、さっきのことといい、彼はちょっと気が短かすぎやしないだろうか。護衛ならもっと余裕を持って主人を守らないと。冷静さを失ったら、正しい判断ができなくなる。

俺はリベラの前にスッと移動すると、これみよがしに下らないことを言ったケイシーと向き合った。

国賓に相当する彼らを前に、問題を起こさせるわけにはいかない。

それに、偉そうなのは目の前のこいつの方だ。失礼にもほどがあるし、下手したら国家間の問題になる。貴族の子息のくせにそんなこともわからないなんて。さてはお前、似非貴族だろ。

「ふん、人族ごときが偉そうに」

俺も性格は大概なので、全く同じ言葉で返す。

顎をしゃくり上げて、相手を心底馬鹿にしたような不愉快な態度も真似てやった。自分の姿が他人の目にどう映っているのか知るがいい。

「なっ！」

俺に同音同句で言い返されたケイシーは顔を真っ赤にして、眉を吊り上げた。これまでの俺は蔑みの対象だったから、余計に苛つくだろう。

「腹が立つだろ？　お前の放った言葉と態度は人を不愉快にする。学院生なら少しは弁えろ」

「弁えるのはお前だ！　恥曝しのお前は廃籍されて今は平民じゃないか！　お情けで学院に置いて

もらっているくせに、偉そうなことを！　平民は黙ってろ！」

「お情けじゃなくて、奨学生な」

そんなお子様の挑発には乗らん。

それに俺の前世は平民なので、平民といくら連呼されようと痛くも痒くもない。むしろ平民万万歳だ。大体、貴族だった頃の俺はろくな目に遭っていないんだ。

「ふん、お前のような平民は、汚らわしい獣人と仲良くしているのがお似合いだ」

うわ、出た。お安い選民意識。

民度が低い奴ほどこういうこと言うんだよ。こいつの貴族としての教育どうなってるの？

言いたいことはたくさんあるけど、さすがに背後から伝わる怒りのオーラが危険なレベルまで膨れ上がっている。

そろそろ愚か者を黙らせないと、ここに血の池ができかねない。

「お前、心底馬鹿だなぁ。退学になりたくなければ、それ以上口を開くなよ」

「な、なんだと！」

「公然の秘密ってやつだよ。まぁ、その秘密を知らないなら、お前の家はその程度の立場なんだろうけど。だとしても、知らない人間は知らないなりに周囲の空気を読んで、その場に相応しい振る舞いを見せるのが貴族の品位でしょうが」

「はっ！　恥曝しのお前には仲間がいないからな！　獣人と馴れ合ってるのがお似合いだ！」

まだ事態を把握していないケイシーが噛み付いてくる。きっと甘やかされて育ったんだろうな。

「言ったよね、俺。それ以上口を開くなって。つまりさ、これ以上くだらないことを喚き立てると、お前のお家がなくなっちゃうかもよって話をしてるの」

そう言ってにっこりと笑ってみせる。俺の言葉にようやく何かを感じ取ったのだろう。

ケイシーはここに来て初めて、扇子で口元を隠しているアウローラに気がついた。

そして彼女から向けられている氷のような視線から、やっと獣人である彼らがやんごとなき立場の人物だと察したようだ。

気がつくのが遅すぎる。こんな危機感の低い奴を演習になんか参加させて大丈夫なのか？

顔を青くしたケイシーは謝罪もなく、そそくさとその場を離れていった。子爵家があいつの代で没落しないことを適当に祈るよ。

「ご不快な思いをさせてしまい、申し訳ございません」

アウローラが腰を折り、深々と頭を下げる。

「スタインフェルド嬢、顔を上げてくれ。俺たちは気にしていない」

クラウィスは本当に気にしていないのか穏やかな笑みを浮かべているが、リベラの方は未だに溜飲が下がらないのだろう。渋面のままだ。

申し訳ないとは思うが、あんな奴を人族の平均だと思ってほしくはないな。

「そろそろ行こうか。すっかり出遅れちゃってる」

気分を変えるべく、俺は努めて軽く四人を促した。

気がつけばほとんどの学院生は既に出発していて、広場はがらんとしている。気分の悪い出発となったが、あんな奴を気にしてもいいことはない。

せっかくいい雰囲気ができそうだったのに、ケイシーのせいでなんとなく気まずくなってしまった。

先頭をクラウィスとリベラが歩いているが、とにかくリベラが醸し出す、俺たち人間を拒絶する感がすごいのだ。きっとケイシー以外にも、あんなくだらないことを言う輩がいたんだろう。

アウローラが気を遣って話しかけて、なんとか雰囲気を和らげようとしているが……クラウィスはともかく、リベラが頑なになってしまっている。

まぁ、気持ちはわかるが、主人に気を遣わせてどうするよ。

「……お話し中悪いけど、そろそろお出ましのようだよ」

なんだかなと思っていれば、学園側が用意した擬似魔獣がなかなかいいタイミングで現れてくれた。コイツらの方がケイシーよりずっと空気が読めるじゃないか。

狼型の擬似魔獣が数頭、俺たちの前に飛び出す。これらは木製の模型に魔獣の皮を被せて魔法で動かしているものだ。あくまでも本質は木なので、本物の魔獣に比べてずっと弱い。

クラウィスとリベラが剣を抜くと、俺はアウローラとリリアナの後ろから、いつでも魔法を放てるように構える。俺が倒せば早いけど、それじゃ演習の意味がない。

心配はいらないだろうと思っていた通り、魔獣は前衛の二人があっさりと倒してしまった。

なかなかの剣の腕前だ。俺は守りに徹して、攻撃は前衛の二人に丸投げすることにする。

そんな調子で、しばらく学生の演習に見合う魔獣を相手に森を進んでゆくと、どうにも嫌な気配が漂ってきた。擬似魔獣とは明らかに雰囲気が違う。

「なんだ、あれは……？」

リベラが足を止めて森の闇をじっと見つめている。

彼ら獣人は俺たちよりも五感に優れている。闇の中に何か不穏なものが潜んでいることに気がついたんだろう。

俺が魔法で辺りを明るく照らすと、リリアナ嬢がはっと息を呑む。アウローラはさすがというか、見事に動揺を隠した。

そこにいたのは、大きな蛇型の魔獣だった。胴の太さが木の幹ぐらいある奴らが数匹。学生の演習にしては、だいぶ手に余る魔獣だ。

毒はないがそこそこ大型の蛇で、動きが素早く力も強い。油断して巻き付かれでもしたら、あっという間に絞め殺されて頭から丸呑みされる。

「……これはどう見ても擬似魔獣じゃないようだけど。アウローラ嬢、先生から何か聞いてる？」

もしかしたら学院側の仕込みかと思って尋ねれば、アウローラは首を横に振った。

「いいえ、聞いておりませんわ。クラウィス様、リベラ様お下がりください」

「いや、だが……」

「どうかここは、サフィラス様にお任せくださいませ」

不承不承(ふしょうぶしょう)、二人はアウローラの指示に従う。

まぁ、俺の見た目は少々弱々しいので、本当に任せて大丈夫なのか疑わしいんだろう。

対して、アウローラの俺への全幅の信頼がこそばゆい。

散々俺の魔法の腕前を見てきたからだろうけど。紛い物扱いされたことがあるだけに、素直に嬉しいよ。

さぁ、見ててておくれ。前世も今も武器は全くからっきしだけど、魔法だけは超特級だ。アウローラの期待に見事に応えてみせよう。こんな蛇どもなんか、俺の敵ではない。

シュウシュウと音を立てながら、蛇が獲物である俺たちめがけて鎌首を持ち上げた。俺は焦ることなく、襲ってきた蛇の頭を腕の一振りで切り落とす。

最後の足掻きでのたうつ蛇の尾を避けながら続け様に左右に腕を振れば、そこにいた魔蛇たちは全て首なしの骸となって転がった。

これだけの大きさだし、立派な靴とベルトがいくつもできそうだ。風の刃で胴体に傷をつけずに頭だけ落としたから、きっとそこそこの値段になるはず。

「……なんだ、今のは？」

クラウィスが呆然と呟く。

まぁ、詠唱も何もしてないからね。一見何が起きたか理解できないだろう。

「んふっふー、俺の魔法だよ。どう、驚いた？」

俺が胸を張って得意げに笑えば、クラウィスとリベラが意外なものを見たような表情を浮かべる。

黙っていれば美少年なので騙されている人は多いが、俺の中身はお調子者なのだ。

そんな俺の本性にアウローラはすっかり慣れてしまっているので、特に反応はない。

「それにしても、なんだか様子が変だ。アウローラ嬢、ひとまず出発地点に戻って、このことを先生たちに報告した方がいいんじゃないかな？」

「ええ、その通りですわね」

俺たちは問題ないけれど、もし他の班がこんなのに遭遇したら大変だ。

ここにいる蛇で全てならいいが、魔蛇が一匹でも森を彷徨（うろつ）いている可能性があるなら、演習は中止にして学院生を皆避難させるべきだ。あんな魔蛇、一年生が相手にできる魔獣じゃない。

俺がみんなを連れて転移しようとした時だ。

森の中から言い争う声が聞こえてきた。

「話が違うぞ！　なんでこんなに魔蛇がいるんだ！」

「蛇香（じゃこう）を焚いたんだから当然だよ！　そもそもそうしろと言ったのはアンダーソン先輩じゃないか！　あいつらを脅してやるって……」

どうにも聞き捨てならない内容の会話が聞こえてきた。

蛇香（じゃこう）を焚いたって？　ちょっと言っている意味がわからない。なんで学院のこの森でそんな馬鹿なことをしたんだ。

それに、この声には聞き覚えがある。ケイシーとギリアムに間違いない。あいつら一体何をしてる？

声のする方に行ってみれば、案の定そこには件（くだん）の二人がいた。

「ねえ、今の一体どういうこと？　説明してもらえるかな？」

「サ、サフィラス！」

俺の顔を見て、慌てて逃げようとした二人を魔法の蔦で拘束する。

逃げられるとでも思ったか。ごろんと無様に地面に転がった彼らに再び問う。

「この学院の森で蛇香を焚いたって本当？　今日野外演習をするとわかっていて？」

蛇香とは蛇を呼び寄せる香で、冒険者が使う道具の一つだ。

魔蛇の皮はどこの素材屋でも買い取ってもらえるので、冒険者が小遣い稼ぎによく狩っているのだ。しかし、少なくとも初心者向けの獲物でないことは確かだ。

そんなものを呼び寄せる香を、演習中の学院生がいる森で焚いたとするならば、コイツらの良心とやらを疑わずにはいられない。

「あ、……いや、」

「モルガン様、班の皆様はどうなさいましたの？」

「そ、それは……」

言い淀んで視線を彷徨わせるその様子から察するに、大方見捨ててきたんだろう。

「俺は関係ないぞ！　そ、そもそも、蛇香を焚いたのはこいつだ！」

ケイシーを指差して、ギリアムが喚く。

「そ、そんな！　アンダーソン先輩が蛇香を焚けと言ったんだ！」

これは駄目だ。大それたことをしでかした癖に、責任の擦り付け合いに終始している。

こいつらから詳しい話を聞くよりも、先に学院生たちの保護に向かった方がよさそうだ。

「一緒になってやってる時点で同罪だよ。お前らは自分たちで魔獣を呼び出しておきながら、手に負えないとわかったら尻尾を巻いて逃げ出したんだ。それでも魔法使いの血筋か？　なぁ、ケイシー？」

俺は思いっきり蔑んだ眼差しをケイシーに向けた。

俺はこいつに言いたいことが有り余るほどあるんだ。

「お前さぁ、『僕』のことを魔力なしって散々虚仮にしてくれたよね。なのに、お前ときたら魔法使いのくせに自分で蒔いた種すら刈り取れないとか、全く片腹痛いよな」

「なっ、なんだと！」

ケイシーが顔を真っ赤にして怒鳴る。だけど、お前には憤る資格さえない。

「事実だろ？　……お前ら、自分の行動がどういう結果を招くのか、考えなかったわけじゃないよな？」

俺は転がるケイシーの胸ぐらを掴む。

悲しいかな、掴み上げたかったが俺の力が弱すぎて、引き寄せるに留まった。

この愚か者共は大した度胸もなく、自身の矮小な自尊心のためにわざと魔獣を呼びよせた。関係ない学院生たちまで巻き込んで。

責任も取れないくせに、人の命に関わるような危険なことをやらかしたんだ。

少しでもこいつらに考える頭があったなら、こんな馬鹿げたことはしなかっただろう。

苛立ちに任せて突き放すように手を放す。

「だ、だけど、こんなに魔蛇が集まってくるなんて思わなかったんだ！」

「馬鹿なの？　一回魔蛇に喰われてこいよ」

「……な、なんだと！」

睨みつけてやれば、ケイシーが強がって声を荒らげた。

今回のことを懺悔して悔い改めれば、もしかして女神が新たな生を用意してくれるかもしれないが。今のところ、それは見込めそうにないな。

「サフィラス様、今は彼らに構っている場合ではありませんわ」

アウローラが俺とケイシーの言い合いに割って入る。

確かに、こいつらなんか今はどうだっていい。

「……おい、ケイシー、蛇香はどこで焚いた？」

「そんなの知るか！」

「はぁ？　もしかして、ふざけているのかな？」

「うるさい！　うるさい！　恥曝しのくせに偉そうに！」

「もう、仕方ないな」

俺は蔦を操ると、忍び寄っていた魔蛇の前に縛り上げたままのケイシーを放り出した。

魔蛇は目の前に転がってきた餌に食らいつこうと、鎌首をもたげて大きな口を開ける。

「サフィラス様!?」

「ヒィーっ！」

アウローラが息を呑み、ケイシーが甲高い悲鳴を上げる。

まぁ、脅しはこの程度でいいだろう。

魔蛇が食らいつく寸前にその首を切り落とせば、大きな蛇の頭がケイシーのすぐ側にどすんと落ちる。これで少しは懲りただろうと思っていたら、脅しすぎたのかケイシーは失神していた。

「本気かと思いましたわ……」

アウローラがほっとした表情を浮かべる。

「まさか。いくら俺でもそこまではしないよ」

どんなに不愉快な相手でも、ケイシーは分別のつかないただの子供だ。

自分が何をやらかしてしまったのかわかってもらおうと思っただけで、本気で魔蛇に食わせるつもりはなかった……本当だよ？

しかし、自分で仕掛けた罠がどこにあるのかわからなくなるほど、闇雲に逃げてきたのか。こいつらは本当に救いようがないな。

蛇香のある場所に転移できれば一番いいけれど、俺はこの森を知らない。既に暗くなり始めているし、一体どうやって探せばいいんだ？

思案していれば、森の奥から悲鳴が響いてきた。

どうやら、最も懸念していた事態が起きてしまったようだ。

「アウローラ嬢、一緒に来てくれる？　もし怪我をしている生徒がいたら俺では治せない」

「もちろんですわ。最初からそのつもりです」

「ありがとう……クラウィス、リベラ。悪いけど、こいつらが逃げ出さないように、ここで見張っていてほしい」

「いや、だが……」

リベラがちらりとクラウィスに視線を向けた。

確かに、魔蛇がいつ出てくるかわからないこんな場所にいつまでも留まっているのは危険だ。護衛としては、主人が心配なのもわかる。

俺はリベラたちが立っている範囲、半径二メルテルの地面に防壁の魔法陣を描く。地面がほの明るく発光しているので、うっかり魔法陣の外に出てしまうことはないだろう。

「この中にいれば魔獣は絶対に入ってこられない。竜でも来ない限りはここにいて。もし魔蛇が周りを彷徨(うろつ)いて落ち着かないようだったら、そいつらをくれてやって腹を満たしてやればどこかに行くと思う」

ギリアムが声にならない悲鳴を上げた。

さっき俺がケイシーを魔蛇の前に放り出したので、今度こそ本当に餌にされると思ったんだろう。

しばらくはそうやって恐怖に震えていればいい。

「わかった。彼らのことはしっかりと見張っておく。君たちも気をつけて」

「ありがとう、クラウィス。頼んだよ」

「クラウィス様、リベラ様、リリアナをよろしくお願いいたします」

「ああ、任せてくれ」

二人がしっかりと頷く。彼らがいれば、ここは大丈夫だろう。

別にケイシーたちが魔蛇に食われても問題はないんだけど、きちんと自分たちの仕出かしたことの責任はとってもらわなければならない。

俺たちは悲鳴の聞こえてきた方向へと急いで向かう。

「あちらを見てくださいませ！」

アウローラの指差した先の木が大きく揺れている。

「何あれ、巨木？」

その光景にさすがの俺も驚いた。

暴れていたのは、魔蛇は魔蛇でも桁違いに大きなものだった。

鎌首をもたげて伸び上がっている蛇は森の樹木を越えるほどの高さで、胴の太さなんかひと抱えもありそうだ。

あんな魔蛇、なかなかお目にかかれないぞ。逆に一体どこからやってきたんだ？

時折黄色く光っているのは炎の攻撃魔法に違いない。どうやら魔法で対抗できる学院生がいるようだ。

「サフィラス様！　パーシヴァル様です！」

「え？」

なんと、巨大な魔蛇に向かって魔法を放っていたのはパーシヴァルだった。

彼は背後に数人の生徒を庇っている。

実戦が初めての学院生ばかりだ。あの巨蛇を目の前にしたら恐怖で動けなくもなるだろう。けれど、パーシヴァルは臆することなく巨蛇と対峙していた。蛇が攻撃のために鎌首を持ち上げ、口を開くのと同時に魔法を放っている。

僅かずつではあるが、確実に相手の攻撃力を削ぐ戦法。己の技量を弁(わきま)えた堅実な戦い方だ。さすが、辺境で鍛えられていただけはある。

だけど、あの巨蛇を一人で相手にするのは厳しい。ここからは少々距離があるが、俺の魔法なら全く問題なく魔蛇だけを狙える。

「パーシヴァルッ！　伏せろ！」

喧騒の中でも俺の声がしっかり届いたのか、パーシヴァルは瞬時に背後の生徒に伏せるように指示を出す。

「女神の審判！　……なーんてね」

なんとなく格好良さそうな言葉を声高に言い放ち、俺は蛇の脳天に特大の雷を落とした。

天から迸(ほとばし)った閃光が真昼のように明るく森を照らす。雷が直撃した巨蛇は空気を震わせる咆哮(ほうこう)を上げ、木々を薙ぎ倒しながら倒れた。

地響きと共に大地が大きく揺れ、土埃やら木っ端が空高く舞い上がる。

思ったよりも魔蛇が派手に倒れたようだけど……あれ？　みんな大丈夫かな？

こめかみに、つっと汗が流れる。まさか、俺が一番被害者を出したことになったりしないよな？

「サフィラス様……あの、皆様は大丈夫なのでしょうか？」

アウローラが遠慮がちに尋ねる。

「あ〜……えっと、とりあえず行こう。怪我人がいるかもしれない」

今ので、という言葉はとりあえず呑み込む。

「そうですわね」

みんなの元に駆けつけた時には、だいぶ土埃は落ち着いていた。

土や木っ端で汚れてはいたけれど、パーシヴァルたちは辛うじて無事のようだ。

「パーシヴァル、怪我は？」

「俺は大丈夫だが、重傷者がいる」

パーシヴァルの視線の先に、血だらけで倒れている生徒がいた。

彼はさっき、同じ班で騎士を目指すと言っていた男爵家子息だ。きっと騎士道精神に駆られ、己の技量を弁(わきま)えず魔獣の前に飛び出してしまったのだろう。

だけど、誰かを守ろうとするその気概はまさしく騎士のものであり、ケイシーやギリアムに比べるべくもない尊く立派な行いだ。

だが、これはいけない。右の二の腕の折れた骨が、肉と血管を突き破っている。

このままでは彼は利き腕を失うことになるだろう。出血も酷いし、意識もなさそうだ。

早くしなければ命さえ失う。

誰もが顔を青ざめさせて、ただただ見守っている。

「アウローラ嬢」

「は、はい」

これにはアウローラも声が震えている。ご令嬢がこんなに血を見ることはないから当然だろう。だけど、今頼りにできるのは彼女だけだ。

「彼を治せるのは貴方しかいない」

「で、ですが……わたくし、こんな大きな怪我を治したことは……」

「大丈夫。貴方にならできる。いや、むしろ貴方にしかできない」

「で、でも……」

「心配しなくても、貴方は間違いなく聖魔法使いだ。彼は必ず助かる。俺が保証する」

躊躇しているアウローラを促し、少年の傍らに座らせた。震えるアウローラの手に俺の手を重ねて、骨折している腕に翳(かざ)す。

「さぁ、目を閉じて……」

「は、い」

「まずは骨を修復する。骨は人の体の中で最も硬い部位の一つ。体を支える幹だ。これがしっかりしていなければいけない。折れていない形を強くイメージして魔力を流して」

ウルラが言っていた。闇雲に魔力を流し込もうとしてもだめだ。人の体には、人の体の理(ことわり)がある。その理に従って魔法を送るのだと。

「……はい」

アウローラも覚悟を決めたようだ。顔つきが変わる。

本当に強いご令嬢だ。こんなこと、普通のご令嬢だったら怖くてまともに向き合えないだろう。

間もなく聖魔法が上手く少年に流れ始める。淡い光に包まれて、折れた骨が正常な姿に戻ってゆく。

「うん、いいよ、骨は繋がった。その調子で、次は血を流す管と腕を動かす筋、それから感覚を司る経……」

アウローラが聖魔法を流し込んだ傷口がどんどん修復されてゆく。

うんうん、いいね。順調だ。

アウローラの魔力ならこの程度、簡単に治せる。恐らくアウローラはウルラに匹敵する聖魔法使いだ。ただ経験が足りないだけ。一度感覚を掴めば次に繋がる。

肝が据わっているアウローラは、間違いなく素晴らしい聖魔法の使い手になれる。診療所や冒険者から引く手数多（あまた）だろう。

でも、公爵家のご令嬢が診療所勤めをしたり、ましてや冒険の旅になんか出られない。アウローラの強力な治癒の力は、王族のためだけに使われる。本当にもったいないよなぁ。

「……次は皮膚だよ。破れたところを丁寧に貼り合わせるように……怪我をした腕が完全に治って以前と変わりなく動く様子を強く念じて……ああ、もういいよ、アウローラ嬢。目を開けて」

恐る恐る目を開いたアウローラは、すっかり元の通りになった腕を見て、驚きに目を瞬かせた。

「こ、これはわたくしが？」

「そうだよ、アウローラ嬢。貴方の力だ」

息を詰めて見守っていた周囲が歓声を上げた。

「すごい！」

「聖女様だ！」

「え、わ、わたくし？」

周囲のざわめきにアウローラが慌てて立ち上がった。が、ふらりとよろめく。

その体を支えようとしたけれど、悲しいかな俺では彼女を支えきれなかった。一緒に倒れそうになったところを、パーシヴァルが二人まとめて支えてくれた。

太陽の騎士様、仕事ができすぎ。夜なのに金髪が眩しい……

「大丈夫か？」

「だ、大丈夫。アウローラ嬢は魔力切れだ。休ませてあげないと。一度出発地に戻って、このことを先生に報告しよう。彼も骨折を治したとはいえ、出血が酷かったから早く医者に診てもらった方がいい。パーシヴァル、アウローラを支えてもらえる？」

「ああ」

パーシヴァルがアウローラを横抱きにしたので早速転移しようとすれば、俺たちが移動しようとしていることを感じとった学院生の一人が、慌てて声をかけてきた。

「ま、待ってください。僕たちはどうすればいいですか……」

改めて周囲を見回すと、他にも怪我をしている学院生が何人かいた。

でも、今すぐどうにかしなければいけないような酷い怪我ではなさそうだ。ただ、あんな魔獣が出たここに取り残されるのは確かに不安だろう。でかい蛇の死体も転がっているし。

だけど、クラウィスたちと途中で合流しなければならないことを考えると、いくら俺でもこれだけの人数を同時に転移させることはできない。

「大丈夫、すぐに先生を連れて戻ってくる」

「でも、それまでの間にまた魔蛇や魔獣が来たら……」

「うーん、これだけの大物を倒した後だから、警戒して他の魔獣は近づいてこないと思うけど。心配なら一応……」

地面に防壁魔法を広げれば、ぼんやりと発光する足元にみんなが驚く。さっきクラウィスたちに残してきた防壁魔法よりもずっと範囲を広くした。

これなら、ここに残っている学院生全員入ることができるだろう。

「この光の範囲内から出なければ安全だよ。先生と騎士を連れてすぐ戻ってくるからさ、みんな待っててて」

散らばっていた生徒たちが慌てて光の中に入ってくる。

「じゃぁ行こう」

「ああ」

アウローラを抱き上げたパーシヴァルの肩にぽんと手を置いて、愚か者たちを預けているクラウィスたちのところに転移する。

「……は？」

パーシヴァルが間の抜けた声を上げた。そういえば、転移ができるって言っていなかったな。

一瞬で違う場所に移動させた俺に、パーシヴァルは一周回って呆れたような表情を浮かべていた。

「お待たせ」

「うわっ！」

クラウィスとリベラが尾を膨らませて飛び上がった。

突然現れた俺たちに相当驚いたらしい。それでも、しっかりと剣の柄を握っているからさすがだ。

「アウローラ様!?」

パーシヴァルに横抱きにされたアウローラをみるなり、リリアナが駆け寄ってくる。

「スタインフェルド嬢は一体どうしたんだ？」

意識のないアウローラと、俺の足元に倒れている学院生に視線を向けたクラウィスが眉を顰める。

傷は治ってはいるけれど、服は血だらけのままだからな。

何か酷いことが起きているのかと疑っても仕方がない。

「ああ、アウローラ嬢は魔力切れだから心配することはないよ。この彼が大怪我をしていてね、彼女が治癒したんだ」

「スタインフェルド嬢が治癒を？　……いや、それよりも状況はそんなに酷いのか？」

「巨大蛇が現れて俺たちの班と先行していた班を襲ってきたが、サフィラスが魔法で倒したのでこちらは問題ない」

「……まさか、さっきの閃光はサフィラスのものか？」

「まぁ、危うく大惨事になるところだったんだけどね。こいつらのせいで」

俺とパーシヴァル、クラウィスとリベラの視線が地面に転がっている諸悪の根源に向けられる。

「とりあえず、こいつらを先生に突き出すから、一旦出発地に戻る。現場で待ってる学院生もいるから、早く行ってあげないと。転移するから、ちょっと俺の側に寄ってもらえるかな」

俺は転がる二人の上に容赦なく立つ。

転移魔法は俺が触れているか、両手を広げた範囲にある物や人しか同時に転移できない。

パーシヴァルとアウローラに怪我をしていた学院生、クラウィスにリベラとリリアナ、それと愚か者二人。俺の小柄な体ではこれで精一杯だ。

範囲に制限はあれど、物量に制限はないのでぎゅうぎゅうに詰めれば問題はない。かといって、さすがに女性と他国の貴族がいるのに、あまり窮屈な思いをさせるのは申し訳ない。

「じゃ、戻るよ」

俺たちが転移で出発地に戻ると、教師陣は当然驚いた。

一緒に転移した面々も、目を白黒させている。

転移が初めてなら驚くよね。瞬きする間に、違う場所に移動しているんだから。

だけど、一足先に経験していたパーシヴァルはもう平然としていた。

突然湧いて出た俺たちに騒いでいたのは一瞬のこと。パーシヴァルに抱かれているアウローラと、血だらけで倒れている男爵令息に、蔦にグルグル巻きにされて俺に踏みつけられているケイシーとギリアムを見て、今度は違う騒ぎになった。

パーシヴァルが巨蛇が現れた状況を説明し、原因となったケイシーたちのやらかしを俺が報告する。

教師や騎士たちも俺の放った雷撃を見ていたようで、学院生の無事を確認しようと動き出すところだったらしい。

森の中に残されて、巨蛇の死骸の側で待っている生徒たちのことを伝えると、補助として待機していた騎士数人と医師が現場に一緒に行くことになった。

当然のことながら演習は中止。

蛇香は結局探せなかったけど、騎士たちが他に魔蛇がいないか捜索しながら蛇香も探すと言っていたので、そっちは任せておけば問題ないだろう。


そんなこんながありながら、俺とパーシヴァルは今、演習の目的地である野営地にいた。

他に森に残っている班はないか確認しながら、念のため野営地に向かったからだ。

幸い他に被害者はおらず、まだ森に残っていた生徒たちも無事に野営地まで連れてくることができた。

しかし、しかしだ。

「お腹減ったな……」

あれだけ動き回れば、当然疲れるしお腹も減る。

薄々勘づいてはいたけど、長い監禁生活と栄養不足が祟っていて、サフィラスは十四歳の少年にしては体力がなさすぎる。

前世の俺がこの歳だった頃は、野営用の荷物を背負って野山を駆け回っていたのに。

この体はもうちょっと鍛える必要があるなぁ。このままじゃ冒険者としてやっていけない。

「サフィラス、向こうで炊き出しをしているぞ」

演習を終えた生徒たちに振る舞われるはずのシチューが、誰にも食べられることなく火にかけられていた。あのままでは、そのうち煮詰まってしまうじゃないか。

せっかく作ってくれているんだからいただかないと！

「ぜひ、ご馳走になろう！」

俺は大鍋に駆けつけると、早速シチューを器によそってもらった。

大盛りで、と注文をして受け取ったシチューを早速口にする。温かい食事が全身に染み渡る。

野営地の食事と言っても、作っているのは学院の料理人だ。野外で食べるには美味しすぎる食事に、俺は夢中でシチューを食べた。

野営地で散らばっていた生徒たちも、俺とパーシヴァルがシチューを食べているところを見て徐々に集まってくる。

それを眺めながら、今日は大変だったなーなんてパーシヴァルと話していたら、出発地点にいたはずのクラウィスとリベラがこちらにやってきた。

「あれ、こっちに来たの？」

「ああ。騎士と共に、森に残っている生徒や討ち漏らした蛇がいないか見回ってきた」

「そうだったんだ。お疲れ様。二人もシチューを食べたら？　とっても美味しいよ」

「ああ、いただこう」

二人が料理人にシチューをよそってもらっている間に一杯目を食べ終わったので、いそいそと二杯目を貰いに行く。

「おい、サフィラス。食べすぎるなよ」

ワームのようにシチューを貪り食べている俺に、パーシヴァルが心配げな眼差しを向けてくるけれど、今は己の限界がわかっているからこのくらいなら大丈夫。

「大丈夫、大丈夫、これで終わりにするから」

「……こう言ってはなんだが、サフィラスはその、見かけによらず凄いのだな」

不意に漏れたようなクラウィスの言葉に、俺はシチューを食べる手を止めた。

「うん、まぁ、俺って貧相な体してるしね。でも、中身はそうでもないんだよ」

そこそこ逞(たくま)しかった前世の俺に比べて、今世の『僕』は本当に儚げなのだ。

この生っ白くて細い腕なんか、アウローラとほとんど変わらないような……

いや、いや、まさか！　そんなことはないと思いたい。

「そうではないんだ……ここに来る途中、サフィラスが倒した巨蛇を見た。見事に脳天を撃ち抜いていて、その正確な魔法に驚いた」

「魔法は俺の唯一の取り柄なんだ。この魔法のおかげで奨学生になれて、ここでこうして美味しいシチューがたらふく食べられるってわけ」

「……サフィラスは逞(たくま)しいな」

ポツリと呟いたクラウィスに、リベラは何か言いたそうな、いたわしげな視線を向ける。

「？」

二人の意味深長な様子に俺は首をかしげるばかりだったが、パーシヴァルは何かを知っているのか眉間に皺を寄せ、難しい表情を浮かべていた。

「え？　お茶会？」

「ええ、我が公爵家でお茶会を開きますの。そこでサフィラス様を、縁ある方々に紹介したいと父が言っておりますわ。パーシヴァル様にもお声がけしていますのよ。もちろん参加してくださいますわよね」

とんでもない演習から数日。

ケイシーとギリアムは、謹慎処分となって家に帰された。

やらかしたことがあまりにも重大すぎて、学院退去は免れないだろうというのが大半の意見だ。

確かに、下手したら死人が出ていたからな。

騎士たちに連行されてゆく二人の顔は蒼白だった。事の重大さに気がつくのが遅すぎる。

今回のことは、恥曝(さら)し云々どころの騒ぎではない。俺が恥を曝(さら)したところで家が潰れることはないが、あのやらかしは子供のやったこととはいえ、家も責任を問われることになるだろう。

アウローラが腕を治した男爵家子息は、今はもうすっかり元気になって剣を振るっている。

彼は騎士への道を失わずに済んだと、床に額がつくんじゃないかってほど頭を下げてアウローラに感謝していた。

今回の治癒はアウローラにとっていい経験になったと思う。

体の表層に魔力を滑らせるだけの治癒ではなく、体の内部に働きかける魔力の使い方を初めてやったのだ。

あとは流す魔力の調整さえできるようになれば、魔力切れで倒れるようなこともなくなるだろう。

ウルラは四肢が吹っ飛んだ冒険者の治癒をもやってのけた。

訓練次第ではアウローラもその域に達することができるだろうと俺は思っている。何度でも言わせてもらうが、この国の第二王子は、実に得難い人物を婚約者にした。

どうせ王命とかなんとかで強引に婚約者の座に据えたんだろうから、せめて彼女を大切にしていただきたい。

本当は俺だってパーティの一員として、喉から手が出るほどほしいんだから。

とにかく、アウローラからのお茶会のお誘いは、俺自身の学院生活がようやく落ち着いてきたな～と思っていた矢先のことだった。

公爵家の印である双頭の鷲が金色で箔押しされている、なんとも豪華な封筒をアウローラから渡された。宛名はもちろん俺だ。

「お茶会って言われても俺は作法なんて知らないし、粗相する未来しか浮かばないんだけど……」

「ご心配には及びません。こう言ってはなんですけれど、サフィラス様はとても美しい容姿をしておられますし、ただ笑みを浮かべてさえいれば問題ありませんわ。衣装の方も我が公爵家でご用意させていただきますので、サフィラス様はなんの憂いもなくお茶会に参加してくだされば良いのです」

……憂いしかないんだが。

今に至るまでほぼ監禁状態で過ごしたし、前世も平民だった。公爵家に招待されるような高位貴族の中で笑ってろって言われてもなぁ。

それでも、俺のサポート役としてしっかりパーシヴァルを招待しているあたり、公爵家のご令嬢にはソツがない。

そんな憂鬱な招待状を受け取った翌日、衣装のサイズ合わせをするからと公爵家に呼ばれた。相変わらずでかい馬車で迎えにゆくと言うので、丁重にお断りして転移でお邪魔する。

仕立てるには時間がないので、既製品を俺の体型に合わせるだけの簡単な作業のはずだったのに、俺の体が華奢すぎてお直しの必要が思った以上にあった。おかげで随分と時間がかかってしまった。

ただ立っているだけだったのに、すっかりぐったりしてしまった俺に、アウローラは美味しいクッキーをお土産にして労ってくれた。

バターをふんだんに使ったクッキーだ。ベリーのジャムが乗ったものも何枚かあった。

すっかり餌付けされてしまっているが、美味しいは正義だから仕方ない。

俺はクッキーの入った箱をありがたく押しいただき、持ち帰ったのだった。

そんな準備のドタバタがありつつも、いよいよお茶会当日。

お茶会には本当に幼い頃に母親と行った記憶があるけれど、そんなものは親戚同士のちょっとした集まりでしかなかった。

その小さなお茶会でさえケイシーは誰よりも目立とうとして、いつも必死だったよな。

ちょっと変なことを思い出してしまったが、要は多くの客人を呼んで大々的に開かれるお茶会なんて、俺には全く経験がないということだ。

支度は公爵家で行うとのことで、朝早くから例のご立派な馬車がお迎えにやってきた。

転移で行くと言ったら、今日は馬車で来てほしいと公爵閣下に言われてしまったのだ。

よくわからないが、ぜひそうしてくれと言われれば断れない。

「大丈夫か？」

正面に座ったパーシヴァルが、気遣わしげに俺に声をかける。

パーシヴァルの正装を見るのは初めてだ。シンプルなシルバーグレイの三つ揃いが良く似合っている。

学院には季節ごとにパーティがあるそうで、ほとんどの学院生はそのために正装を用意しているらしい。俺のクローゼットにはそんな服は一着もなかったので知らなかった。

学校行事の一環だとしても、人が集まる場所に俺を出したくなかったのか、あるいは俺にはそんなものを与える価値がないと思っていたのか。

まぁ、考えるまでもなくその両方だろうけど。

「……あんまり大丈夫な気がしない」

自由奔放、豪放磊落（ごうほうらいらく）、そんな俺に貴族の繊細なお茶会など性に合わない。

王族への謁見は前世で何度かあったけど、これほど憂鬱（ゆううつ）ではなかったな。

今のこの感情はサフィラス（『僕』）の感覚なんだろう。

「アウローラ嬢の言う通り、サフィラスはただ笑っていれば大丈夫だから心配するな」

パーシヴァルにそう宥められながら公爵家に着いた俺は、控えの部屋に引き込まれた。侍女たちに散々弄くり回され、自分で切ってほったらかしだった髪も丁寧に整えてもらった。いつもは長めの前髪に隠れている額を出すと、なんだか新鮮な気持ちになる。

正装に身を包んだ俺は、すっかりどこかの貴族のご子息だった。確かに、少し前までは貴族のご子息だった訳だけれども。

「まぁ、まぁ！　素敵ですわ、サフィラス様！　皆様が〝宵闇の精霊〟と噂されるのも頷けるというものです！」

ペールローズのワンピースを纏（まと）い、白い薔薇（バラ）の髪飾りで装ったアウローラがいつになく弾んだ声を上げた。

「え？　なにそれ？」

「あら、ご存じありませんの？」

ご存じも何も初耳だ。宵闇の精霊って一体何？

「学院で専（もっぱ）らの噂ですわ。太陽の騎士のパーシヴァル様と、宵闇の精霊のサフィラス様。お二人並んでいる姿は、それはそれは麗しいと」

衝撃的な言葉に、思わずパーシヴァルに視線を向ける。

「どうやら、そうらしいな」

パーシヴァルはしれっと頷いた。なんてことだ、彼は俺の小っ恥ずかしい二つ名を知っていながら黙っていたのか。

「えぇぇ……」

我がことながら美少年だよな、とは思っていたけど、さすがに宵闇の精霊は恥ずかしい。

思わず遠い目をしていれば、案内の侍女が来て先にパーシヴァルを会場に連れていった。

俺は公爵閣下に挨拶してから会場に向かう。何しろ頭の先から爪先まで、公爵家で用意してもらったのだ。まずは礼を述べるのが先だろう。

「本日は立食形式のガーデンパーティですのよ。我が家のお庭はこの時期は薔薇(バラ)が咲いてとても素晴らしいの。ぜひご覧になっていただきたいわ」

アウローラに案内された先には、ブルームフィールド公爵と、初めてお会いする公爵夫人がいた。アウローラによく似ている。彼女は両親のいいところを貰ったんだな。

俺は頭を下げて、最大限の感謝を伝えた。

「本日はこのような華やかな場にご招待いただき、ありがとうございます。その上、立派な衣装まで用意してくださり、大変感謝しております」

「うむ、よく来てくれた。サフィラス君は妻に会うのは初めてだったな。紹介しよう、妻のルシオラだ」

「お初にお目にかかります、ブルームフィールド公爵夫人。サフィラスと申します」

「あなたの噂はアウローラから聞いておりましてよ。先日も娘が随分お世話になったようね」

そう言って微笑む姿はまるで女神のようだ。眩しくて思わず目を眇めそうになる。

ここにも眩しい人がいたと思っているうちに、招待客がぼちぼちと集まり始めた。特に親しいのだろう方々が公爵夫妻に挨拶をしに寄ってくる。

「……そちらの方は？」

その内のご婦人の一人が、俺に視線を向けた。

貴族のことは真っ暗闇なので、どこのどなたかは全くわからないが、こうして公爵と親しく会話をするんだからそれなりの人物なんだろう。

「後で改めてご紹介しますが、彼は我が公爵家が援助している優秀な学院生の一人なのですよ」

閣下がそう紹介してくれたので、俺は笑顔で会釈をする。黙って笑っているだけでいいそうだから、言われた通りに微笑む。

……たぶんヘラヘラとはしていないと思いたい。

そんな微笑むだけの挨拶を何度かしていると、アウローラからそろそろお茶をいただきにいきましょうと誘われ、素直についてゆく。

どうやら、俺が同席すべき挨拶はこの辺りで一区切りついたらしい。黙って笑っているのも、そろそろ限界だったからありがたい。もう少しで頬が引き攣るところだった。

「とても美味しいお菓子がありますのよ」

アウローラに案内されたテーブルには、先に会場に向かったパーシヴァルが待っていた。

そんな彼を年若い招待客が遠巻きに見ていて、秋波をビシバシ送っている。パーシヴァルのようないい男は、お相手を探しているご令嬢ご令息方からは注目の的だろう。

そんな熱い視線にも全く気がついていない素振りで澄ましているパーシヴァルに感心する。

これは相当慣れているぞ。

「パーシヴァル」

俺が呼びかけると、ついさっきまで澄まし顔だったパーシヴァルが笑みを浮かべた。

太陽の騎士の名前は伊達じゃないよな。笑顔の眩しさについ目を眇めれば、隣でアウローラがくすりと笑った。

え？　その笑いは一体何？

「公爵閣下への挨拶は済んだのか？」

「うん、とりあえず」

俺がテーブルにつくと、すぐにお茶とお菓子が供される。

一口サイズの小さなケーキが数種類。色とりどりのそれは、まるで宝石が並んでいるようだ。

一つ一つ丁寧に作られたお菓子は芸術品と言っても過言ではない美しさで、食べてしまうのがもったいない。

だけど、もったいないこそがもったいないであることを、渡り鴨の丸焼きを食べることなく命を落とした俺はよくわかっているので、お菓子がどんなに綺麗だろうと遠慮なくいただく。

それに、最近気がついたけど、どうやら俺は甘いものが好きらしい。

今までは食べられるだけマシな生活を送っていたので、食べ物の好み云々なんて言ってられなかった。不味かろうがなんだろうが食べなきゃ飢える。

でも、学院で好きなものを好きなだけ食べられるようになってからは、この味が好きだとかあまり好みではないとかを感じるようになった。

今はそういうことを考えられる贅沢な環境にいるということなんだろうな。

俺が夢中で菓子を楽しんでいる間にリリアナ嬢がやってきて、アウローラと二人揃ってテーブルを離れていった。

「俺の分も食べるか？」

「いいの？」

「ああ」

「じゃぁ、遠慮なく！」

どれもこれも至高としか言いようのない美味しさだ。

パーシヴァルの分もいただきながら、もしも余ったら持ち帰らせてもらえないだろうかなんて呑気に考えていれば、聞き覚えのある不機嫌な声に呼びかけられた。

「なぜお前がここにいる？」

おや？　と思って顔を上げれば、そこにはかつての俺の父親がいた。夫人と弟のアクィラも一緒だ。

「……オルドリッジ伯爵、お久しぶりでございます」

俺はフォークと皿を置いて挨拶をする。無視を決め込んでもよかったけれど、今はブルームフィールド公爵の後援を受けている身だ。公爵家の顔に泥を塗るような振る舞いはできない。

この人たちがここにいるってことは、閣下が正式に招待したゲストってことだからね。

「ここは正式な茶会の場だ。お前のような平民がなぜここにいるのかと聞いているのだ」

俺との関わりを疎ましく思ったから廃籍したはずなのに、自分から話しかけてきたら意味がないんじゃないか、なんてことは言わずに、にこりと微笑んでみせる。

元兄のウェリタスは、俺のことを伯爵に報告してないんだろうか。

入学早々家を追い出されたから、家族じゃなくなった俺を監視する必要がなくなったのかもしれないな。

「正式に公爵家からご招待いただきましたので」

「……ふん、どこかの貴族にでも取り入って囲ってもらったのか。その容姿しか取り柄のない、無能なお前にはお似合いかもしれんな。だが、お前が由緒正しき魔法伯爵家の縁の者であったことは、決して口にするな。お前と私たちは全く関わりのない赤の他人だ。いいな」

俺は黙って頭を下げながら、腹の中ではぺろっと舌を出す。

自ら縁もゆかりもないと言ったんだ。後から俺に利用価値があるとわかっても、自分の息子だと名乗り出ることはできないだろう。

こんなに散々な言われ様だが、俺は本当にあの男と家族だったんだろうか？

悲観でも何でもなく、ただ純粋な疑問だ。もしかして、俺は町外れから拾ってきた子だったりして。兄とは容姿が似ていると思っていたけど、気のせいだったかもしれないな。

「サフィラス様、お茶とお菓子は楽しまれましたか？　そろそろお客様方に正式にご紹介したいと、お父様がお呼びですわ。……まぁ、オルドリッジ卿、我が家のお茶会にようこそお越しくださいました」

戻ってきたアウローラが、美しいカーテシーを見せた。

公爵家のご令嬢の登場に何かを感じたのだろう。オルドリッジ伯爵は眉をピクリと跳ね上げて、小さく会釈をした。

「……素晴らしいお茶会にご招待いただき、光栄に存じます。ブルームフィールド公爵令嬢」

「オルドリッジ伯爵夫人もご子息様も、我が家自慢のお庭をどうぞ楽しんで下さいませ」

話はこれでおしまいと言わんばかりのアウローラの様子に、伯爵は渋い表情のまま俺の前から立ち去った。

相変わらず偉そうなその背中を見送っていれば、元母がちらりと俺を振り返る。何か言いたげな様子だったが、結局は何も言わずに背中を向けた。

彼女には何も期待していない。オルドリッジの屋敷で、あの人は一度たりとも離れの俺を訪(とぶら)うことはなかったんだ。それが今更何だというのか。

それにしても、かつての家族の前で俺を全面的に支援していると言うつもりだなんて、公爵もなかなかいい趣味をしている。俺はそういうの嫌いじゃないぞ。

「パーシヴァル様、そんなお顔をなさらないで、少し落ち着いてくださいな。せっかくのお茶会なのですから、楽しんでくださいませ」

横に立つパーシヴァルを見れば、眉間に皺がくっきりと刻まれていた。

あーあ、美少年が台無しだ。確かに、聞いていて気分の良い話じゃなかったけど。

誰が聞いているかわからない場であんな話をするなんて、伯爵はほんと浅慮だよなぁ。

「……サフィラス、大丈夫か？」

「え？　あ、ああ。またしても見苦しいもの見せちゃったね。ごめん」

大丈夫か？　が最近のパーシヴァルの口癖になっている。

アウローラまで顔に心配の色を浮かべて俺を窺っているけど、本来の俺はそんなに心配されるような奴じゃないんだけど。

ウェリタスの時といい今といい、二人には変なところばかり見られている。

「いや、俺たちのことはいいんだ……だが」

パーシヴァルは渋の実を食べたような表情のままだが、俺はあの一家の誰に何を言われても何も感じない。虫の羽音のようなもので、ちょっと鬱陶しいなって思う程度だ。

だから、二人が気にすることはないんだけどね。

「そんな顔するなよ。あの人たちとはそもそも家族じゃないんだ、赤の他人に何を言われたところで、別にって感じだし」

「それならいいのですが……挨拶の方は、大丈夫ですか？」

「もちろん。俺は笑ってればいいんだよね？」

「ええ」

「じゃ、パーシヴァル、俺ちょっと行って微笑んでくるよ」

「ああ、頑張れ」

美味しいお菓子を食べたから表情筋も復活したしね。気合を入れて微笑むぞ。

アウローラに促され、ブルームフィールド公爵家の方々の側に立つ。

俺に気がついたオルドリッジ伯爵が、怪訝な顔をしたのが見えた。

「本日は皆様にご紹介したい人物がおります」

閣下が会場に通る声でそう言うと、さざめくように賑わっていたお茶会の会場が静かになる。

「我がブルームフィールド公爵家が、学院の優秀な生徒を奨学生という形で援助していることは、皆様もご存知だとは思いますが、」

貴族が奉仕活動や寄付をするのは美徳とされている。将来国のためになる人材を育てる学院を、公爵家が援助しているのは有名な話らしい。

ちなみに、元俺の実家である伯爵家はなんにもしてないがな。

魔法のエキスパートと自負するなら、積極的にそういう機関に関わって人材育成に尽力すべきなんだろうけど。あの男は自分のことしか考えていないってことがよくわかる。

「此度、実に優秀な学院生を我が公爵家が全面的に援助することになったので、皆様にご紹介したい。サフィラス君」

閣下に促された俺は、一歩前に出て頭を下げるとにっこりと微笑んだ。

俺は黙っていると神秘的らしいので、そんな雰囲気も考慮して今日の衣装は選ばれた。

俺の黒髪に合わせた滑らかな生地の黒のスーツ。襟には銀糸で繊細な刺繍が施されている。

一体おいくら金貨ですか？　って慄(おのの)いたけど、公爵家にとっては大した金額じゃない、とアウローラが言った。公爵家ってすごいな。

衣装の効果もあって、俺の微笑みだけの挨拶は及第点(きゅうだいてん)だったようだ。公爵は目を細めて頷くと、言葉を続ける。

「彼はこの若さで多くの魔法を自在に操る、魔法使いの鳳雛(ほうすう)。我がブルームフィールド公爵家が支援するに相応(ふさわ)しい若者です。どうぞ、本日は彼の顔を覚えてお帰りください」

会場に拍手が響く。ちらりとオルドリッジ伯爵の方を見れば、険しい顔をして震えていた。

さぞ、驚いていることだろう。魔力なしだからと追い出した息子が、将来を期待された優秀な魔法使いだとして有力貴族の後援を受けて、とっくに退学となっているはずの学院にしれっと通っているんだから。

しかも、ついさっき、自分たちペルフェクティオとは無関係だと言い放ったもんだから、今更自分の息子だと言えるはずもない。

学院の後援奨学金制度にはちゃんとした試験もあるし、国の認定を受けている制度だから、いかさまをしたのだろうと食ってかかることだってできない。

俺はせっかく紹介してもらったので、自己紹介がわりに何か一つ魔法でもお見せしましょうか、と視線で閣下にお伺いを立てる。きちんと意味が伝わったのだろう、閣下は鷹揚に頷いたので、お茶会に相応(ふさわ)しい可愛い役者を喚び出した。

「我が親しき友よ、ケット・シー」

地面に描いた召喚陣から、黒い猫の召喚獣――ケット・シーがピョンと飛び出す。

「ご主人、お喚びかにゃ！」

「うん。君の可愛いところを、ここにいらっしゃるお客様に存分に披露して」

「承り！」

ケット・シーはひらりと宙返りをしてから役者じみた大袈裟な礼をして、軽快にダンスを踊り始めた。

ご婦人方からは、まぁ可愛いと声が上がる。俺はケット・シーの動きに合わせて花々を舞い上がらせると、さらに光を散らして彼の舞台に彩りを添えた。

ケット・シーは、まず公爵夫人とアウローラに丁寧な挨拶をして、長い尻尾で小さな薔薇(バラ)をそれぞれに手渡した。それから人々の間を軽快なステップを踏みながら踊り回り、会場のご婦人とご令嬢にも花を渡してゆく。

こういう魔法は適材適所。場所や雰囲気に合わせて、喚ぶ幻獣を選ぶのも魔法使いの技量だ。

ところが、である。会場が和(なご)やかに盛り上がっているところだと言うのに、その雰囲気をぶち壊す声が上がった。

「なんだ、優秀だって言うからどんな幻獣を喚び出すのかと思ったら……その程度の召喚獣でいい気になるなよ」

……えーっと、なんでケイシーがここにいるんだ？　あいつは謹慎中じゃなかったのか？

マナーに疎い俺にだって、この場で騒ぎを起こすのはまずいことぐらいわかる。公爵家のお茶会だぞ。しかも、ご当主も出席しているかなり正式なお茶会だ。

そして、そのお茶会でわざわざ当主自ら俺を招待客に紹介した、その意味をケイシーは全くわかっていないらしい。

そもそも謹慎中の息子を同伴するなんて、モルガン家の常識は大丈夫か。

ちなみに、モルガン家はオルドリッジ伯爵夫人の実家だ。なんでも、モルガン家は召喚魔法に長けた血筋だそうだ。詳しくは知らないが、昔ケイシーがサフィラスに自慢していた覚えがある。

召喚魔法使いには、魔力が多い者が多数いる。その血筋に期待してオルドリッジ伯爵は夫人を娶ったらしいけど、その期待を裏切ったのが俺というわけだな。

「公爵閣下！　僕はそいつよりも強い召喚獣を喚ぶことができます！　それを今、ご覧に入れましょう！　白き地より来たれ白狼の王――フェンリル！」

地に広がった召喚陣から吹雪が吹き上がり、唸り声を上げながら巨大なフェンリルが飛び出してきた。その勢いでテーブルが倒れ、食器の割れる音が響く。

うわっ！　ちょっと！　ちょっと！　公爵家のティーセットだよ！　いくらすると思ってるの!?　それをガシャンガシャンとぶち壊してしまって、子爵家は弁償できるわけ？

招待客たちが悲鳴を上げ、慌ててその場から離れようとして大変な騒ぎになった。

荒事には縁のないご婦人方もいるのに、阿鼻叫喚の魔界絵図が目の前に繰り広げられている。

俺は閣下を見ることができずに、スーッと視線を遠くに逃した。

「サフィラス！」

俺が遠い目になっていると、パーシヴァルが駆け寄ってきた。

「あ〜、パーシヴァル……この惨状、俺のせいじゃないよな？」

俺は閣下の言われる通りに、黙って笑っていた。

お披露目の魔法だって、ちゃんと許可を得てやったぞ。

「ああ、サフィラスは何も悪くない……あれが貴族の礼儀を知らないだけだ」

もー、この騒ぎ、一体どうなっちゃうの？

それにしてもだ。俺のせいじゃなくても、これはなんとかしないと駄目なやつだな。下手したら怪我人が出る。

そう思っていたら、元弟のアクィラがフェンリルの前に飛び出してきた。一体何をするのかと思いきや、詠唱を唱え始める。魔法でフェンリルを押さえつけるつもりなんだろう。

確かにこの騒ぎを収めたら、さすがはペルフェクティオって話になるだろうが。大方、伯爵にでもやってこいと言われ、前に押し出されたに違いない。

だけどフェンリルを目の前にして詠唱を唱えるとか、襲ってくださいと言っているようなものだ。

そもそも詠唱が必要な魔法使いは、先陣を切ったりしない。前衛が物理攻撃で相手の気を逸らしている間に詠唱し、攻撃魔法を放つのがセオリーだ。

敵を目の前にして詠唱するなんて、魔法の使い方をてんでわかっていないな。伯爵はアクィラに一体何を教えているんだ。

案の定、詠唱の途中でアクィラはフェンリルに襲いかかられ、太い前足に踏みつけられてしまった。

地面に押し付けられて身動きが取れず、苦しげな息を吐くアクィラをケイシーが睥睨する。

「ふん、お前よりも僕の方が魔力は上なんだよ！　思い知ったか！」

俺自身が何を言われようと何も感じないが、小さい子を甚振る悪趣味は許し難い。

これには俺も黙っていられなくなった。

「へぇ？　魔力が上なんだ、ふぅん？」

牽制するように、俺はフェンリルの正面に立つ。

「……あ、あに、うえ」

アクィラが俺を見上げ、確かに兄と呼んだ。ペルフェクティオで徹底して排除されていた俺を、アクィラが未だに兄と思っていたことに少しだけ驚く。

「ふん。上手く公爵家に取り入ったようだが、ケット・シーなんて、あんな貧相な下級召喚獣如きでいい気になるなよ？　僕の方がお前よりずっと優秀な魔法使いだ」

ケイシーが得意げに胸を反らす。公爵家に取り入りたいのはケイシー、お前の方だろう。

学院退去が濃厚になったので、派手な魔法で閣下に気に入られて公爵家になんとかしてもらおうとか、小賢しいことでも考えたんだろうな。

だけどあまり調子に乗らない方がいいんじゃないかな？　後でとんでもなく恥ずかしい思いをすることになるぞ。

大体、魔蛇を前に失神しておいて、よくもまぁそんな偉そうな態度が取れるな。俺だったら恥ずかしくて、とてもじゃないがそんな口は利けないよ。

そもそも、こんなお茶会の場になんか出てこられない。

「別にいい気になんかなってないけどさ。魔法の行使は時と場所と場合に応じることが肝要だって知ってる？　それが理解できなければ、このような場で得意げに魔法をひけらかすものじゃない」

「なんだと！　偉そうに！　ケット・シー程度の召喚獣しか喚べないくせに！」

ケイシーが大きな声で喚き立てる。

ほんと、モルガン家はどうしてこいつをお茶会に連れてきたんだよ。何より、騒ぎを起こしているのになぜ止めない。アクィラをこんな目に遭わせて、オルドリッジ伯爵家にも喧嘩を売っているとしか思えないんだが？

あんたら親戚じゃないのかよ。人様のお茶会の場を滅茶苦茶にして、俺の魔法はすごいだろ、はない。いくら魔法が使えるからって、俺だったらこんな奴は何があったって支援しないし、壊したテーブルウェアも必ず弁償させる。

俺の可愛いケット・シーを馬鹿にしたことも、絶対に許さないからな。

――こんな状況だが、召喚獣について少し話をさせてもらおう。

召喚魔法とは、己の魔力を媒体として、幻獣界から幻獣を喚び出す魔法だ。

幻獣界というのは、俺たちが生きているこの世界とはまた違う世界のことで、女神の領域とも言われている。ある程度の魔力を持つ者はこの女神の領域に干渉できるのだが、そこから召喚まで行うとなるとかなり特殊な魔法が必要となり、使える魔法使いはごく一部に限られる。

異界より喚び出された幻獣はその場に留まるために、喚び出した人間の魔力を喰い続ける。魔力が弱まれば幻獣は実体を保っていられなくなるので、幻獣界に戻っていってしまう。

喚び出すための魔力と、存在を固定するための魔力の両方が必要なので、召喚魔法というのは魔法使いにとって実に消耗する魔法でもある。

これが、召喚魔法使いは魔力が多いと言われる所以(ゆえん)なのかもしれない。

つまり、幻獣の強さは術者の魔力量次第なのだ。

御前演技のような場で、華やかさだけを競うならいくらでも立派な幻獣を喚び出せばいい。けど、実戦となったら、あんなフェンリルのような魔力喰らいはただの囮(デコイ)にしかならない。

膨大な魔力を幻獣に与え続けるなんてことは、普通の魔力量の魔法使いにはとてもじゃないができやしないからだ。

ちなみに、俺ならそれは不可能ではない。魔力が有り余っているからね。

そんなわけで、偉そうなのはどっちだよと俺は声を大にして言うぞ。

魔法には魔法を、召喚獣には召喚獣を。こんな身の程知らずの馬鹿には、徹底して力の差を見せつけてやるしかない。

「深淵より来たれ、屠(ほふ)るものよ――オルトロス」

足元に広がった召喚陣から、黒い炎が湧き上がった。

いかにも大変に恐ろしい物が出てきますよ的な雰囲気が漂う。すると、地を揺るがす咆哮(ほうこう)が響き渡り、フェンリルの倍はある黒い双頭の獣が現れた。背中には蛇がうねり、見るからに禍々(まがまが)しい。

「消しちゃって」

顎で倒すべき相手を指し示してやると、オルトロスは承知したとばかりにフェンリルに襲いかかる。二つの顎門が白い体躯に食らいつくと、フェンリルは一瞬にして霧散してしまった。

ちょーっと触れただけで消えてしまうなんて、囮にもなれないほど儚い。全く勝負にならないな。

要するに、これが魔力の差だ。俺の召喚したオルトロスと、ケイシーが召喚したフェンリルでは、与えられている魔力量が圧倒的に違うので、強さにも大きな差が出る。

だけど、顎で「消しちゃって」はちょっと悪役じみていたかもしれない。

パーシヴァルに視線を向ければ、うっすら笑ってちょこっと肩を竦めてみせた。

……やっぱり悪役っぽかったんだろうな。俺は悪役になりたいわけじゃないから、次はもっと清らかな雰囲気でやろう。

ケイシーは自慢のフェンリルを一瞬で消されてしまい、驚愕の表情を浮かべている。

今まではアレで十分通じる相手としか対峙してこなかったのだろう。

だけどな、世の中は広いんだよケイシー。自分よりも強い相手なんていくらでもいる。

フェンリルを倒したオルトロスには、すぐに幻獣界にお帰りいただいた。彼の姿形は、ご婦人方には刺激が強すぎる。

「……で？」

次はどうするんだと、俺はケイシーに話を振る。

「………で？」

ケイシーが震える声で返す。

「いや、だから、それで？　魔力が上だの、俺のケット・シーよりも強い召喚獣を喚び出せるだのとあれだけ豪語しておいて、まさかフェンリルだけってことはないよね？」

さっきの悪人面の印象を塗り替えるように、にっこりと笑って言ってやる。

なにせ俺は宵闇の精霊のごとく麗しいらしいので、俺の慈悲深き笑み一つでこの騒動を収められるならそれで良し。まだやる気なら、当然お相手はする。もちろん手加減するつもりはないけど。

容赦するという言葉は、サフィラスの読んだ本の中にはたぶん存在しなかった。

気になるのは閣下が未だに黙っているってことだ。この状況をなんらかの形で利用しようとしている可能性もあるが、あるいはただ単に面白がっているだけなのか。

……あの閣下のことだから、後者かもしれないけど。

俺はとりあえず、倒れたままぽかんとしているアクィラをぐいーっと持ち上げて立たせてやると、服の汚れを払う。きっと今日のために夫人が気合いを入れて用意した衣装だろうからね。

ハーフパンツから出ている脹脛(ふくらはぎ)に怪我をしているが、これくらいは自前でなんとかしてもらう。わざわざアウローラの聖魔法を使うほどの怪我じゃないし。

「傷はあとで手当てしてもらって」

「……はい」

離れに追いやられてからは口を聞いたこともなかったアクィラだが、俺の言葉に素直に頷いた。未だに表情が抜け落ちているので、状況がよく呑み込めていないんだろう。

「パーシヴァル、悪いけどアクィラを頼める？」

「ああ、もちろんだ」

パーシヴァルはアクィラを抱き上げ、俺の側からスッと離れた。同時に、ケイシーを含む俺の周りには防壁魔法を施したので、これ以上公爵家のお庭やゲストに被害は及ばない。

防壁魔法は、何も守るばかりに使うものじゃない。こうやって、攻撃魔法やその際に起きた衝撃を中に閉じ込めて、外に出さないようにする使い方もできるんだぜ。

まぁ、ここまでしなくても、ケイシーはもうフェンリルのような大きい召喚獣は喚べないだろうけど。

それよりも問題は俺だ。アクィラを立ち上がらせた時に、酷いダメージを受けてしまった。

無理に重いものを持ち上げたせいで、腕がブルブルと痙攣している。俺は嘆かわしいほど非力だったよ。

「あ、あの程度で終わると思うな！　渦巻く風よ！　空を翔ける疾風の獣――グリフォン！」

疾風と共に召喚陣から鷲と獅子のキメラ、グリフォンが現れる。

へぇ、まだこれだけの召喚獣を喚べたのか。

ケイシーは肩で息をして、すっかり疲れ果てている。確かに見た目は立派だが、さっきのフェンリルで魔力をほとんど使い切ってしまったのだろう。

さっさと終わらせてやらないと、魔力切れで卒倒するな。

やられたらやり返すけど、無力な奴を甚振る趣味はない。

「お前さぁ、召喚獣の強さって、術者の魔力によるって学んだ？」

「そ、そんなことは知っている！」

「……ふぅん。じゃ、それを実感してもらおうかな。ケット・シー」

さっきからの騒ぎを静観していた黒猫が、ぴょんと俺の前に飛び出した。

「はっ！　そんな小さな召喚獣で僕のグリフォンが倒せると思っているのか！」

一瞬前まで青ざめていたくせに、ケット・シーを見た途端、ケイシーは勝ち誇ったように口角を吊り上げた。

俺がオルトロスで魔力を使い切ったとでも思ったのだろう。

「いや、だからさ。さっき言ったよね。召喚獣の強さは術者によるって」

「そんな雑魚(ざこ)、羽ばたき一つで消し飛ばしてやるよ！　いけ！　グリフォン！」

雄叫びを上げたグリフォンが大きく翼を広げる。

「ケット・シー、あいつに力の差を見せてやって」

「お任せにゃん♪」

ケット・シーは愛らしく答えると、地面を蹴った。

猫らしい跳躍力で空中のグリフォンに肉薄すると、その小さな前脚を振り下ろす。

「さよならにゃ」

勝負は一瞬。ケット・シーの爪がグリフォンに触れた瞬間、大きな体は霧散した。

「っ！　……あ、……あ」

呻き声を上げたケイシーが、グリフォンの消えた虚空を見上げている。

呆然としているのはケイシーだけじゃなく、その両親もそっくり同じ顔をしていた。子供の躾ができてないんだから、自業自得と言うべきだ。もしかして息子を焚きつけたのは、子爵夫妻なのかもしれないな。

……大裏目に出たようだけど。本当、オルドリッジにまつわる者たちにろくな奴らはいない。

「これが魔力の差だよ。召喚獣の姿形なんて関係ないんだ。むしろ、無駄にでかい召喚獣を喚び出すのは、時と場合によっては悪手になる。まぁ、湯水のごとく魔力が湧き出すっていうなら話は別だけど……」

せっかく説明してやったけど、ケイシーは聞いていないようだ。頽れるように膝をついて、項垂れている。

アウローラがにっこりと微笑みながら俺の隣に並んだ。

「勝負はついたようですわね」

「勝負をしていたつもりはないんだけど……」

向こうが勝手に始めたことなのに。

しかし、せっかくのお茶会は台無だ。怪我人はいないようだけど、一部のテーブルは倒れ、美しい庭園も傷んでしまった。

あーあ……と思っていたら、不意に拍手が響く。

「実に素晴らしい余興だった。皆様ご覧になられたか、彼の実力はかように嘘偽りのないもの」

今の今まで静観していた閣下がそう言うと、ぱらぱらと拍手が起こり始め、やがてそれは会場中に広がって大きく響き渡った。

その隙に使用人たちがささっとやってきて、壊れたテーブルウェアとテーブルを片付け、改めて会場を整えてゆく。公爵家の玄人技はすごい。

お茶会の参加者も多少の動揺はあったものの、既に落ち着きを取り戻している。貴族というのは案外に肝が据わっているのかもしれない。

「いずれにせよ、穏便に済ませてくださって感謝しておりますわ。サフィラス様が家名をお捨てになってから、どうにも魔法系貴族の方々の周辺が騒がしいようですのよ」

「穏便？　あれが？」

アウローラの言葉に、思わず素っ頓狂な声を上げてしまった。公爵家ではあれを穏便と言うのか。驚きだな。

「サフィラスのことだ。もっと派手にやると思われていたのだろう。公爵閣下もある程度の被害を見込んでいたんじゃないか？」

アクィラを送り届け、俺の側に帰ってきていたパーシヴァルまでそんなことを言う。

「え？　どうして？　俺、そんなに大暴れした記憶はないけど……」

「ふふふ、そうですわね。学院でのご様子を拝見しておりましたので、あのようなことが起これば、ここぞとばかりに大技をご披露されるかと思っていましたの。ですが、さすがサフィラス様です。正しい魔法の使い方を心得ておられましたわね」

確かに、学院では大人気ないない魔法を披露していた自覚はあるけど、中身は大人だからな。当然、場に見合った魔法を使うさ。

思わず苦笑いを浮かべたけど、それよりも、さっき聞き流せない情報がさらっと混ざってなかったか？

「それより、俺の勘当と魔法系貴族が騒がしいのって、何か関係があるの？」

「伯爵がサフィラス様を廃したことによって、ペルフェクティオの魔法の血がいよいよ弱くなっているのではと真しやかに囁かれ始めましたの。残念ながらオルドリッジ伯爵家は、初代より直系の魔法使いの血を守ることだけを重んじていらして、他に目立った功績はございませんから。オルドリッジ伯爵家に成り代わろうと考えている貴族がそれなりにいらっしゃる、ということですわ」

その一家がモルガン家ってことか。かなり近い親戚なのにな。

――外に出るようになった俺の耳には、色んな話が入ってくるようになった。その中でも、元父に関してはほとんど良い噂は聞かない。

当主であるオルドリッジ伯爵は、王国魔法師団相談役という肩書きと、過去の栄光に胡座をかいて偉そうにしているだけで、それ以外は本当に何もしていないらしい。

というよりは、きっと何もできないのだろう。俺の見立てでは、伯爵は正直それほどの魔法使いではないから、いざっていう時に初代のような働きはできないだろうね。

だからこそ、息子たちを使って自分の地位を盤石にしようと必死なんだな。

「現在の王国魔法師団長は部下の方々の信頼も厚く、王国騎士団とも良い関係を築いている大変優秀な方らしい。だが、相談役が間に入るばかりに、進む話も進まないと聞いている……」

国としては、大したこともしていないのに、なんとなく偉そうでそこそこ声がでかいオルドリッジ伯爵の扱いに、実は困っていると言ったところなのだろう。

歴史に残るような功績があるので、あまり邪険にもできないし。

そこで、魔力のない子息がいるようだし、オルドリッジ伯爵もそろそろ下り坂の気配が漂っているし、この機会に他に適任者はいないだろうかと王家は思っているような、いないような……といったふんわりとした噂がどこかで流れているんだろうな。

パーシヴァルの話から察するに、できれば相談役という役職もなくしてしまいたいのではないのだろうか。国王の思惑に沿った人物を後釜に据えて、ゆくゆくは自然とその役職自体も廃止するつもりかもな。

ペルフェクティオ家に限らず、あまり必要なさそうな役職を巡って変にざわついている魔法系貴族全体の将来も、もしかしたら暗いのかもしれない。

そう仮定すれば、さっきの騒動で公爵閣下が黙っていたことにも納得がいく。

ちらりとアウローラに疑惑の視線を向けると、ふんわりと微笑み返された。

……なるほどねぇ。

これは、だいぶ本気で王家はペルフェクティオをどうにかしようとしている可能性がある。

大体、慢心せずに国のために懸命に働いていたら、未だに伯爵なわけないもんな。

俺が思っていた以上に、公爵家のお茶会には裏事情があったようだ。

「そうそう、サフィラス様。気に入られたお菓子がありましたらお好きなだけお持ち帰りくださいませ。派手な余興がありましたでしょ。皆様、そちらに夢中になってしまいまして、我が家の料理人がせっかく腕を振るいましたのに、随分とお菓子が残っていますの」

「遠慮なくいただいて帰るよ！」

はぐらかされた気もするが、そう言われたら、いただいて帰らないという選択肢はない。

使用人に、お菓子や軽食が並んでいるテーブルに案内してもらう。会場の外れにあったおかげで、フェンリルの被害には遭わなかったようだ。

お好きなだけどうぞと言うので、並ぶお菓子や軽食を前に気合を入れた。

「あのエッグタルトと、それからドライフルーツが入っているそれと…」

使用人は笑顔で、俺の希望するお菓子を箱に詰めてくれる。アウローラの言う通り、どれも美味しそうで迷ってしまうが、貰いすぎても食べきれないので厳選する必要があるのだ。

俺がお宝を真剣に吟味していれば、控えめな声に名前を呼ばれた。

「サフィラス……」

振り返れば、かつての母がそこにいるではないか。

「……オルドリッジ伯爵夫人」

一体なんの用事だろうかと訝しげな視線を向ければ、夫人は戸惑いながら口を開いた。

「健やかに過ごしているようね……」

「はぁ、そうですね」

もちろん、俺は健やかである。

あのペルフェクティオの牢獄から解放されて、心の底からのびのびと過ごしているし、栄養が足りずに止まっていた成長期を取り戻すべく、極めて健全な食生活を送っているのだから。

それからまた沈黙。空気を読んだのか、使用人がすすっと離れてゆく。

一体なんだと言うのだろう？　俺は今、大事な使命を果たしている最中なのだから、用があるなら早くしてほしい。

「サフィラスは……魔法が使えたのですね」

「ええ、まぁ」

九年ぶりに話しかけてきたかと思えば、聞きたかったのはそれか。本当に魔法以外に興味がないんだな。

「……どうして、そんな大事なことをずっと黙っていたのですか？　きちんと話していれば、ペルフェクティオの家から廃されたりはしなかったのに……」

さすがの俺も絶句するほかなかった。

この人は一体何を言っているのだろうか。言っていることはわかるが、意図が全くわからない。

「黙っていたわけではありません。貴方がたが聞かなかっただけですが」

「それでも一言言ってくれれば、」

「言ってくれれば？　何をおっしゃるのやら。魔力がないからと、問答無用で離れに押し込んで放置していたのに？　貴方は九年の間、一度でも離れの俺に会いに来ましたか？　あの男ですら二度は来ましたよ。そのうちの一度は俺を鞭打つためにね。乗馬の鞭で俺を散々打ち付けるだけ打ち付けて、お前には生きている価値もない、と言って出ていきましたけど。その後、痛みと熱で苦しんでいる俺を、一日一度だけの食事を運んでくる使用人も見て見ぬふりをした。まるで、死んでも仕方がないと言わんばかりにね。そんな俺が何を、どうやって言えと？」

そう言ってやれば、夫人は顔色を変えて唇を震わせた。

魔力鑑定のあの日以来、この人と言葉を交わした記憶はない。今日までの間、この人の中で俺は一体どんな存在だったんだか。

まあ、魔法を使えるようになったのは寮の二階から飛び降りた後だから、離れにいた時に来られても魔力なしのサフィラスだったわけだけど。

いずれにせよ、これくらいの恨み言は言っても許されると思う。それだけ、『僕』は過酷な環境に置かれていたんだ。

「でも今は魔法が使えるのだから、戻ってきてもいいのよ。お父様もきっと喜んで貴方を迎えてくださるわ」

いや、いやや、今の俺の話をちゃんと聞いていた？

魔力がないせいで、実の父に死ぬかもしれないような目に遭わされたっていうのに、魔法が使えるのだから、戻ってきてもいい？　つまり、魔法が使えないサフィラスはやっぱり息子じゃないってことだろ。しかも、伯爵が俺にした仕打ちは無視かよ。

別に俺は戻りたいと訴えていたわけでもないので、『戻ってきてもいい』という、その言い様にも大いに引っかかる。

「あの男に連れ戻せとでも言われたんですか？」

「あの男だなんて言わないで、貴方のお父様なのよ……」

「俺はもうペルフェクティオの人間じゃないですし。それに伯爵からは、お前など息子ではないとはっきり言われてますから」

「そ、そんな……きっと本気ではなかったはずよ。だって、貴方は私の息子なのですから……」

魔法が使えるとわかった途端に、俺はこのご婦人にとっての次男に戻ったわけだ。親だとも思っていない相手から、私の息子と呼ばれても白ける。

思わず視線を遠くに泳がせれば、離れた所からアクィラが心配そうに夫人を見ていた。

俺が離れに追いやられる時、何も知らないアクィラが話しかけようとしたのを止めたのもこの人だ。

慌てて走ってくると、アクィラを抱いて逃げるように去っていった。その母親の背中を見てサフィラスが何を思ったのかなんて、砂粒ほども考えなかったんだろう。

親の、とりわけ母親の愛情を必要としていた子供を、我が身可愛さにあっさり切り捨てた。

……あの男に逆らえない夫人の気持ちもわからないでもない。

俺が魔力なしだとわかった時は、弟のアクィラはまだ三歳だった。魔力なしを産んだ役立たずと罵られ、伯爵家での立場を失うわけにはいかず、アクィラと自身を守るためにも俺に関わらないのが一番だったのだろう。

だけど、『僕』だって貴方の息子だった。しかもまだ五歳の。

本来なら弱い子供である『僕』を唯一守れるはずの母親が、『僕』を存在しない子供として扱った。

「……貴方は、離れにいる俺がどんな扱いを受けているか知っていましたか？　与えられたものは、一日一度の粗末な食事。それだけだ。ウェリタスとアクィラには与えられたものが、俺には一切与えられなかった。俺がアンダーソンの次男に犯されそうになって必死に逃げた時だって、黙って体をくれてやればよかったんだと伯爵に殴られましたよ。はっきり言っておきます。俺は貴方がたの息子じゃない。大体今の今まで親らしいことを何一つしなかった人から、私の息子と言われても虫唾が走る。離れにいた時の『僕』は死んだ方がマシだと毎日思っていた。そんな牢獄に戻りたいと思うとでも？　はっ、冗談じゃない。あの人が言う通り、俺とペルフェクティオは全くの無関係だ。なので、今更俺に関わろうとするのはやめてもらえますか」

「……そ、そんな。貴方が、そんなに酷い扱いを受けているなんて、知らなかったのよ……」

酷く傷ついた表情を浮かべた夫人の目から涙が溢れたけれど、『僕』の方がよっぽど傷ついている。

大体、戻ってきてほしいなら、ほかに言うべき言葉があるはずだ。

当然、何を言われても戻る気はないけど。

「知らなかったではなく、知るべきだった。貴方は俺の母親だったんだから」

俺の言葉に夫人は一層しくしくと泣き出した。そうして涙を零していれば、俺が絆（ほだ）されるとでも思っているのだろうか。

「サフィラス、アウローラ嬢があちらで土産を用意してくれている。行こう」

泣いている夫人を前になんの感情もなく突っ立っていれば、パーシヴァルがさりげなく俺の肩を抱いて、その場から連れ出してくれた。離れた場所にいたはずなのに、わざわざ来てくれたらしい。パーシヴァルには元家族の変なところばかり見られてるな。

あの一族と血が繋がっていると思うと、居た堪れなくて穴を掘って埋まってしまいたい気持ちになる。

だけど、気を遣ってくれたことはありがたかった。

夫人のことは本当に今更で、心の底から何を言ってるんだろうとしか俺には思えない。

母親を求めていた『僕』のために思ったことを包み隠さず言いはしたけど、夫人の涙を見ても俺の心は微塵（みじん）も動かなかった。

ちらりと振り返れば、アクィラが泣いている夫人を労（いたわ）るように連れていくところだった。

アクィラにとっては、あの人は大切な母親なのだろう。そのアクィラは、去り際にこちらに向けて小さく頭を下げたように見えた。

今にも底に穴が開いていつ沈んでも不思議ではない船に乗っているアクィラだけど、沈没する前に、上手く船を乗り換えることができればいいなと思う。

弟に向けるような情はないけれど、顔見知り程度には思っているから。

その後は、閣下と並んでゲストを見送り、ようやく本日の役目を終えた。もう帰っていいとのことなので、用意してくれたお菓子の箱を抱えて帰途につく。

そういえば、元家族とケイシーの家族は見なかったな。コソコソと目立たないように帰っていったんだろう。

転移で寮に帰るつもりだったけど、公爵閣下が馬車で帰るように、とあまりにも断り辛い雰囲気で言うものだから、パーシヴァルと共に渋々馬車に乗った。これも貴族の体面というやつなのだろうな。

だけど、学院で悪目立ちするのであまり乗りたくないんだよね……。魔法で目立つのは望むところだけど。でも、今日はパーシヴァルが一緒だからいいか。

それにしても、公爵家の馬車は目立って仕方がないけど、乗り心地は最高だ。程良い振動に身を任せているうちに、いつの間にかぐっすりと眠ってしまっていた。

朝も早かったし、怒涛（どとう）の一日に心底疲れていたんだろう。気がついたら、寮の自分の部屋の寝台の中だった。

「ぅん……？」

「目が覚めたか？」

声をかけられて、のろのろと起き上がる。ぼんやりした視界に金髪が揺れた。

「……パーシヴァル？」

「ああ、そうだ。体調はどうだ？　まさか召喚魔法まで使えるとは思わなかったんだが、随分と無理をしたんじゃないのか？」

パーシヴァルは気遣わしげに俺の手を握って、指の感覚があるかを確かめてくれる。魔力切れを心配しているらしい。

手足の感覚をなくすのは、一般的な魔力切れの症状だ。俺が経験したことはないけど。

剣胼胝があって少し硬いパーシヴァルの手は、ほんのりと温かくて確かに俺を労るものだと感じる。

こんな風に誰かに心配してもらえるなんて、なんだかくすぐったいな。

「平気、平気。無理なんかしていないよ。あれくらい朝飯前だ」

普通の十四歳が召喚魔法に防壁魔法の同時使いなんかしたら、魔力切れでぶっ倒れて数日は立ち上がれなくなっても不思議じゃない。下手したら再起不能になるところだ。

でも、俺は規格外だからね。

そういえば、なんで俺は寝台にいるんだろう？

「あ……もしかして、パーシヴァルが部屋まで運んでくれたの？」

「馬車が着いた時に声をかけたんだが……全く起きる気配がなかったのでな。悪いとは思ったが部屋まで運ばせてもらった」

校門からこの第四寮棟までは結構距離がある。

ここまで俺を運ぶなんて、重労働だったんじゃないか。

「ごめん、重かっただろ？」

「……いや……それほどでも」

妙な間を空けてパーシヴァルが答える。ちょっと、今の間は何？

ええ、ええ、どうせ俺は枯れ枝ですよ。パーシヴァルにとっては俺を運ぶことなんて、剣を運ぶのと大差なかっただろうさ。

彼の男前ぶりに、俺はぐぬぬとシーツを噛む。体格と体力の差！

「ともかく、体調に問題がないならよかった。お茶を淹れる用意をしてあるが、飲めるか？」

「もちろん、いただくよ！」

俺は寝台から飛び降りる。

結局お茶会では、ゆっくりお茶もお菓子も味わうことはできなかったからね。

パーシヴァルにお茶を淹れてもらい、二人でお土産のお菓子を味わった。

パーシヴァルのお茶と公爵家のお菓子はやっぱりとっても美味しくて、元母のことなどすっかり忘れた俺は、とても幸せな気分になったのだった。

前世を思い出してからの短い間に、家を追い出され、公爵家の後ろ盾を得て、演習で巨蛇を討伐し、終いにはお茶会で喧嘩を売られた。

齢十四にして、これは濃厚すぎる人生ではなかろうか。冒険者だった前世ですら、これほど目まぐるしい毎日を過ごしてはいなかった。

こんなんじゃ、転生なんてありえない経験をしている己の身の上をじっくりと考える暇もない。少しくらい落ち着いて過ごす時間がほしいなと思う俺個人の心情とは関係なく、学院の授業はいつも通りに行われている。

なんと、もうすぐ試験もあるそうな。試験科目には芸術なるものがあって、俺を怯ませている。

これって、どんな試験なの？

ただ、いつも通りでないこともある。教室のケイシーの席には誰も座っていない。この数日の間に処分が決まっていたのだ。案の定、学院退去。既に自分の家に帰っているそうだ。

当然、共犯のギリアムにも同じ処分が下っている。

ギリアムのクラスはどうだかわからないが、ケイシーがいなくなってもクラスの雰囲気は変わらずで、それどころか誰も彼のことを話題にすらしない。

あいつの存在感はそんなものだったんだな。

誰かを貶めることでしか自分の価値を上げられない奴には、その程度の友情しか築けなかったということだ。

彼が家に戻されたあと、どうなるかは知らない。俺にはそれを知る術（すべ）がないし、知りたいと思うほど興味もない。ただ、貴族の子息として生まれて学院を卒業できないとなると、その将来は暗いだろう。今後はしっかりやれよ、と思うだけだ。

それよりも、である。

つい最近、魔法学で魔法具について学んだ俺は、目下杖（ワンド）に興味深々だ。

魔力を操るための主な媒介としては、杖や錫杖（ロッド）が知られている。それらは微妙な魔力操作を促すもので、補助道具として使う魔法使いは少なくない。

特に白魔法は、治癒以外でその力を使うために錫杖を必要とする。

錫杖は魔力を広げる手伝いをする魔法具だ。例えば祷（いの）りという魔法は、行使の際に魔力を薄く広範囲にわたって広げなければならないのでこれが必須となる。

祷（いの）りには、僅かではあるが怪我や病気、不運を防ぐ効果がある。俺が女神にいただいた強運に似ているけど、効果のほどはごくごく小さく、ちょっとしたお守り程度のものだ。

昔は戦に赴（おもむ）く騎士や兵士の士気を高めるために、聖女や聖人が使っていた。

対して杖は、魔法の効果を調整する時に使う。素材によっては魔力を増幅するものもあるそうだ。

前世の俺は、杖なんて使ったこともなかった。そもそも杖というものを意識すらしなかった。

当然、杖を使う魔法使いを見たことはあったが、関心がなさすぎて全くと言っていいほど何も思っていなかったのだ。

けれど、魔法学の教書で紹介されていた杖を見ているうちに、物凄く興味を惹かれた。

何よりも、杖を使う魔法使いの挿絵がとても格好良かったのだ。ローブを翻し、杖を振り上げている様は、いかにも偉大な魔法使いといった風格。

「はぁ……杖、物凄く、いいな」

授業そっちのけで杖にすっかり心を奪われた俺は、ランチの時間に杖への思いを熱苦しくパーシヴァルに語った。

その素材、造形を語り出したら尽きない、今までなんでこんな素晴らしい魔法具に興味を抱かなかったのか。杖を使わずに生きてきたことで、魔法使いとしての人生の半分は損してしまった、などと食事もそっちのけで、杖について話し続けたのだ。

「なら、次の休息日に魔法具店に行ってみないか？」

「え？」

「せっかくだから、ついでに王都を見て歩こう」

そういえば、以前乗合馬車で一緒になったおばさんに、おすすめの食堂を教えてもらったっけ。

街に行くなら、そのお店にも行ってみたい。

「うん、行くよ！　ぜひとも行こう！」

百五十年ぶりの王都、すごく楽しみだな！

　そうして休息日の約束をした俺たちは現在、王都ラエトゥスの大通りに来ている。

　この間は馬車で通り過ぎただけのその場所は、実際来てみると思っていた以上に多くの人で賑わっていて、活気に満ち満ちていた。

　すごいな、これが今(未来)の賑わいなのか。やっぱり俺の知っている時代とは違う。

　人波に翻弄(ほんろう)されて目を回している俺の手を、パーシヴァルがぎゅっと握る。

「どうした？」

「え？　ああ……うん。こんなに人がいるところに来たことがなかったから、圧倒されちゃったよ」

「今日は休息日で、市も立っているしな。サフィラスは迷っても転移で学院に戻れるとは思うが、念のため手を放さないでくれ」

　そう言うと、パーシヴァルは手を繋いだまま歩き出した。

　この間知ったけれど、パーシヴァルは綺麗な顔をしているのに、俺より少し大きな手は剣胼胝(けんだこ)で硬い。それはこれまで彼が研鑽(けんさん)を積んできた証。剣士エヴァンの手と同じだ。

　ふっと、かつての仲間の姿が脳裏を過(よぎ)る。

　エヴァンは騎士崩れの冒険者だった。初めて会った時、北に横たわるパルウム山脈の麓(ふもと)の樹海で、彼はたった一人で巨大な黒熊の魔獣相手に奮闘していた。

　その頃の俺は、まだ転移の魔法は使えなかったんだ。樹海で道を失い、もう数日も彷徨(さまよ)っていた俺とバイロンは、すっかり疲労困憊(ひろうこんぱい)で……

自分たち以外の人がいる、それだけで舞い上がった俺たちは、ようやく出会えた救世主に状況も顧みずに泣きついた。

戦っている最中にいきなり抱きついてきた男二人に、エヴァンは大層困惑していたけれど。

その後三人で黒熊を倒すと、エヴァンは腹ペコの俺たちに水と食料を惜しみなく分けてくれた上に、近くの村まで案内してくれた。樹海は迷いの呪いが掛かっているから、準備もなしに入ったら二度と出られなくなると教えられ、俺たちはゾッとした。

エヴァンに出会えなければ、樹海で力尽きていたかもしれないのだ。

それにしても、なんだか最近やけに昔を思い出すな。

そういえば、死期が近づくと過去を思い出すようになるって呪術師から聞いた覚えがあるけど……

いや、まさか、そんな不吉な。この頃は色々ありすぎたから、頭が記憶を抽出して、整理しているところに違いない。

「サフィラス、疲れたか？」

妙に黙り込んでいる俺を心配したのだろう。

「いや、大丈夫。ラエトゥスは聞きしに勝る繁栄の都だと思って」

ここソルモンターナ王国は、大陸でも最大の国土を誇る大国だ。百五十年も経てば世の中も随分変わるもので、大陸図も俺が知っているものからかなり描き換えられていた。

「大陸中から、人や物が集まるからな」

「すごいよなぁ」

きょろきょろと視線を彷徨わせれば、件の食堂を見つけた。

「あ！　あの店だ！　ねぇ、パーシヴァル、まずは食事にしないか！」

ぐいぐいとパーシヴァルの腕を引いて店に入る。店の中は商人や旅人らしき人たちで半ば埋まっていた。懐かしい雰囲気だ。なんだか気分が盛り上がる。

俺は勝手知ったる店とばかりに、空いている席に座った。

「おや、あんたたちクレアーレ学院の生徒さんかい。こんな店に来るなんて、お貴族様にしては酔狂だね」

俺たちの制服を見た女将さんは、面白そうに笑った。

まぁ、貴族でこういった食堂に来る人は少ないだろう。

「乗合馬車で一緒になったご婦人に、ここが美味しいって教えてもらったんだ。この店のおすすめは何？」

「肉と豆の煮込みだよ」

「じゃぁ、俺はそれ。パーシヴァルは？」

「……俺も同じものを」

こんな感じの大衆食堂には、冒険者時代によく足を運んだものだ。安くて美味い料理で、冒険者や旅人の腹を満たしてくれる。

初めて入る食堂では、おすすめを聞いてそれを注文するのが正解だ。店の名物にハズレはない。

「随分と慣れているな」

気がつけば、パーシヴァルが怪訝(けげん)そうな表情を浮かべていた。

つい浮かれてしまっていた俺は、うっと言葉に詰まる。

そうだった。サフィラスは監禁生活を送っていて、学院に入学するまでは外を知らない子供だ。

それなのに、まるで大衆食堂に行き慣れた冒険者みたいな振る舞いをしてしまった。

「あ、ああ……えっと、将来は冒険者になりたかったからさ。その……冒険譚(たん)をたくさん読んだんだ。それで、本の中だと冒険者はこういう店でよく食事をしていたから……」

「なるほど、」

今の言い訳で納得してくれただろうか。まぁ、転生しましたなんて荒唐無稽(こうとうむけい)な話をするよりも、本で読んだっていう方が説得力はあるよな。

だけど、これ以上は突っ込んでこないでね、ボロが出るから……なんて思っている間に、注文した肉と豆の煮込みが運ばれてきた。器に一杯の煮込みと、黒い麺麭(パン)がテーブルにどんと置かれる。

「その麺麭(パン)を汁につけて食べてごらん」

女将(おかみ)さんはそう言うと、他のテーブルにも料理を運んでいった。煮込みはスパイスの香りがして、否が応でも食欲を誘う。

「日々の糧に感謝を！」

おざなりに女神への感謝を告げて、早速煮込みを口にした。

「んーっ！　美味いー！」

安い肉だろうけど、これでもかってほど煮込まれているからほろっほろだ。豆にも味がぐっと染みている。硬くて少し酸味がある黒い麺麭(パン)も、煮込みのスープを染み込ませて食べればクセになる美味しさだ。

あまりの美味しさに夢中で食べていたが、途中ではっと我に返る。

俺は庶民の食事を美味いと思うけど、パーシヴァルの口に合うだろうか。急に心配になった。

食べる手を止めてそっと正面のパーシヴァルを窺(うかが)えば、彼も黙々と煮込みを食べていた。表情が緩んでいるので、どうやら美味しいと思ってくれているようだ。強引に誘ってしまったから、口に合わなかったらどうしようと思ったけど。

ほっとした俺は、煮込みに集中した。だけど、パーシヴァルはこんな屑肉の煮込みですらどこか品のある食べ方をしていて、育ちの良さが窺(うかが)えるな。

「……サフィラスは度胸があるのだな」

ふと食べる手を止めたパーシヴァルが、顔を上げて俺に視線を向けた。

「え？」

「今まで外に出たことがないと言っていただろう？　それだけで二の足を踏むこともあると思う。だが、サフィラスは何事にも前向きに挑戦している」

「う、うん、ま、まぁね」

そりゃぁ、中身は冒険者をやっていた大人だからね。今更、街の大衆食堂で食事をするくらいなんてことない。

「俺も見習わなくては」

パーシヴァルが爽やかに微笑む。

「俺なんか見習わなくても、パーシヴァルは色々知っているし、故郷では魔獣の討伐にだって参加してたんだろ？　そっちの方が余程度胸があるよ」

「ああ。だが俺は、学院に通うことに積極的ではなかった。必要なことはヴァンダーウォールで全て学べると思っていたからな。わざわざ王都にまで来て、一体何を学ぶんだと懐疑的でさえあった。しかし、学院に通うことは貴族の義務でもあるし、見識を広めるためにもぜひ通うべきだと家族に言われてここに来たんだ」

それは意外だな。パーシヴァルにもそんな一面があったのか。

「だが、父や兄たちの助言は正しかったな。ヴァンダーウォールから出なければ、こうしてサフィラスと友になることもなかった。何事も偏見を持たず、飛び込んでみることも大切だと学んだよ」

「なら俺はパーシヴァルのご家族に感謝しなきゃな。おかげでパーシヴァルの友人になれたんだからね！」

パーシヴァルが学院にいなければ、俺は未だに一人だっただろうな。

それでも特に困ったりはしないけど、張り合いはない。こうしている今だって、一人よりはパーシヴァルが一緒の方が楽しいし。

肉と豆の煮込みを綺麗に平らげた俺たちは、本日の目的地である魔法具店まであちこちの店先を覗きながら歩く。

中央広場のバザールはとても賑わっていると言うので、せっかくだから見に行くことにした。

「歩廊のモザイクも見どころらしい」

「パーシヴァルも行ったことがないんだ？」

「ああ。学院に入るまでは、領地から出たことがなかったからな」

「でも、ヴァンダーウォールの都も大きい街だよね。行ってみたいな」

百五十年経って、ヴァンダーウォールも随分変わっていることだろう。

「ああ、ぜひ訪(とぶら)ってくれ。俺が案内しよう」

それにしても、パーシヴァルは実に紳士的だった。

人とぶつかりそうになればそっと腕を引いてくれるし、馬車が近づけばさりげなく俺と歩く位置を代わって通り側を歩く。

前世は馬車に撥(は)ねられて命を落としている俺には、身に染みる心遣いだ。

バザールには多くの人が集まって、まるで祭りのように賑やかだ。パーシヴァルの言った通り色々なものが売られている。

異国情緒漂う織物。瑞々しい果実。手頃な金額で手に入る可愛らしい装飾品。人も物も溢れる市だ。片っ端から見て回りたい！

ここでうっかり、俺の悪い癖が出た。何かに夢中になると、周囲が全く見えなくなる。

ついつい商品を見るのに夢中になりすぎて、いつの間にかパーシヴァルと逸(はぐ)れてしまっていた。

あれ？　と思った時には既に一人だった。

「あー……やっちゃったよ。生まれ変わっても、やることは変わらないな」

前世でも大きな街ではよく仲間と逸れていたので、そんな時はギルドに集合することにしていたっけ。今回はそんな決め事はしていないので、とにかくパーシヴァルを見つけないと。

きょろきょろと周囲を見回して、あの眩しい金髪を捜す。

「お一人ですか？」

見知らぬ男に声をかけられた気がしたけど、誰に声をかけているのかわからないし、まさか俺ではないだろう。無視をしたら、再び声をかけられた。

「そこの貴方ですよ、お一人ですか？」

「……え？　俺？」

「ええ、貴方のことです。よろしければ、私とお茶でもいかがですか？」

人の好さそうな笑みを浮かべた、身なりのいい男だ。クレアーレの制服を着ている相手をお茶に誘うなんて、恐らくこの男は貴族だろう。

学院生が校外に出る際は、原則制服着用となっている。こないだのお茶会みたいな、誰かの家での私的な集まりは別だけどね。クレアーレには貴族しか通っていないので、この制服を着ている時点で貴族のご子息ご令嬢であることがわかる。王都にいれば、平民だって知っていることだ。食堂の女将さんもそれで声をかけてきたんだろう。

俺のような例外もいるけど、つまりはこの制服を着ているのは貴族の学生ですよ、と身分を証明するものでもあるわけだ。

だけど、例え相手が貴族であっても、どこの誰だかわからない男とお茶を飲む趣味はない。

そんなことよりも、早くパーシヴァルを見つけて合流しなければ、余計な心配をさせてしまう。

「結構です。俺、連れがいるんで」

さっくりとお断りして踵を返せば、後ろからがっしりと肩を掴まれた。

いきなり肩を掴むなんて、乱暴だな。俺が可憐なご令嬢だったら、震えて怯えているところだ。

これはいくらなんでも、マナーに反するんじゃないか？

「まぁ、待ってよ。そのお連れさんとは逸れちゃったんでしょ？　だったら僕が代わりに君をエスコートするよ」

急に馴れ馴れしくなったのが不快だったので、肩を掴んでいる手をぱしんと払う。

「俺は結構ですって言いましたが」

「君のように綺麗な子が一人で歩いていたら危ないって、僕は親切で言ってあげているんだよ」

ありがた迷惑！　というか、お前が危ない人物だ。断られたら素直に引くのが紳士じゃないのか。

「余計なお世話です。じゃ、俺、急ぐんで」

「あー、もう、はっきりと言わないとわからないかな。僕と一緒に」

「俺の連れが、何かご無礼を？」

聞き慣れた声が男の言葉をバッサリとぶった斬ると、ぐいと俺の肩を抱いた。

「パーシヴァル」

「学院生が外で問題を起こした場合、速やかに学院に報告する義務があります。何か、ありましたか？」

パーシヴァルが現れた途端、しつこかった男が俺から離れる。

「い、いや……その彼が一人でいたものだから、困っているのかと思ってね」

「ああ。それなら、ご心配には及びません。さあ、行こう」

「うん、」

「それでは、失礼」

パーシヴァルは俺の肩を抱いたまま、スタスタと歩き出す。

男はもう追いかけてこなかった。あれ以上しつこく来られたら、うっかり魔法でぶっ飛ばしていたかもしれなかったから助かった。相手は一応貴族だし、ぶっ飛ばすのはまずいだろう。

それに、無闇矢鱈（むやみやたら）に魔法で人をぶっ飛ばさないと、ほんの少し考えを改めたばかりだったよな。

パーシヴァルを見習って、もっとスマートに解決することを学ばないと。

「よかった、見つかって。一人にして悪かった」

「……いや、俺の方こそごめん。でも、助かったよ。あいつしつこくてさ」

「この辺りにはあの男のように、見目の良い学院の令息に声をかけて宿に連れ込む貴族がいるんだ」

「え、何それ。わざわざ学院生を狙ってるの？」

「ああ、どうしても貴族を相手にしたいという輩だ。護衛もつけず街を歩いているのは、大体下位貴族が多い。強引にことに及んでも、相手側を黙らせることができると思っているんだろう。しかも男なら子ができる心配もないからな」

「うわぁ、最低だ……」

金や権力を振りかざされたら、立場の弱い者は泣き寝入りするしかない。相手が貴族ならなおさらだ。昔もそういう悪い奴はいたけど、いつの時代にも変わらずいるもんだな。

「学院も注意を促してはいるが、相手も親切を装って近づいてくるからな……強く断れず被害に遭う学院生もいる。それにしてもまさか、こんな目立つところで声をかけるような奴がいるとは思わなかった。本当にすまない」

「パーシヴァルが謝ることじゃないよ。俺が注意不足だったんだ。夢中になると、すぐに周囲が見えなくなっちゃってさ」

「どうやら、そうらしいな」

せっかく楽しい気分で盛り上がっていたのに、少し微妙な気持ちになってしまった。しかし、気を取り直していよいよ本日の目的地に向かう。

バザールを出て脇道に入ると、落ち着いた雰囲気の街並みが続いていた。

宝玉店があったり、薬草の店があったりと、専門的な店が多い。ここはそういう専門家向きの店が集まる通りなんだろう。

「ここだ」

「おおっ！」

入り口に下がっている古い木の看板には、〝アルス・マグナ魔法具店(まほうぐてん)〟と彫られている。古めかしい扉は、いかにも老舗の魔法具店という佇まい。

　これは期待できそうだ。

　中に入れば店内はぼんやりと薄暗くて、外の賑やかさからすっぱりと切り離された別の世界のような静謐さがあった。

「いらっしゃいませ」

　眼鏡を掛けた品のいい店主が、穏やかな声で俺たちを迎えてくれた。うん、いい雰囲気だ。

　俺は早速、杖が陳列してある棚に向かう。

　棚には素材も意匠も様々な、かなりの種類の杖が揃っていた。あらゆる土地のものが集まる王都の魔法具店なだけある。ないものはないと言わんばかりだ。

「わぁ、こんなに色々あるんだ」

「……最近の杖は実用性ばかりではないようだな」

　パーシヴァルの言う通り、壁には金や白金、宝玉に貴石がふんだんにあしらわれた煌びやかな杖も飾られている。

　美しくはあるが、これは本当に魔法具として役に立つんだろうか？

　さすがにそういう杖には食指は動かなかったが、一角獣の角を磨き上げて作られた杖や、世界樹の枝から作られた杖なんかはかなり魅力的で、俺の所有欲をくすぐる。残念ながら、到底今の俺には手が届かないお値段なので、羨望の眼差しを向けるだけに留めた。

　こういうすごい杖は、もしかしたら自分で素材を収集してきて作ってもらった方が安価かもしれないな。

高位の杖はいずれ手に入れることを目標としよう。

パーシヴァルとあれこれ話しながら、比較的安価な杖の中から俺が買えそうな物を見繕う。

「試しに手に持ってみますか？」

「ぜひ！」

店主に勧められ、月桂樹の枝でできた杖をとりあえず持ってみる。

軽く振ってみれば、なんと杖の先から金の粉を撒（ま）いたように光の軌跡が浮かび上がった。

「すごいな、杖にはこんな効果もあるんだ！」

「……いや、違う。そんな効果はない」

「お客さま、素晴らしいですな。私も長くこの店をやっておりますが、魔力を目に見える形にできる魔法使いの方は初めてでございますよ」

「え？　そうなの？」

「ええ、ええ。稀におられると聞いたことがありますが、まさかこの目で見ることになろうとは。本当に素晴らしい……」

店主はすっかり感動している。

水晶は光らせることはできないのに、杖を使えば魔力の迸（ほとばし）りが光となって見える。げに不思議也（なり）、女神の祝福。

だけど、これはなかなか面白いな。薄暗い店内では、光の軌跡がよく見える。ついつい楽しくなって杖を振りまくった。

それからも何本か素材の違う杖を振ってみたけれど、どれもあまりしっくりこなかった。

なんだか思っていたのと違うのだ。

「無理に決める必要はないんじゃないか？　杖は魔法使いにとって大切な魔法具だ。じっくり時間をかけて、自分に合ったものを探せばいい。俺でよければ、いくらでも付き合おう」

杖を前に俺が黙って考えていれば、パーシヴァルがそう言ってくれた。

そうだよね。大事な魔法具だからこそ、ちゃんと相性の良い相棒を見つけた方がいいよな。

店主には申し訳ないけれど、俺は何も買わずに魔法具店を出た。

今日は縁がなかったようだ。でも、時間が掛かっても俺だけの杖をきっと見つけよう。

☆　☆　☆

図書館で魔法具の本を眺めながら、まだ見ぬ俺の杖に思いを馳せる。

そういえば、フォルティスの故郷にはパロサントがあったな。聖なる木とも呼ばれていて、魔除けとして木片を部屋の隅に置いておく習慣もあった。

パロサントなら、杖の素材として申し分ないじゃないか。そいつを採ってきて、杖を作ってもらえばいいんじゃない？

いいことを思いついたと意気込んだものの、俺の故郷であるサルトゥスまでは、ここ王都から乗合馬車で大体一週間ほどかかる。さすがにパロサントのためだけに、学院を休んで行くわけにはいかない。

「転移を使えば、すぐに行って帰ってこられるんだけどなぁ……」

前世ではあんなにあちこちを旅して、どこにだって行けたっていうのに……今の俺ときたら、せいぜいご近所にしか転移できないときている。それがどうにももどかしい。

転移魔法は、目に見える範囲か一度でも行ったことがある場所なら、距離に関係なくどこにでも飛べる。逆に言えば、行ったことがなければ、どんなに近くても飛ぶことはできない。

わかりやすく何かに例えるなら、的当てだ。

自分に結びつけた魔力を的に向けて投げると、その魔力にひっぱられて体が飛んでゆくという感じ。ちなみに、的のない場所に投げた魔力は霧散する。

だからこそ、冒険者だった俺は世界のあちこちに赴いて、的を置く作業に力を入れていた。

そうすれば依頼を受けた時に移動時間が短縮できるし、仲間の危機にもすぐに駆けつけられる。

ただ、的があったとしても投げる奴が下手くそだったら、魔力は的を外れてとんでもないところに飛んでいってしまうんだけど。

例えば、友人の家の玄関先に転移したつもりが、着替え中の友人の姉の部屋だったとか、隣国の王都にある魔法具店に行こうとして、王城の国王陛下の私室に転移してしまった、なんてこともなくはないのだ。前者は破廉恥な男として誹りを受けるだけだが、後者は確実に首が飛ぶ。恐ろしい。

要するに、魔法を正確に操ることができなければ、方向は合っていても目標地点からずれた場所に転移してしまう。これを正確に操れるのが転移上級者だ。
自由自在に飛び回りたければ、高い魔力を操る能力、それから世界中を移動できる身軽さも必要ってことなんだけど……

そもそも、的に向けて魔力を投げることができる魔法使い自体が稀なのだ。

俺が転移魔法を使えるようになったのも、偶然の出来事だった。

あれは、依頼で赴(おもむ)いた忘れられた遺跡で、生きている死者(リビングデッド)に追いかけられた時のことだった。

出発前に立ち寄った神殿の神官が、忘れられた遺跡は大変危険なので行かない方がいい、と丁寧に忠告してくれたにもかかわらず、俺たちならば大丈夫だと聞く耳を持たなかった。

その少し前に同じように調子に乗って、樹海で迷子になっていたところをエヴァンに助けられたことなどすっかり忘れていたんだ。喉元過ぎればなんとやらというやつだ。

しかし、遺跡は本当に危険だった。

うっかり封印を解いてしまったせいで蘇(よみがえ)った死者は、倒しても倒しても立ち上がって追いかけてくる。

どっちがこの依頼を受けたんだとか、封印を解いたのは誰だとか、バイロンと責任の擦(なす)り合いをしながら迷路のような遺跡内を必死に逃げ回った。

あの神官の言うことを聞いていればよかったと心から後悔した次の瞬間、俺とバイロンは件(くだん)の神官がいる神殿の前に立っていたのだ。

しばし二人でポカンとした後、我に返ったバイロンに、転移が使えるならもっと早く使え！　と怒鳴られた。だけど、俺だって自分が転移魔法を使えるだなんてその時初めて知ったんだ。

なんとも間抜けで、懐かしい思い出だよ。

また過去に想いを馳(は)せてしまった。とにかく、俺が前世で各地に置いた的はサフィラスのものではないので役には立たない。

冒険者だった頃ならともかく、今の俺では行動範囲も限られてしまうから、気軽に的を置きにも行けないし。

図書館の窓から見上げた青い空に、白い雲が悠々と流れてゆく。

「……あの雲に乗れればなぁ……」

そうだ、転移は行ったことがなくても見える所には飛べる。高い所から地上を見れば、広範囲を見渡すことができるじゃないか。

そこから見える一番遠い場所への転移を繰り返せば、短時間で遠くまで行けるんじゃない？

「ちょっと試してみるか」

俺は今見上げている雲に転移をする。

ところが、雲には乗れずにあっという間に地上に向かって落下した。

「うわわわっ！」

胃の腑(ふ)がひっくり返るような感覚に耐えながら、咄嗟に眼下に見える木の上に転移する。

背の高い木の先端につま先が触れると同時に、すぐさま地面に視線を移してなんとか無事に着地した。

「はぁ……危なかった、」

心の臓がばくばくして、背中がじんわりと濡れている。

こんな冷や汗をかいたのは、もしかしたら前世を含めて今が初めてかもしれない。

「……そっか、雲には乗れないのか。上に行ったらすぐに転移先を見定めないと、普通に落ちて死んじゃうな」

空から転移先を決めて飛んだら、直ちに安定した足場を確保する。建物ならしっかり足が付く場所に、森なら平らな地面に。

とにかく、安定した足場を確保できる転移先を瞬時に見定めることが必要だ。

「よし、この転移を飛び石転移と名付けよう！」

雲はいささか危険だと身をもって知ったので、よっぽど何もないところでない限りは転移先に選ばないようにする。

教会の屋根とか時計塔、それから山の頂。できるだけ足元がしっかりしている場所を選べば行ったことのない場所でも、短時間で辿り着けそうだ。

「試しに王都の外に出てみるか」

学舎の屋根に転移した俺は、神殿の屋根、時計塔の尖塔、それから王都を囲む砦（とりで）へと転移を繰り返す。

点と点をつなぐような転移も、コツを掴めばそれほど難しいことじゃない。少しずつ転移の目標を遠くにすれば、長距離の移動も問題なさそうだ。

これは使えそうだと思いながら王都から一番近い街に降り立った瞬間、天啓を得たかのように閃いた。

「…あ、ああ〜、そうだよなぁ、そうだった……今頃気がついちゃったよ」

何度か冷や汗をかきながらここまで来たけれど、ユニサスに乗って転移を繰り返せばよかったんじゃないか？　安定して上空にいられるんだから、目標地点も常に視界の一番先にできる。

なんで今気がつくかなぁ……

ユニサスとは、新雪のように真っ白い有翼の一角獣で、俺と契約している幻獣だ。彼に乗せてもらえば、スコプルス山だってひとっ飛びだ。

いや、でも、飛び石転移はいい経験だった。今更滅多なことじゃヒヤヒヤしないし。

とても刺激的な体験をしたと思えば、そうがっかりすることでもない……ないんだよ。

とりあえず行動範囲を広げられることがわかったし、学院に戻ることにする。

旅ができない今は、この飛び石転移をちょこちょこと繰り返して、地道に行動範囲を広げよう。

「サフィラス！」

中庭に降り立ったところで、パーシヴァルが早足で俺のところへとやってきた。確か午後のこの時間は、鍛錬場で剣の稽古をしているはずだけど。

わざわざ俺のところに来たということは、何かあったのだろうか。

「パーシヴァル、どうしたの？」

「アウローラ嬢に少々厄介な問題が起きた」

「え？　問題？」

それは聞き捨てならない。

ともかく話を聞いてみれば、アウローラの婚約者であるところの第二王子アレクシス殿下が、突然鍛錬場にやってきたのだとか。しかも、城の宝物庫から勝手に持ち出してきたらしい聖魔法使いが使う錫杖を、これまた勝手にアウローラとファガーソン侯爵家のエレーラ・スティアード令嬢に使わせたそうだ。

アウローラは当然、国宝を持ち出したことや、学院での勝手な振る舞いを諫めた。しかしアレクシス殿下は王子の立場で自分勝手な持論を振りかざし、錫杖を使って祷りの魔法を見せろと強引に迫ったそうな。

ところが、有り余る聖魔力を持つはずのアウローラの祷りでは魔力が広がらず、一方でスティアード嬢の魔力は問題なく広がった。それを見たアレクシス殿下は、アウローラを偽聖魔法使いと散々罵倒し、侮辱したとのこと。

なにそれ、全く意味がわからない。なんでわざわざ、自分の婚約者を貶めることをしたんだ？

それに、国宝を勝手に持ち出すのは、王子とはいえ駄目寄りの相当駄目だろう。

宝物庫を管理する奴ももうちょっとちゃんと管理しろよと思いつつも、それは王家側の問題なので俺が心配するのも烏滸がましい。

それよりも気になるのは、アウローラが聖魔法をまともに振るえなかったということだ。

「アウローラは間違いなく聖魔法の使い手だよ。それも、大聖女ウルラに匹敵するね」

「わかっている、俺も目の前で見ているからな。だが、国宝の錫杖を使った祷りでは、スティアード嬢の方が明らかに強い魔力を放っていた」

「うーん？」

どうしてだろう？　祷りが使えるということは、スティアード嬢も確かに白魔法使いなのだろう。魔力を偽ることはできないからな。

だけど、聖魔法使いというほどではないはずだ。体の欠損を治せるほどの魔力を持ったアウローラとは比較にもならないだろう。

「それにしても、第二王子はなんだって急にそんなことをし始めたんだ？」

「どうやら殿下はアウローラ嬢に瑕疵があるとして婚約者から外し、スティアード嬢と正式に婚約を結ぶつもりらしい」

「はぁ？　馬鹿じゃないのか？　だってアウローラ嬢が婚約者に選ばれたのは、彼女の聖魔法が王族に必要だからだろ？　ファガーソンのご令嬢の白魔法じゃお守り程度にしかならないぞ」

不敬だとはわかっているが、思わず声に出てしまった。

ファガーソン侯爵令嬢エレーラ・スティアードは、俺たちの一つ上。第二王子と同じ学年だ。

カフェテリアで王子と歓談しているところを見かけたことがあるけど、年齢の割には発育の良い女性的な容姿の、そこそこに美人なご令嬢だ。第二王子の言うことにはなんでも笑顔で「そうですわね」と答えていた。

気持ちの籠もっていなさそうな言葉に、あの人はちゃんと人の話を聞いているのかな？　と少々訝しく思ったが、当の第二王子が嬉しそうだったので、それでいいんだなと思った覚えはある。

第二王子とファガーソン侯爵家のご令嬢との噂は色々と疎い俺の耳にも入っていた。実際、仲の良さそうな姿も見ているし。けれど、当事者であるアウローラも閣下も気にしていないようだったので、俺が心配することではないな、と頭の隅にすら置いていなかったのだ。

貴族同士の結婚には、何かと一言では語れない表や裏の事情がある。特に王家と公爵家との婚約となれば、そのあれこれは相当なものだろう。

何しろアウローラは聖魔法の使い手。王家としては下手な所に嫁いでほしくはない。

王家に否定的な家だったり、ましてや国外などもってのほか。

王太子はアウローラとは少々年齢が離れているので、婚約させるなら年齢の近い第二王子となったらしい。しかし、俺から見て第二王子とアウローラが仲良くしているという雰囲気はなかった。同じ学院に通いながらも、せいぜいアウローラが挨拶する程度で、あまり良い関係ではないよな、とは思っていた。

将来の伴侶に対する相性や好みは人それぞれなので、そのことをどうこう言うつもりはない。惚れた相手と一緒になりたいという気持ちも、もともと平民の俺には理解できる。

だが、その主張の仕方が問題だ。

こう言ってはなんだが、第二王子は王太子と比べて少々残念な殿下だ。王太子ができすぎていると言えばそうなのだが、どうにも努力を厭うお人らしい。

王位を継がないにしても、将来兄を支える立場にあるというのに、子供じみている困った王子、というのが俺の印象だ。

王家からすれば、聖魔法の件がなかったにしても、古くから国を支えている公爵家のご令嬢であり、尚且つしっかりしているアウローラはちょっと足りない第二王子の伴侶として申し分がなかった。ゴリ押しで第二王子の婚約者にしたのは想像に難（かた）くない。

そんな風に自分の支えになってくれる公爵家を侮辱（ぶじょく）するようなやり方は、王族として以前に人としていかがなものだろうか。

「色恋に惑わされて、目が曇ったんだろう」

全くその通りだと思うけど、それをパーシヴァルが言うととても重く響くな。

華やかな見た目でいて、実に生真面目な男だからなんだろうけど。

「……アウローラ嬢に会おう。我が友、ケット・シー」

たちまちに広がる召喚陣から、黒い猫がぴょんと飛び出す。

「お喚びかにゃ、ご主人？」

「うん。アウローラ嬢に伝言を届けてくれるかな？」

「もっちろん！」

今から中庭の東屋（あずまや）で会いたい旨の伝言を託すと、ケット・シーは跳ねるように走っていった。

しかし、王家の宝を持ち出してまでアウローラとの婚約を破棄したいだなんて。

確かに彼女は少々勝ち気なところがあるけれど、あの気性は王子妃として決して悪くはないと思う。理性的で、合理的に物事を考えるところも王族向きだ。

まぁ、だいぶ出来の悪い王子にはいささか手に余る女性なのかもしれないが。だとしても、いくら第二王子とはいえ、そんなこともわからないような男が王族とはなぁ……

　これは力のあるブルームフィールド公爵家の後ろ盾があったとしても、どうにもならない王子に思える。出来の良い王太子が王位を継いだ暁には、役に立たない弟なんかいらん、とスパッと切り捨てられてしまうんじゃなかろうか。

　ことあるごとに兄と比べられていた、というのは俺の想像だが、なんとなく劣等感を抱いていたのは確かだろう。そんなところになんでも同意してくれる女性が現れて、ころっと籠絡（ろうらく）されちゃったのかな。

　だけど、あのスティアード嬢の笑顔の同意の裏には、一体何が隠されているのやら。ただ単に彼女自身が王子妃になりたいだけなのか。それとも、ファガーソン侯爵家の思惑があるのか。

　いずれにせよ、微笑みの裏にある女の本音も読めないようでは、各国の手練（てだ）れを相手に国を守るための交渉はできないと思うので、さっさと王族から外れていただいた方がいいだろうな。まあ、こんなことを思っても、俺などは所詮しがない一庶民。

「それで、アウローラ嬢はその錫杖を使って何か言ってた？」

「魔力の流れが悪く、何かが詰まっているようだったと」

「何かが詰まっている？」

　パーシヴァルと中庭の東屋（あずまや）に移動すれば、既にアウローラとリリアナが待っていた。

　衆目の中で恥をかかされたようだけど、アウローラは冷静で、落ち込んでいるようには見えない。

むしろ、リリアナの方が顔色を悪くしていた。自分が仕える主人が酷いことを言われたのだ。リリアナも相当心を痛めたことだろう。

「わざわざ、わたくしのためにお時間作ってくださってありがとうございます」

「大丈夫、気にしないで。それで、話は大体パーシヴァルから聞いたけど、聖魔法が上手く使えなかったって？」

「そうですの。殿下が突然国宝の錫杖をお持ちになって、エレーラ様とわたくしに祷りをするようにと。ですが、わたくしの祷りは上手く働きませんでしたわ」

「魔力が流れにくかったって聞いたけど」

「ええ……なんと言うのでしょうか。錫杖の中に異物が入っていて、魔力の流れを阻害されているような感じでした」

なんじゃそりゃ。魔力の流れを妨げる錫杖だって？　本来なら力を増幅するための魔法具なのに？

錫杖の中で魔力が停滞する。それは魔力に対して、魔力を受ける錫杖の質が見合っていないということだ。

だけど、国宝の錫杖がそんなお粗末なものであるわけが……

「あっ……！」

いや、あるな。あるぞ。あった。

最近記憶のとっ散らかりが酷いせいで、古い記憶でも最近のことのように頭の中に残っている。

おかげですぐに思い出したが、確かにウルラもそんなことを言っていた。

あれはインサニアメトゥス討伐の少し前のことだ。

なんだか大層な儀式の場で国王から渡された錫杖を使って祷りを行ったけど、ほとんど魔法が発動しないで大恥をかいたとウルラが激怒していたのだ。

その怒りはおさまらず、竜討伐の直前だと言うのに、聖魔法の力を最大限に引き出すことができるという、カエレスエィスの錫杖探しに付き合わされた。

今回アウローラが王子に渡されたのは、ウルラが怒っていたぼんくら錫杖なのだろう。

「ところでさ……第二王子はアウローラ嬢を婚約者から外すつもりなんじゃないかって、パーシヴァルから聞いたけど」

「ええ、その通りですわ。次の太陽の日に開催される王太子殿下主催の夜会で、わたくしを偽聖女として糾弾するつもりなのでしょう。そこで婚約破棄を宣言し、真に愛しておられるエレーラ様を新たな婚約者として指名するつもりなのだと思いますわ」

「正気の沙汰じゃないな」

アウローラは面白そうに第二王子の企みを教えてくれた。

確かにここまで愚かだと、もはや笑うしかない。

しかし、第二王子が自業自得で失墜するのは構わないが、それにアウローラが巻き込まれるのは納得がいかない。なんとしても、アウローラが本当の聖女であることを証明しなきゃならないぞ。

ウルラはあのカエレスエィスの錫杖をどうしたんだろう。竜を討伐した時には持っていた。

ウルラが引退した後は、彼女の後継が受け継いだんだろうか。

「ねぇ、アウローラ嬢。カエレスエィスの錫杖って今どこにあるの？」

「それは大聖女ウルラが持っていたと言われる伝説上の錫杖ですわね……」

「伝説？　なんで伝説になってるんだ？」

大聖女ウルラの力を発揮するのに、カエレスエィスの錫杖以上のものはなかった。大聖女として名を馳(は)せた彼女の錫杖なら、どこかの神殿に保管されていてもおかしくないのに。

そういえば、俺(フォルティス)が死んだ後、風見鶏(パーティ)はどうなったんだろうか。

「カエレスエィスの錫杖を大聖女ウルラが持っていた、と神殿の書物に残されてはいますが、どの神殿にも保管されておりません。ですから、錫杖が本当に存在したのかどうかわからないのです」

「……そうなんだ」

これは一度ウルラの生涯をさらってみる必要がありそうだ。ひとまず、図書館に戻るか。

「アウローラ嬢の聖魔法が上手く発動しなかったのは、間違いなく錫杖のせいだ。あれは国宝とは名ばかりのポンコツさ。アウローラ嬢は正真正銘の聖魔法使いだから、気にすることはないよ。俺はちょっと思い当たることがあるから調べてみる。何かわかったら連絡するね」

転移で図書館に飛ぼうとした瞬間、パーシヴァルに腕を掴まれて一緒に転移してしまった。

「パーシヴァル？」

「何か調べるんだろう？　手伝おう」

「……ありがとう、助かる。大聖女ウルラについて調べたいんだ。時期は厄災竜の討伐後から彼女が没するまで。どんな小さなことでもいいから、彼女がどうしていたのか知りたい」

「わかった」

俺がお願いしなくても、パーシヴァルは当たり前のように手を貸してくれる。

本当に頼りになる男だ。これで騎士志願でさえなければ、ぜひパーティに勧誘したいところだけど。

でも、人には適材適所がある。三男とはいえ、辺境伯の息子であるパーシヴァルが騎士の道を邁進するのは至って自然な流れなんだろうな。

「この区画だな、ウルラに関する書があるのは」

神殿や聖女の歴史にまつわる書物は、ざっと見てもかなりの量だった。

高段の書架がずらっと並んでいて、この中からウルラに関することだけを探し出さなければならないのかと思うと、少し気が遠くなる。

情報は多いほど助かるけど、これだけの書物を一冊ずつ開いていくのか……

読書は監禁時代に嫌というほどしたからな、食傷気味かもしれない。

並ぶ本の量にちょっと萎えかけたけど、大切な恩人のためならば読むしかあるまい。

受けた恩は倍返し、いや、三倍返しだ。それに、大聖女を虚仮にされて黙っていられるかって。

そう意気込んでみたはいいものの、ウルラの足跡を追う作業は思った以上に難航した。

俺が生きていた間のことならだいたいわかるが、死んだ後のことまではさすがにわからない。

どの書物にもウルラがどこに行ってどうなったのか、はっきりとは記されていないのだ。

彼女はこんなに神秘的な人だっただろうか。

パーシヴァルと二人で相当の時間を掛けて書を読み漁り、すっかり図書館が暗くなった頃だ。隣で紙を捲る音がふっと止まった。

「サフィラス、少しいいか？」

「何か見つけた？」

パーシヴァルの持っている本は、各地にある神殿の場所を記録しているものだ。あまり読む人もいないのだろう。古そうな割に傷んでいない。

「ここを見てくれ」

「えーっと……仲間であった大魔法使いフォルティスの死後、冒険者パーティは解散。その後、大聖女ウルラは生まれ故郷の神殿に戻った……」

ああ、風見鶏は解散しちゃったのか。俺がいなくても、あいつらだけだって十分報酬の高い依頼もこなせただろうに。

それとも、やっぱりパーティの名前が気に入らなかったのかな。

特にウルラはことあるごとに文句を言っていたもんな。パーティの名前に信頼感がないって。

「大聖女の生まれ故郷は、ルーベンスだったな」

「いや、違うよ。彼女はナトゥーラ国の小さな村の出身だ」

「なんだって？」

ああ、なるほどね。どうやら英雄というものには、それなりの背景が必要らしい。

ルーベンスはこの国で一番大きな神殿がある都市だ。女神の加護も篤いというが、本当かどうかは女神のみぞ知るといったところだ。

つまり、神殿の面目を保つため、大聖女と呼ばれるほどの聖魔法使いウルラはルーベンスから現れたと人々に思ってもらう必要があったのだろう。

実のところ、ウルラは戦災孤児だった。当時はまだあちこちで戦火が上がっていた時代だ。両親を失った幼いウルラを保護したのが、小国ナトゥーラの貧しい村にある神殿の神官だったのだ。

貧しいゆえに村人からの寄付もなく、辺鄙な場所すぎて中央からの援助もない。そんな、今にも崩れ落ちそうな神殿で育てられたと彼女は言っていた。

貧しい村で暮らしていたからか、ウルラは生きることに貪欲で、実に逞しく、口も悪ければ態度も悪い。だけど、情に厚くて、頼りがいのある女性だった。

そんなウルラが大神殿に認められたのは、彼女が聖魔法使いとしてだいぶ活躍してからだ。

そもそも、大聖女だとルーベンスの大神殿が認定した時には、とっくに風見鶏の仲間だったし。

あくまでもルーベンス出身にしておきたい神殿の意図が働いていたせいで、パーティ解散後のウルラの足跡がわかりにくくなっていたのだろう。全く迷惑な。

ともかく故郷に帰ったんだとしたら、錫杖がナトゥーラにある可能性は高い。

「パーシヴァル、俺ちょっと行きたいところがあるから行ってくる。そこそこ遠いから、すぐには戻ってこられないかもしれないけど、心配しないで」

今日は火の日。五日後の太陽の日の夜会で第二王子がやらかすのなら、時間はそう残っていない。早いところ、カエレスエィスの錫杖を見つけないと。

「俺も一緒に行こう。何かを探すなら、手は多い方がいい」

「え、でも……」

「転移で行くならサフィラスの負担になることはわかっている。だが、俺が一緒に行って役に立つこともあるかもしれないだろう」

それはとてもありがたい申し出だ。実際今だって、パーシヴァルがいなければ、まだ本を捲っていただろう。

「国境を越えることになるけど、大丈夫？」

「問題ない」

「そっか。うん、助かる」

授業を休むことになるけど、緊急事態だから仕方ない。これは優先度の高い案件だ。

だけど、俺はともかく、真面目なパーシヴァルまで授業をサボっていると思われてもなんなので、二人でカエレスエィスの錫杖を探しに行くことを閣下にだけは伝えておくことにする。

「我が友、ケット・シー」

召喚陣から黒猫がぴょんと飛び出す。

「お喚びかにゃ？」

「うん。悪いんだけど、公爵閣下に伝言をお願いしたいんだ」

ケット・シーに伝言を頼もうとすれば、なぜか不満そうな顔をして、神経質そうに尻尾を振った。

何かがお気に召さないらしい。

「どうしたの？」

「……別にいいけどぉ、最近は伝言ばかりでつまらにゃいにゃ。もっとお茶会の時みたいに面白いことをやりたいにゃ」

確かに公爵家のお茶会では、ちょっと派手なことをやって目立っていたからな。

それに比べれば、伝言は確かに地味でつまらないだろう。

「ごめん、次はきっと面白いお願いするから、頼まれてくれよ」

ケット・シーに手を合わせて頭を下げる。

「……わかったにゃ」

ケット・シーは不承不承ながらも引き受けてくれた。ぴょんぴょんと図書館の窓から飛び出していく。

「彼とは随分仲がいいんだな」

ケット・シーの背中を見送っていたパーシヴァルが、感心したように言った。

召喚獣とここまで仲良くなるのは珍しいことなのだ。

普通、契約した召喚獣と召喚者は魔力で繋がるので、魔力が続く間は言うことを聞いてくれる。けれど、基本的にはそれだけだ。俺たちみたいな気安いやりとりはない。

「うん、ケット・シーは初めて契約した召喚獣だからね。付き合いが一番長いんだ」

転生して転移の的が使えないとわかった時に、召喚獣を喚び出せたとしても、彼との関係も最初からかもなと諦めていた。

けれど、実際喚び出してみれば、ケット・シーの態度は以前と全く変わらなかった。百五十年経って姿形が変わっても、彼にとって俺は俺でしかないらしい。なかなか面白いなと思ったことの一つだ。

「じゃ、時間もないし行こうか。天翔(か)ける聖なる翼、ユニサス！」

ついさっきケット・シーが出ていった窓から夜空に向かって召喚陣を描けば、金の光と共にユニサスが飛び出した。

「ユニサスとも契約しているのか……」

「うん。他にも仲間がいるんだけど、そっちは今度紹介するね」

「サフィラスは本当にすごいな」

そうでしょうとも！　何しろ、俺は大魔法使いだからね。

「転移は一度でも行ったことのあるところか、目で見える範囲でないと行けないから、ちょっと新たな技を開発したんだ」

「新たな技？」

「説明するより、体験した方が早いよ。とりあえずユニサスに乗って」

窓から白い背に飛び乗ると、俺たちを乗せたユニサスは大きく羽ばたいて、あっという間に王都を見下ろす高さまで駆け昇った。

ここまで昇ると、月に照らされた地平の先がよく見える。

「このまま転移するから。途中、気分が悪くなったら言って」

連続での転移は慣れないと酔うので、後ろに乗ったパーシヴァルに念のために伝えておく。

「は？」

月に照らされて白く光る地平の先を見据えた俺は、最初の転移をした。

それから続け様に転移を繰り返し、ナトゥーラを目指す。

あまり時間がないので、とにかく先を急いだ。俺は飛び石転移を経験していたので、ユニサスでの転移はむしろ快適以外の何物でもなかった。

けど、初めてのパーシヴァルに休みなしの連続の転移は厳しかったようだ。目的地に着いた途端、太陽の騎士の二つ名を戴（いただ）くパーシヴァルが、真っ青な顔をしてうずくまってしまった。

これは完全に転移酔いだな。こんな状態で、最後まで音（ね）を上げなかったのは立派だと思う。

少しやつれたパーシヴァルはなんだかちょっと色気があって、年上のお姉さまに好かれそうだな、なんて思ってしまった。

満身創痍（まんしんそうい）のパーシヴァルには申し訳ないけれど、早速ウルラが杖を納めた神殿を探さなければならない。

まだ辛そうなパーシヴァルに手を貸してなんとか立ち上がってもらうと、魔法の光で暗い足元を照らしながら神殿のある村を目指す。

ウルラが神殿に杖を納めたのは百年以上前。ここから先の彼女の足跡までは調べられなかったけど、故郷の神殿にならば何か手がかりを残している可能性がある。もし廃村になっていたり、神殿がなくなっていたりしたらちょっとお手上げだけど。

「ところで、なぜ、カエレスエィスの錫杖なんだ？」

パーシヴァルの顔色はまだ少し良くないけど、なんとか立ち直ったようだ。よかった。

やっぱり鍛えていると、回復も早いんだな。

「ああ、それはね。その辺の錫杖だと、アウローラ嬢の強い魔力に耐えられないんだ。途中で魔力が滞って、錫杖の中で詰まっている状態になる。だから、魔力に見合った錫杖じゃないと……ん？ちょっと待って」

俺は思わず足を止めた。

「つまり、第二王子は国宝の錫杖を使えば、アウローラ嬢の力を押さえつけることができるって知っていたことになるよね」

俺だって前世の記憶がなければ、錫杖の魔力詰まりに気がつくのは難しかったと思う。

それをあの第二王子は知っていた。愚か者だとばかり思っていたけど、意外に策士だったのか。

「それはどうだろうな。ただの思いつきの可能性が高い。実際にアウローラ嬢の治癒を見ていないから、彼女の力を信じていないだけじゃないか？」

「ええ……だとしたら、どれだけ愚王子だよ。ちょっと狡賢(ずる)いところがあるなって思ったけど、全撤回する。ただの馬鹿者だ」

「いずれにしても不敬だな」

そう言いつつも、パーシヴァルの顔は少しも不敬だなんて思っていない。むしろ口元は笑っている。

「俺には難しいことはわからないけど、あの王子と一緒になったらアウローラ嬢はきっと苦労するよ。いい機会だから、婚約者の座はスティアード侯爵令嬢に譲ってやればいいんじゃないかな。破れ鍋に綴じ蓋でお似合いだよ」

「俺もそう思うが、簡単なことではないんだろうな」

そんな話をしているうちに、ぼんやりと建物の影が見えてきた。

けれど、どう見ても人の気配が感じられない。灯りの一つも見えず、闇に沈む崩れかけた家々からは、今にも亡霊が彷徨い出てきそうな雰囲気だ。

「人が住んでいる様子はないようだな」

「うん……」

これは全く期待できそうにない。

半ば諦めの境地で村の奥を目指して行くと、不気味に佇む神殿がそこにあった。

扉も朽ち落ちていたので中に入れば、天井は崩れ星空が見える有様だ。荒れ果てた祭壇には、薄汚れた小さな女神の像がぽつんと建っていた。

風雨に晒されていたからだろう、すっかり黒ずんでいる。

ここが、ウルラの育った場所。

元気に笑う彼女の顔が脳裏を過り、少し虚しくなった。

大聖女と祭り上げておきながら、ウルラの育った神殿はこうして打ち捨てられている。これを見て、女神はどう思うだろうか。

……まぁ、何も思わないんだろうな。女神はこんな瑣末なことにまで目を向けたりしない。俺たちが女神の理から外れることをしなければ、ただ何もせずに見ているだけなんだろう。

パーシヴァルと二人、半ば崩れた神殿とその周辺を東の空が白む頃まで隈なく探したけれど、カエレスエィスの錫杖はなかった。

盗難に遭ってしまったのか、それともウルラが錫杖を納めたのはこの神殿じゃなかったのか。手がかりになりそうな書物も、長い年月雨晒しで放置されていたせいで朽ちて、泥塊になっていた。

「近くの町の神殿に行ってみよう。もしかしたら、そちらに何か手がかりになるものが残っているかもしれない」

「……うん、そうだね」

あの村を去る時に、神官が文献や書物を持ち出している可能性もあるので諦めるのはまだ早い。

とりあえず、俺たちは近くの町へと移動する。

道すがら、ふと気になったので聞いてみる。

「ねぇ、パーシヴァルはどうしてこんなに俺に協力してくれるの？」

俺は未だに、友達と呼べる相手はパーシヴァルしかいない。アウローラも友人と言いたいところだけど、本人の確認をとっていないからな。とりあえず保留としておく。

人望がないわけじゃないと思いたいが、そんな俺にここまで付き合ってくれるなんて。

国境まで越えているんだ。ちょっとそこまで一緒に来てよ、と言うのとは訳が違う。

心配まではしてくれるだろうが、普通はここまで付き合えないだろう。

「……迷惑だったか？」

「迷惑だなんてとんでもない！　すごくありがたいよ。だけど、こんな無茶にまで付き合ってくれるなんてさ」

「そうだな……もしサフィラスと俺の立場が逆だったとしたら、サフィラスも同じことをするだろう？」

「うん。そりゃ、当然だよ」

「俺はサフィラスと同じことをしているだけだ」

パーシヴァルはそう言うと、横顔で笑った。

気負わずにそう言ってくれるパーシヴァルが頼もしい。逢い難き(がた)は友って言うけど、俺は出会いに恵まれたな。


早朝から神殿の扉を叩いた俺たちを、隣町の神官は快く迎え入れてくれた。どうやら熱心な巡礼者だと勘違いしたらしい。まだ若いのに感心ですねと、人の好さそうな神官は朝食まで用意してくれた。ちょっとだけ申し訳なかったけど、もちろん、出された朝食はしっかりといただく。

「大聖女様は長きに渡り民に尽くし、晩年はかつての仲間の故郷を巡って祈りを捧げたと聞いております」

故郷に戻ってきてからのウルラがどうしていたのか知りたいと尋ねれば、なんと、神官は彼女のその後を知っていた。

ここまで来た甲斐があったな。

「大聖女様は、大神殿で静かに余生を過ごされることもできたのですが、それを断って巡礼の旅に出られたのです。大聖女様は誠に慈悲深く、仲間思いであられました」

ウルラは神殿の連中を嫌っていたからなぁ。そんな所で安穏と過ごせるわけがない。

それにしても、仲間の故郷か。ウルラはナトゥーラ、俺はサルトゥス。バイロンはワーズティターズだろうが、エヴァンはどこの出身だか知らないんだよな。

とりあえず、俺の故郷に行ってみるか。

フォルティスの故郷に向かうには再び飛び石転移しなきゃいけないんだけど、それを告げるとパーシヴァルはちょっとだけ眉間に皺を寄せた。

さて、サルトゥスに到着だ。

百五十年とちょっとぶりの故郷の景色は、それほど大きく変わっていないように見える。

それでも、かつては酷かった町への道が綺麗に整備されて、ものすごい田舎からちょっと田舎くらいにはなっていた。馬車もぼちぼち行き来しているから、人も増えているのかもしれない。

「……うん？　誰、これ？」

パーシヴァルと共に故郷の町に足を踏み入れた俺は、広場の中心に堂々と建つ銅像をポカンと見上げた。

いかにも強そうな魔法使いがローブを翻(ひるがえ)し、大袈裟な姿でなんらかの魔法を放っている像だ。

台座には無詠唱の大魔法使いフォルティス・シニストラと彫られている。

「……知らない魔法使いだな……」

俺はそれを見なかったことにして、町並みに視線を泳がせた。

それにしても、町の中は思ったよりも変わったなぁ……

昔よりもずっと賑やかになっていて、立ち並ぶ家も立派だ。

俺がいた頃は、店といえば俺の実家の商店と、肉なんかを細々と売っている食品店だけ。僅かばかりの農作物や出稼ぎなどが収入源だという住人しかいなかった小さな田舎町は、今や大魔法使い生誕の地としてそこそこ賑わっていた。

昔はなかった宿屋が数軒できているし、町の一番大きな通りには食堂や土産物屋が並ぶ。

何より驚いたのは、俺の実家が大きな商店になっていたことだ。

母さんたち、俺をダシに上手くやったんだなぁ。

前世は好き勝手生きてきて親孝行のおの字も果たせなかった俺としては、町も実家もそこそこ豊かになっていて嬉しい限りだけど。

「あ、魔法具店がある」

昔はこの町に魔法具店なんてなかった。そもそも魔法具に縁がない人々しか住んでいないんだから、当然だ。

だけど、大魔法使い生誕の地と言うのなら、やっぱり魔法具店はなくっちゃね。

「寄ってみるか？　店を見る時間くらいはあるだろう」

興味を惹かれたが、大事な探し物の途中だしな、とちょっと迷っていたところを、パーシヴァルの一言が背中を押してくれた。

「うん、寄ろう！」

早速飛び込んだ店には、聖なる木パロサントの杖が何種類も並んでいた。太さも装飾も様々だ。パロサントの名産地だけあるな。

気になった杖を全部持たせてもらって、一番手にしっくりきた杖を一本選んだ。

まるで昔から使っていたみたいに手に馴染む。これが杖と魔法使いの関係なんだな。相変わらず、杖の先からキラキラと魔力が迸るけど。

その不思議な光景に、店主はやっぱり驚いていた。杖と一緒にワンドホルダーも買ったので、早速制服のベルトに付ける。

「どう？」

パーシヴァルの前でくるっと回ってみせる。

「ああ、いいんじゃないか。よく似合っている」

俺が杖を選んでいる間、パーシヴァルは急かすことなく時々アドバイスをくれたりして、ずっと付き合ってくれた。おかげで俺はじっくりと杖を吟味することができた。

何度でも言うが、パーシヴァルは本当にいい奴だ。

公爵家からいただいたお金で、初めて贅沢な買い物をしてしまったけれど、これは正しいお金の使い方だよな。だって、魔法使いに杖は必要だ。

「おっ！　その制服はクレアーレ学院の生徒さんだね。聖地巡礼の旅かな？　せっかく大魔法使いの故郷に来たんだから、町の名物の芋団子、食べていかないか？」

魔法具店を出て神殿を目指していると、日に焼けたおじさんに声をかけられた。

おじさんの屋台で焼かれていたのは、潰したじゃがいもに小麦粉を混ぜて丸めたもの。子供の頃、俺が好きだったおやつだ。当然サフィラスになってからは口にしていない。

懐かしさも相まって、香ばしい匂いが空腹を誘う。つい、ふらふらと寄っていきそうになったけれど、ぐっと我慢する。

俺は遊びに来ているわけじゃないんだ。そうじゃなくても、魔法具店で無駄な時間を使ってしまったのに。

「二本貰えるか」

ここは我慢だと諦めようとしていたら、パーシヴァルが芋団子を二本買って、一本を俺に渡してくれた。

もしかして、パーシヴァルって心が読めるのかな？

「ありがとう！」

おじさんがおまけだと言ってタレをたっぷりと塗ってくれた熱々の芋団子は、懐かしい味だったけれど、俺の記憶にあるものよりずっと美味しくなっていた。

それにしても聖地巡礼か。こんな田舎のおじさんでも制服一つでクレアーレの学院生だってわかるんだから、結構学院生が来てるんだな。

芋団子を食べながら神殿に向かう通りを歩いていると、俺の目はとある土産物に釘付けになった。

「うわ〜、不気味〜！」

それは、何かの木の実と木材でできている謎の人形だ。掌に収まる大きさで、まるで干からびた妖精――コボルトのようにも見える。

実に不気味なんだけど、その人形がどうしても気になって仕方がない。妙な禍々しさに俺の心はグッと鷲掴みにされた。

「そこの兄ちゃん。一体どうだい？　こいつは魔除けの人形なんだよ」

「魔除け？」

「ああ、魔除けの効果があるパロサントでできてるんだ。野営の時に天幕の入り口に下げておけば、虫除けにもなる」

不気味なだけじゃなくて、実用的でもあるじゃないか。

ますます欲しい。さっきから寄り道ばかりしているけれど、俺の元故郷だ。土産の一つくらい買ったって、罰は当たらないだろう。

「じゃぁ、その人形三つくれる？」

「はいよ、毎度あり！」

俺は店主から謎のコボルト人形を受け取ると、早速一つをさっき買った杖に取りつけた。ぶらぶらと揺れる様子が、なんとも不気味で堪らない。

「はい、これはパーシヴァルの分。ここに来た記念だよ。もう一個はアウローラにあげるんだ」

「……ありがとう。大切にしよう」

パーシヴァルは魔除けの人形をじっと見つめると、ジャケットの隠しポケットに仕舞った。

杖といい、コボルト人形といい、なかなかいい買い物をしたな！

ちょっと時間を使ってしまったけれど、俺たちは今度こそ神殿に向かう。

ウルラの足跡を知りたいのだといえば、神官は書庫に案内してくれた。

田舎の神殿はどこも巡礼者に親切だ。都市の神殿だったら貴重な書物や文献が保管されている書庫に、ただの巡礼者なんかをこんなに簡単に入れてはくれないだろう。

ウルラはしばらくの間この神殿に滞在していたと、神官が教えてくれた。貴重な情報をありがとう。

パーシヴァルと二人、手分けしてウルラに関する文献を探る。ほぼ一日をかけて書庫の文献を読み漁った結果、確かにこの地を訪れたという記録は残っていたけれど、やっぱり錫杖の行方はわからなかった。

残すはバイロンとエヴァンの故郷だが、既に四日後に迫っている夜会までにそのどちらもを探すことはかなり厳しい。しかも、エヴァンの故郷に至ってはどこだかわからないときている。エヴァンが話さなかったので、俺は敢えて聞かなかったんだ。こんなことなら、出身くらい聞いておけばよかった。

……これは、詰んだな。

「そう言えば、以前サフィラスはアウローラ嬢の聖魔法がわかると言っていたな」

「うん。なんとなくだけど」

「それを利用して、大聖女の聖魔法を辿ることはできないだろうか」

「え？」

ウルラの魔力を辿るだって？

「大聖女の聖魔法の残滓を見つけることができれば、もしかして途絶えた足跡を追えるんじゃないか？」

「……なるほど、その発想はなかった」

この神殿にしばらく滞在していたのなら、ウルラが何かを残している可能性は大いにある。百年以上昔の魔力を辿れるかはわからないが、やってみる価値はあるだろう。

ただ、さすがに今の状態で薄くなっている聖魔力を見つけることは難しい。

暗くなった書庫の中で、俺は昼間手に入れたパロサントの杖を振って魔力を拡散させる。

時の流れの中で希薄になっているウルラの魔力に、俺の魔力を重ねて浮かび上がらせるのだ。

金の粉を撒いたような魔力は書庫に広がって、やがて静かに消えてゆく。光が消えれば、書庫の暗さが一層際立った。

なんの反応もない本たちに、半ば諦めかけた時だ。

「……サフィラス、あれを」

パーシヴァルが書庫の隅を指差した。棚に入りきらず、横に積み重ねられた本の隙間で何かがぼんやりと光っている。

「本当に残ってた！」

何十冊もの書物の下に埋もれているそれを、二人で掘り出す。

埃や塵に塗れてようやく掘り出したものは、ぼろぼろになった日記だった。少しでも乱暴に扱えば表紙がとれてしまいそうなほど状態が悪い。

仮にも大聖女の遺品だぞ。なんでこんな扱いをされているんだ。

だけどウルラのことだ。敢えてそうなるように残したとも考えられる。きっと大聖女の遺品として、大神殿に利用されることを望まなかったんだ。時代の流れの中で、失われるならそれでいい。そう考えたんだろう。

手元を明るく照らしてそっと表紙を開けば、変色したインクが綴る文字は確かに懐かしいウルラのものだった。黄ばんで染みのついた頁(ページ)には、彼女が祈った旅の日々が記されている。

このサルトゥスは、巡礼最後の地だったようだ。傷みが激しく、文字が消えかけているところもあって、全てを読むことはできなかったが、それでも錫杖の手がかりにつながりそうな重要な一文を見つけた。

「『……全ての、祈りを終えた今、私たちが……最後の依頼を受けた地に向かう……』とあるな。その後は消えていて読めないが、大聖女が最後の依頼を受けた地とはどこなんだ？」

俺たちの最後の依頼、それはインサニアメトゥスの討伐だ。

「……恐らく、錫杖は聖女が英雄になった場所にあると思う」

「インサニアメトゥス討伐の地か」

「うん……」

その地にカエレスエィスの錫杖が納められたのはほぼ間違いないだろう。

だけど、今からその地に向かって錫杖を見つけ出すことができるだろうか。日記一つ見つけるだけで、ほぼ二日かかっている。

しかも、俺の特殊な魔力があってようやく見つけ出すことができたのだ。伝説の錫杖ともなれば、そう簡単に見つかるような場所に納めてはいないだろう。

このまま彼の地に向かって錫杖が見つかることに賭けるか、或いは別の手段を講じるか。

「……今から錫杖を探しに行っても、夜会に間に合わない可能性の方が高いな」

「ここまで来て、手詰まりか……」

「いや、大丈夫。他に手はあるよ。ひとまず、学院に戻ろうか」

「ああ、わかった」

あの王子をギャフンと言わせる手段を考えなければならないけど、今は眠さと疲労で頭が上手く回らない。何はともあれ、まずは休息。

寮の部屋に転移した俺とパーシヴァルはそのまま床に崩れ落ちると、泥のようにぐっすり眠ったのだった。

☆　☆　☆

誰かが部屋の扉をノックしている。

早く出なければと思うけど、頭が何かに包まれている感じがして、少し重い。それにこの枕、なんだか少し硬いし、ほのかに温かいな……？

そもそも、床で寝ていたはずなのに、いつの間に枕なんか持ってきたんだろう。爽やかなレモネとミンタの香りもするし。いい匂いなので、つい鼻を押し付けてすんすんと嗅いだ。

んん……俺の部屋にこんな枕あったかな？

……こんな枕？　枕ーっ!?

目を開けてそれが枕でないことに気がついた俺は、腰を抜かしそうになりながら、大慌てでそこから這い出す。

至近距離で太陽の騎士様のご尊顔を拝してしまったじゃないか！　睫毛が長いし、鼻も高い！

おかげで、胸が酷くドキドキしている。

「うわ……うわわ……こ、これ、どういう状況？」

俺が枕だと思っていたものは、なんとパーシヴァルの腕だった。俺ときたら彼の腕を枕にして、グースカと眠りこけていたのだ。

何が一体どうなったのかわからないが、まさか俺からパーシヴァルの腕を枕にしたのか？　それはいくらなんでも図々しすぎるだろ！

状況に大混乱していると、いつまでも返事がないことに焦れたのか、扉を叩く音が強くなる。

「サフィラスさん、お手紙が届いておりますよ。いないんですか？」

「あ！　はいはい！　います、います！　今行きます！　すぐ行きます！」

俺が大きな声を出したので、パーシヴァルも目が覚めたのだろう。

緩慢な動作で起き上がる姿を目の端に捉えながら急いで扉を開ければ、学院事務の男性がトレイに手紙を載せて立っていた。

「ブルームフィールド公爵様からのお手紙です」

「あ、ありがとうございます」

「……呼び出しか？」

公爵閣下からの手紙だと聞こえていたのか、パーシヴァルが心配そうな表情を浮かべていた。

うっ……なんてことだ。寝起きのちょっと気怠げな様子が、十四歳の学生とは思えない雰囲気を醸し出している。乱れた髪とか、なんか……なんか、ずるい！

「あー……たぶん、そうだと思う」

赤面しそうになるのを誤魔化すように、手紙を開く。内容は要約すると『美味しいお菓子を用意するから、明日、公爵家に校外学習の報告をしに来なさい』というものだった。

なるほど、校外学習。そういう風に学院には伝えたのか。

アウローラの聖魔法の件もあるので、お菓子がなくても閣下にはお会いしなければと思ってはいた。話が早くて助かるけれど、閣下は俺が戻ってきていることを既に把握していたんだ。恐るべし、公爵家。

第二王子の引き起こした騒動は当然閣下の耳にも入っているはず。愛娘を侮辱されて黙っているお人でもあるまい。

閣下も何かしら手立てを講じているだろうけど、俺も王子をギャフンと言わせたい。だけど相手は王族だ。どこまでやっていいのか、一応、匙加減を確認しておく必要がある。

手紙のおかげで寝起きの衝撃が落ち着くと、急にお腹が減ってきた。

窓の外はすっかり暗くなっている。ほとんど一日寝ていたみたいだな。

時間を無駄にしちゃったけど、丸二日も寝てなかったんだから仕方がない。

「……パーシヴァル、お腹減らないか？」

昨日の早朝に神殿で出された軽い朝食を食べたきりだ。あ、芋団子も食べたっけ。

「ああ、そうだな。選べるメニューは少ないだろうが、この時間ならまだカフェテリアは開いているだろう。行くか」

「肉が残ってればいいなぁ……」

俺はいつも肉一択。魚も悪くないけど、肉に比べたらやっぱり軽いのでちょっと物足りなく感じるのだ。何しろ俺は育ち盛り。

カフェテリアに行けば、既にみんな夕食を終えたようで、がらんとしていた。

メニューのほとんどは終了していたけど、給仕の人は残っていたものをみんな出してくれた。ありがたいことだ。

「サフィラス、体調に問題はないか？」

無心で料理を口に運んでいたら、パーシヴァルが気遣わしげな表情で尋ねてきた。

確かに転移魔法は相当魔力を使う。ウルラの育った村にフォルティスの故郷。二日間で転移した距離は相当なものだ。それに召喚魔法も使っている。

だけど、切れたのは魔力ではなく体力の方。寝たらだいぶ回復したけど、本当にくったくただった。

「全く大丈夫！　俺に限って魔力切れはないよ。魔力よりも、体力の方が切れた」

「体力は寝て回復するしかないな」

パーシヴァルがそう言って少し口元を緩めたので、うっかり寝起きの腕枕を思い出しそうになった。じわじわと顔に熱が集まってくるのを必死で抑える。

いやいや、いや、それは今思い出すことじゃないぞ。大体俺は、パーシヴァルよりも大人なんだ。酸いも甘いも噛み分けてきているんだから、あの程度のことで動揺してどうする。しっかりしろ！

「しかし切り札を手に入れられなかったが、どうするんだ？　このまま黙っているサフィラスではないだろう？」

スッと表情を切り替えたパーシヴァルは、声を潜めて言った。

「もちろん。錫杖で証明できないなら、愚鈍な王子の目の前で、アウローラ嬢の治癒の力をはっきりと見せてやればいいだけのことだよ」

「……目の前で？」

「そ、目の前で」

文字通り、目に物見せてやればいいだけだ。俺はムフフと笑ってみせた。

翌日、午後の授業を終えた俺は公爵家に向かう。

「お待ちしておりました、サフィラス様」

出迎えてくれた家令はなぜか、俺の顔を見るなり微笑んだ。

いつもは真面目な顔を崩すことがないのに。応接室に向かう途中も、すれ違う使用人が俺の顔を見ては皆、どういうわけか微笑む。一体なんだろう？

「旦那様、サフィラス様をお連れいたしました」

妙な居心地の悪さを感じながら案内された応接室では、既に閣下が座って待っていた。

俺が応接室に入ると、壁際に控えていた侍女もやはり微笑んでいる。

なんなんだろう、一体？

「よく来てくれたね、サフィラス君。まぁ、座りたまえ」

「失礼します、閣下……って、ケット・シー!?」

ソファに座る閣下の膝の上には、ケット・シーがまったりと寛(くつろ)いでいる。

え？　どういうこと？　幻獣界に帰ってなかったの？　まさか、そっくりな黒猫じゃないよね？

「どうやら彼は、我が家が気に入ったようでね。一昨昨日(さきおととい)からずっとここにいるのだよ」

「えええぇ！」

ケット・シーはさも当然と言うように、閣下に撫でられて満足げな顔をしている。

あまつさえ喉をゴロゴロと鳴らしているのだ。

え？　君、幻獣だろ？　本物の猫じゃないよね？

召喚獣はこちらの世界に留まるために、術者の魔力を使い続ける。

ケット・シーがここにいるということは、俺と彼はまだ魔力で繋がっているということだ。

今の今まで、ちっとも気がつかなかったぞ。

俺じゃなかったら、魔力切れで倒れているところだ。とんでもないな。

「……伝言はつまらないと言ってなかった？」

「ここは特別にゃ……お菓子も食事も美味しいし、寝床もふかふか。それにいい人間ばかりで、楽園にゃ。もうずっとここにいたいにゃ」

……それは物凄く複雑な気分なんだが。だけど、ケット・シーがそう望むなら俺は止めない。

「そう。じゃぁ君は閣下のうちの子になればいいんじゃないですか」

「そうは言ってにゃいにゃ。ここならまた伝言を頼まれてもいいにゃ」

そう言うと、ケット・シーはグーッと背中を丸めた伸びをしてぽふんと姿を消した。

ようやく幻獣界に帰ったようだ。

「なかなか面白い召喚獣だ。屋敷の者が皆、彼を気に入ったようでね。随分と可愛がっていたんだよ。帰ってしまったと知ったら、さぞがっかりするだろうね」

「そ、それは、大変お世話になりました……」

なんだか居た堪れないが、別に俺の教育がなってないわけじゃない。

召喚獣とはあくまで、魔力で繋がっているだけだ。俺が何も頼んでいなければ、召喚獣は召喚獣の意志で行動する。

それにしても、ケット・シーがここまで厚かましいとは思わなかったぞ。

「さて、それでは早速だが、校外授業の成果を聞かせてもらえるかな？」

閣下はさっきまでケット・シーに向けていた緩んだ顔を、厳しい貴族の表情に変えた。

「サフィラス様、もうお帰りになりますの？」

応接室を出ると、アウローラが待っていた。学院にいる時とは違って寛(くつろ)いでいるからか、雰囲気が柔らかい。淡い水色のドレスを着ていて、年相応の可愛らしいお嬢さんだ。

あの愚王子はアウローラのこういう姿を知らないんだろうな、もったいない。

「うん。また改めてパーシヴァルと来るよ。夜会に向けての準備をしなくちゃいけないからね……と、そうだ。アウローラ嬢にお土産があるんだ。手を出して」

アウローラが首を傾げながら両手を出したので、その掌の上にコボルト人形を乗せる。

「……これはなんですの？」

アウローラは手の上の干からびたコボルト人形に一瞬固まった。

「サルトゥスで買ったんだ。聖なる木パロサントでできた魔除けの人形だよ。しかも虫除けにもなるんだって。禍々(まがまが)しい感じが可愛いよね」

「…………そう、ですわね」

「パーシヴァルにもあげたんだ。三人でお揃いだよ」

腰に下げた杖を抜いてぶら下げたコボルト人形を見せれば、アウローラはくすりと笑う。

「ありがたくいただいておきます」

本当にいいお嬢さんじゃないか。こんな素敵なレディを陥れようだなんて、やっぱり許せないな。

アウローラのためにも、あの愚王子には必ずや一泡吹かせてやる。全身洗って待っていろよ。

☆　☆　☆

ただ今の俺は、アウローラと二人で馬車に乗って王宮に向かっている途中だ。

サルトゥスから戻った翌日に公爵家を訪ってから、俺はたった一日で夜会の準備を整えた。

本来であれば、アウローラのもとには今日の夜会のために婚約者であるはずの第二王子からドレスが贈られたり、エスコートの誘いがなければいけないというのに、それらは一切なかったという。

当日しれっとアウローラを無視するだろうことはわかりきっていたので、それならそれで良し、と公爵家は思っていたそうだが、その矢先の偽聖魔法使い騒動だ。

そもそも第二王子との婚約は、俺の予想通り王家より請われて結ばれたものだった。

俺でさえも相当不釣り合いな婚約だと思っているんだから、娘が可愛い公爵夫妻にしてみれば不本意以外の何ものでもないに違いない。そんなことも理解できず傲慢に振る舞う第二王子には、ほとほと愛想が尽きていたのだという。

アウローラ自身も、第二王子に対して抱く感情は完全なる〝無〟だそうだ。当然といえば当然だよな。自分を蔑ろにするような奴に好意を抱けるはずがない。

そろそろ婚約の白紙を、と考えていた公爵家にとって、今回の騒動はいい機会だった。

真の聖魔法使いであるアウローラに下らない言いがかりをつけたのは第二王子で、どちらに非があるかは明らかだ。

ただ、これまでの仕打ちを考えると、すんなり婚約を白紙にしてしまうのも面白くない公爵家と、個人的に王子をぎゃふんと言わせたい俺の意見が一致した。

思い上がった王子に、躾の鞭(むち)を与えるしかないと。

閣下と俺は額を合わせ、夜会に向けて念入りに計画を立てた。

国王夫妻は現在外遊中で、王太子殿下が国王代理を務めているそうだ。浅慮な第二王子は、その隙に多くの貴族が集まった夜会で婚約の破棄を宣言して、言っちゃったもんは仕方ないと、国王陛下に認めてもらおうと考えているらしい。当然、そんなことが罷(まか)り通るわけはない。

陛下は婚約の継続を求めてくるだろうけど、閣下としてはそこまでされて大事な娘を第二王子に嫁がせる気は毛の先ほどもないと言い切った。国や陛下に尽くす心はあっても、それとこれとは別だ。親心としてはそうだろう。

どっかの伯爵とは大違いだな。

その話し合いの中で閣下の依頼を受け、アウローラのエスコートを俺がすることになったのだが、夜会はもう目前に迫っている。そこから、女性をエスコートするための猛特訓が始まった。

たった一日しかないので公爵家に泊まり込み、パーシヴァルも計画に加わってつきっきりで協力してくれた。

ちなみにダンスは省いた。第二王子が何か騒動を起こすとするならば、ダンスが始まる前だろうというのがみんなの共通意見だったからだ。

なるほど、ファーストダンスは惚れた女と踊りたいというわけか。

いつもならこんな貴族的なことはできないと音を上げるところだけど、打倒第二王子を掲げる俺はいつになく燃えた。

そうして迎えた、今日の夜会。

本日俺が着ている白の一揃えは、またしても公爵家が用意したものだ。

一から仕立てるには、前回のお茶会以上に時間がなさすぎて、今回も既製品を手直ししたものだけど、相変わらずおいくら金貨ですか？　と問いたい一着だ。

お針子さんも突貫でお直ししなければならないし、そんな無茶をしなくてもこの間お茶会で着た衣装でいいのでは？　と言ったら、それは公爵家としては許されないらしい。

特に今回は自邸の庭で催されたお茶会と違い、王城で行われる夜会だ。生半可な装いでは参加させられないとのことだ。

そして今、俺の目の前に座っているアウローラは女神のごとき美しさである。

胸元が繊細なレース刺繍で飾られたモーヴピンクのシルクドレスが、細身の彼女によく似合っている。落ち着いたその色は彼女を年齢よりもずっと大人っぽく見せて、まるで妖精の女王のようだ。

確かに、美しく装ったアウローラをエスコートするなら、生半可な男では務まらないだろう。

そう考えると、生半可すぎる第二王子がアウローラをエスコートしないのは、尤もなことのように思えてきた。

もしかして、己の至らなさを自覚してエスコートしなかったんじゃないか？　とはいえ、至らなさを自覚しているのは俺も同じだ。

「やっぱり、エスコート役はパーシヴァルの方がよかったんじゃない？」

何しろ俺の根は平民だ。いくら特訓したとはいえ、どこでボロが出るかわからない。

それに、華やかさや身長差を考えても、パーシヴァルの方が適役だったんじゃないかな。

アウローラより辛うじて身長は高い俺だけど、それも本当にごく僅かな差だ。

「まだ婚約者のいる身でパーシヴァル様にエスコートをしていただいたら、皆様におかしな誤解をされてしまいます。その点、サフィラス様でしたら、はっきりと公爵家に縁のあるお方ですから問題ありませんのよ」

「ああ、なるほど」

確かにこの夜会では、アウローラ側に何の瑕疵もないことを周囲に知らしめなければならない。

それなら、多少頼りなくとも俺がエスコートするべきなんだな。

「ふふふ、それに宵闇の精霊様と囁かれるサフィラス様にエスコートしていただけるなんて、皆様に羨ましがられますわ」

「え？　そ、そう？」

その二つ名、改めて言われると照れるな。

俺たちは、馬車の中で最後の打ち合わせをする。

最悪の事態、例えば第二王子がアウローラに直接的な危害を加えようとした時は、転移で屋敷に戻るとあらかじめ決めてある。

まさかないとは思いたいが、王国騎士を使って拘束するとか暴挙に出かねないからな。

第二王子が行動を起こした場合、鞭の加減はどの程度までなら許されるのか尋ねたら、一応王族なので怪我をさせるのは拙いが、それ以外なら俺の好きなようにしていいと言われた。

それって、何を言っても不敬罪には問われないってことだよな。

「入場致しましたら、サフィラス様は前回のお茶会と同じく微笑んでいてくだされば大丈夫です。殿下への対応は、まずはわたくしが致します。あとは打ち合わせ通りに……」

「わかった。愚王子には、万が一にも指一本触れさせないから安心して」

「ありがとうございます。頼りにしておりますわ」

馬車は間もなく王城に到着し、御者が扉を開けた。

この馬車を降りた瞬間から戦いは始まる。

公爵家の家令とパーシヴァルに徹底して叩き込まれた、最高の紳士のエスコートを実践する時だ！

気合を入れた俺はさっと馬車を降りると、アウローラに手を差し伸べる。

俺を見てほんのりと表情を緩めたアウローラがそっと手を乗せた。

優雅な足取りで会場に向かえば、ブルームフィールド公爵家の名を高らかに呼ばれ、アウローラと共にホールに入場する。夜会に参加する人々の視線が、俺たちに集中した。

本来なら第二王子と並んでいるはずの公爵令嬢を、どこの誰だかわからない少年がエスコートしているんだから何事？　と思うのも当然だ。

「まぁ、アウローラ様をエスコートしていらっしゃる方は一体どなた？」

「見かけないお方だわ」

ご婦人たちの騒めきが耳に飛び込んできた。

アウローラをエスコートしながら、周囲をさりげなく見回す。ほとんどの貴族は俺のことを知らないだろうから、訝(いぶか)しく思っているはずだ。

そして公爵家のお茶会で俺を知った人は、少しの優越感を持って周囲の貴族にそっと囁いている。

こうして情報って広まっていくんだな。ちょっと怖い。

俺たちが足を止めると、アウローラと懇意にしている人たちが集まってきた。

俺はひたすら微笑むに徹し、時々アウローラに合わせて頷く。

貴族の会話のほとんどは、俺にはわからないからね。

「アウローラ・スタインフェルド！」

いい加減、作り笑顔に頬が引き攣(つ)りそうになってきた頃、夜会の会場には不釣り合いすぎる大きな声が響いた。

おい、おい、呼び捨てかよ。紳士じゃないな。

それに、場に相応(ふさわ)しくない大声を出すあたり、思い出したくもない誰かを彷彿とさせる。

俺は盛大に顔を顰(しか)めたけれど、アウローラは全く表情を変えなかった。見事な、〝無〟だ。

大声の主を通すようにサーっと人波が割れて、舞台の主役が姿を現した。想定より登場が少々早いが、全く問題ない。

現れた第二王子の隣には、当然とばかりにファガーソン侯爵令嬢が寄り添っている。そして二人の背後には、側近候補その一とその二が付き従っていた。

今は得意げな表情をしているが、この後その顔を青褪めさせることになるのかと思うと、ちょっと同情する。

この頭の足りない第二王子は、今日の夜会でファガーソン侯爵令嬢を正式な婚約者として宣言するつもりでいる。それも、ブルームフィールド公爵家に恥をかかせる形で。

だけど、そんな計画はこの俺が阻止させていただく。

「御前に」

アウローラが洗練された所作でカーテシーをする。俺はその隣で、ただ突っ立っていた。

当然頭なんて下げるつもりはない。敬意を示すべき相手だと認めてないからな。それに、どうせあっちも俺なんか視界に入っていないだろうし。

第二王子は悪を断罪する勇者のような顔で、アウローラを睨みつけている。自分の舞台に酔いしれているんだろう。見ていて居た堪れない気持ちになるからやめてほしい。

それから、ファガーソン侯爵令嬢の隠しきれていない勝ち誇ったような顔もいただけない。その顔、淑女としてどうなのか。せめて扇子で隠すくらいはしたらどうだ。

「アウローラ・スタインフェルド！　卑しいお前は、自らを聖魔法使いと偽り、王子妃の座を手に入れようと画策した！　しかし、お前が聖魔法使いでないことは、先日、国宝の錫杖により明らかとなった！　真の聖魔法使いはこのエレーラだ！　恥を知れ！　お前のような悪辣な女を妃として迎えるつもりはない！　アレクシス・ルーメン・ソルモンターナの名に於いて、お前との婚約をこの場で破棄とする！」

全く、恥を知ってほしいのはお前の方だよ。夜会で得意げに叫ぶことではない。

そもそも、お前とアウローラの婚約は国王が決めたものだ。アウローラが望んでのものではない。

アウローラの顔を見てみろ、〝無〟だぞ。〝無〟。それで察しろよ。

あまりに見事な勘違いっぷりに、俺は思わず大ホールの豪華な天井を見上げてしまった。ああ、天井の絵画が見事だな。さすが王城ともなると、装飾一つとっても違うなぁ……

ともあれ、舞台は整った。ここからが第二幕の始まりだよ。

俺は天井に向けていた視線を、第二王子に向ける。

「御言葉ですがアレクシス第二王子殿下。そちらのご令嬢こそが、偽りの聖魔法使いなのでは？」

俺は遠回しに物を言うのが苦手なので、はっきり言わせてもらう。

不敬と断じられても全く気にしない。だって、閣下から好きにしていいって言われたし。

「……誰だ、お前は？」

第二王子の視線が初めて俺に向けられたので、形ばかりにちょこっとだけ頭を下げる。

「私は、現在ブルームフィールド公爵家の後援を受けて、王立クレアーレ高等学院に通っております、サフィラスと申します。訳あって、家名はございません」

「ふん、高々一学院生が口を出すな。お前は知らんかもしれんが、この女は聖魔法使いを名乗りながら、祷りすらまともにできないのだ。そんな女が、聖魔法使いを名乗り、俺の妃になろうとしていたのだ。これは国すらも謀（たばか）ろうとする行為だ」

仮にも婚約者である女性を、よくもここまで貶（けな）せるものだ。度（ど）し難（がた）いにも程がある。

王家はこの愚王子に、婚約の意義をちゃんと話しているんだろうな？　背後に控える、側近候補その一、その二も少しは諌（いさ）めろよ。一緒になって頷いている場合じゃないのに。

むしろ国を謀（たばか）ろうとしているのは、その隣の女と一族かもしれないぞ。

全く仕方がないな。

「かつて大聖女ウルラは！」

俺はホールの隅々にまで聞こえるよう、声を張る。

突然始まった俺の語りに、第二王子とファガーソン侯爵令嬢がぎょっとした顔をしたが、構わずに続ける。

「国を護るため、戦地に赴（おもむ）く勇敢な戦士たちに祷（いの）りを授けた。しかし、王より賜（たまわ）った国宝の錫杖は、彼女の力を解放するに至らなかった。落胆した大聖女ウルラは、己の力を解放せんと、真の聖魔法使いのみが使えるというカエレスエィスの錫杖を求めた。斯（か）くして、女神の導きにより天なる錫杖を手にした大聖女が祷（いの）れば、聖魔力はたちまちのうちに広がり、戦士たちに奇跡と強力な守りの加護を与えたという……さて、件（くだん）の国宝が大聖女を落胆させた錫杖ではないと、誰が証明できましょうか？」

「お前は、国宝の錫杖がそうだと言うのか！」

第二王子は怒りの形相を浮かべ、俺を睨みつける。

「さあ？　真実は女神のみぞ知ること。王国にも神殿にも、不名誉と言える事柄を正しく記している書物は、そうそうないでしょうからね」

おっと、これは神殿にも不敬な発言だったかな。まぁ、いいや。

「はっ、くだらんな。そんな不確かな話ではその女が真の聖魔法使いだという証にはならん。そもそも、そのなんとかという錫杖はどこにもないではないか！」

なんとかじゃなくて、カエレスエィスな。

「ええ。ですから、この場でどちらが真の聖魔法使いか、あるいは御二方とも聖魔法使いなのかはっきりさせるために、その力を見せていただければよろしいのです」

「何？」

俺はスッと右腕を高く掲げる。

「私はこの腕を、ブルームフィールド公爵令嬢に託しましょう。切り落とした私の腕を見事治癒した暁には、彼女が聖魔法使いであると認めていただきたい」

俺の宣言に、周囲がざわりとどよめいた。ご婦人やご令嬢の中には、顔色を悪くして卒倒しかけている方もいる。

腕を切り落とせば夜会は血の惨状になるわけだし、女性には刺激が強すぎるかもね。ちょっと後ろを向いていてもらおうかな。

「大聖女ウルラは四肢を失った者さえ、完全な元の姿に戻したと言います。たとえ大聖女と同じ力を振るえないとしても、聖魔法使いならば腕の一本くらい容易(たやす)く治癒なさるはず」

「ならばサフィラス殿のその腕、私が預かりましょう」

騎士見習いの制服に身を包んで帯剣したパーシヴァルが、人波を分けて俺たちの前にやってきた。

その姿は、太陽の騎士そのもの。

こんな状況でもパーシヴァルに熱い視線を送る方々もいて、いかに彼が輝いているかがわかるというものだ。

この計画を立てた時、俺は腕を落とす役目をパーシヴァルに頼んだ。

落とした腕は元通りになるにしても、下手な奴に任せたら切り落とす時に目も当てられない。腕が悪ければ、骨を断つことができず必要以上に痛い思いをする。

それならば、信頼している人物に任せたいと思うのが人の心というもの。

それなりに覚悟が必要なこの役を、パーシヴァルは躊躇(ためら)うことなく引き受けてくれた。

俺のやりたいことを理解して、多くを聞かずに手を貸してくれる。錫杖探しの時もそうだったけど、彼のそんなところを俺は信頼しちゃうんだよな。

だけどこの計画には、然(さ)しものアウローラも青褪(ざ)めた。

心配しなくても腕をくっつける時は俺が補助するから大丈夫だと言えば、自分のためにそこまでしなくても良いと首を横に振った。第二王子との婚約がなくなりさえすれば、偽の聖魔法使いでも構わないと言うのだ。

だけど、真の聖魔法使い(ウルラ)を知っている俺としては、ファガーソン侯爵令嬢程度の白魔法で聖魔法使いを名乗るなんて馬鹿にするなよ、と強く抗議したいのだ。

そのためには、どうせくっ付く腕の一本や二本全く惜しくない。

まぁ、閣下は何も心配する必要はないと言っていたけど、事を起こすに当たって予測できるあらゆる結果の中で、最悪を想定して動くのは基本中の基本。冒険者として、散々失敗してきた俺が得た教訓だ。

そんなわけで、俺たちは『作戦・錫杖』と『作戦・聖魔法』の二つを用意してこの夜会に乗り込み、現在は『作戦・聖魔法』の進行中である。

俺の腕を切り落とすためには帯剣して王城に上がらなければならないが、王城を警護する騎士ならともかく、ただの学院生でしかないパーシヴァルが剣を携えて王城に上がることはできない。

だけど、そこは閣下のコネクションと、パーシヴァルの家名が大きく物を言った。大ホールを警護する騎士見習いの一人として、彼はこの会場の隅で舞台に上がる時を静かに待っていたのだ。

これで役者は揃ったわけだが。

「さて、第二王子殿下。貴方が真に信じるファガーソン侯爵令嬢に腕を託すのはどなたか？」

そう尋ねると、第二王子がたじろいだ。彼女を愛し、真の聖魔法使いと信じているなら己の腕を捧げるだろうが、この男にそんな気概はないだろう。

案の定、背後に並ぶ側近候補二人に視線を向けた。しかし、二人は顔を青褪めさせて、唇を震わせているだけだ。

お前らだってファガーソン侯爵令嬢を信じているんだろ？　だったら、こぞって手を上げるくらいしてみろよ。

すっかり怖気付いている側近候補たちに、第二王子は他に候補はいないかと周囲に視線を走らせる。けれど、誰一人としてファガーソン侯爵令嬢に腕を託そうと言う者は現れない。

「か、家名もないお前と、俺の側近では腕の価値が違う！　傲慢で卑しい女の身の証を立てるために、なぜ王子であるこの俺が付き合わねばならんのだ！　馬鹿馬鹿しい！」

腕を捧げる者が現れなかったことに慌てた第二王子が、尤もらしいことを言い出した。

だが違うぞ。お前が身の証を立ててやるべき相手は、隣でしな垂れかかっているご令嬢だ。勘違いするな。

しかし、身分を持ち出されたら平民の俺では太刀打ちできない。

それにしても、価値の重さを測るのは自分の腕じゃなくて、側近の腕なんだな。

傍らでファガーソン侯爵令嬢が不満そうな表情を浮かべているが、第二王子はそのことに気がついていない。

まぁ、それならそれでいい。俺の腕だけだって、アウローラが真の聖魔法使いだって証明できるもんね。

「それならば、この私、クラウィス・オムニブス・ワーズティターズの腕をブルームフィールド公爵令嬢に託そう」

声も高らかに現れたのは、立派な正装に身を包んだクラウィスだった。その傍らで、異国の騎士服を纏うリベラがしっかりとクラウィスを護っている。

国賓級の留学生であるクラウィスがこの夜会に招待されていることには、何の不思議もない。でも、あの正装はどう見てもただの貴族じゃない。

それにクラウィスは今、ワーズティターズと名乗らなかったか？　俺の耳が聞き間違っていなければ。

「ワーズティターズ王国の王太子である私の腕なら、貴殿や貴殿の側近の腕と釣り合いが取れよう」

や、やっぱり!?

思わずアウローラを見たら、小さく頷いた。

クラウィスが王太子なら、野外演習でリベラが見せたあの警戒のしようも理解できる。それに、アウローラからすれば、あのケイシーとギリアムの態度は許し難かっただろう。他国の王族に、この国の貴族の質の悪さを見せてしまったんだから。

そして、今度は王族の質の悪さが露呈しているところだ。臣下の数が多くなれば、質の悪いものも混じってくるのは自然の理かもしれないけど。

そういう良くないものを放置しておくと、影響は周囲に広がってゆくものだ。この機会に一掃した方がいいと思う。

「そ、それは……」

他国の王族の登場に、側近候補ごときの腕で済ませるわけにはいかなくなった第二王子の顔色が、見る見る悪くなる。

ファガーソン侯爵令嬢が聖魔法使いなら、なんら問題ないだろう。

確かに腕を落とすのは抵抗があるかもしれないが、腕のいい剣士に頼めばそれほど痛くはない。

治癒が始まれば、魔力で痛みも感じなくなるんだから。

「条件は整ったはずだが、いかがなされたか？　そちらのご令嬢の真実を証明するために腕を託す御仁はどなたか？」

クラウィスが第二王子に追い討ちをかける。

もう、身分を理由にはできないよな。何しろ相手は他国の王太子だ。客人として招いているわけだし、第二王子よりも立場は上。

さぁ、第二王子よ、どう答えるつもりだ？

青い顔をして口を開けたり閉じたりしている姿はちょっと面白いけれど、まさかパーシヴァルに他国の王太子の腕を切らせるわけにはいかない。

こちらとしてはアウローラが聖魔法使いだって証明ができさえすればいいんだから、俺の腕一本で十分だ。

クラウィス改め、ワーズティターズ王国王太子殿下にそう伝えようとした時だ。

「これは一体、何の騒ぎか？」

朗々とした声が響くと、さながら波が広がるように大ホールにいる者たちが頭を下げる。

今日の夜会の主催、ソルモンターナ王国王太子殿下のお出ましに、俺も頭を下げた。俺だって、敬意を払うべき相手にはきちんと敬意を払う。

「あ、兄上！」

「……お前は、私が催(もよお)した夜会で何をやっている？」

王太子殿下の第二王子を見る目が冷めきっている。自分が主催した夜会で騒ぎを起こされたら、そりゃそんな顔にもなろうと言うもの。

これだけの夜会だ。準備の時間だって人手だってそれなりに掛けているんだから、ぶち壊されたら腹が立って当然だ。

「そ、それは……こ、この女が、聖魔法使いだと偽りを申して」

第二王子がアウローラを指差した。誰か、こいつにマナーを教えてやってくれ。

「この女？　ブルームフィールド公爵令嬢はお前の婚約者ではないか」

「いいえ、偽りの聖魔法使いなど俺の妃に相応しくないと、先ほど婚約破棄を言い渡しました！　そして、改めて真の聖魔法使い、エレーラと婚約を結び直したいと思います！」

第二王子は得意げに告げる。

王太子殿下はとうとう、汚物でも見るような目で第二王子を見下ろした。正直、俺も王太子殿下と同じ気持ちだ。

「……ほう？　だが、それは今、この場で騒ぎ立てることか？　しかも陛下が不在であるこの時に」

「い、いえ、で、ですが……」

第二王子よ。ですが、じゃない。

そもそもブルームフィールド公爵令嬢との婚約は、国益を鑑みて陛下が決めたことだ。

それを勝手に破棄だと声高に叫ぶには、それなりの覚悟が必要だ。

それに衆目の面前で、国を支える公爵家のご令嬢の名誉を著しく毀損した。

これでは、ソルモンターナの王族は、気に入らない相手を場も弁(わきま)えずに貶(おとし)めるのだと、貴族や来賓たちに見せつけたようなものだ。

「そこまでお前が愚かだとは思わなかったが……まぁ、それについては後だ。例のものをここへ」

王太子がそう言うと、祭事のローブを纏(まと)った高位神官が数人、仰々(ぎょうぎょう)しく会場に入ってきた。そのうちの一人が、白い布に包まれた長い物を恭(うやうや)しく掲げている。

どうやら、切り札は無事に間に合ったようだ。

包みを持った神官が王太子の前に歩み出ると、布をぱらりと外す。

中から現れたのは、なんの飾り気もない、冴えない一本の錫杖。それこそが聖魔法使いのための魔法具、カエレスエィスの錫杖だ。

錫杖は見つけられなかったんじゃないかって？　なんと、それが昨日見つかったのだ。

俺とパーシヴァルが見つけたウルラの足跡を頼りに、公爵家が持ちうる情報収集能力を最大限駆使して、錫杖のある場所を探り当てた。

恐るべし、ブルームフィールド公爵家。閣下がその気になれば、この国のあらゆることが白日の下に晒されてしまうのではないだろうか。

日記に書かれていた通り、錫杖は聖女が英雄となった地にひっそりと存在していた。ウルラは巡礼の旅を終えた後、俺たち風見鶏が最後の大仕事をこなした地に錫杖を納めていたのだ。

しかも神殿ではなく、小さな祠に納めてあったという。なんともウルラらしい。

さらにこの錫杖ときたら、記録に残されている姿と実際の姿が全く違う。俺の前世の記憶がなければ、それが伝説の錫杖だと気がつく者は未来永劫いなかっただろう。

錫杖は無事に見つかったものの、問題はその錫杖を王都に移す時間がないということ。

前世では確かに行ったことのある場所だけど、サフィラスにとっては全く知らない土地だ。

遠い地より、錫杖が見つかったとの知らせを運んできたのは風隼だ。

風隼は、風に乗って飛ぶ隼で、どんなに遠いところでも一日、二日で文を届ける。連絡手段として重宝されるけど、珍しい鳥なので飼うことができる者は限られる。公爵家はその貴重な鳥を国の要所要所に置いているそうだ。すごいぞ、公爵家！

そんな風隼でも、手紙を運ぶことがせいぜいで、重い錫杖を持っては飛べない。

これでは仕方がない、当初の予定通り俺の腕を使う方向で計画を進めようと言えば、閣下は問題ないと言い切った。

「サフィラス君ほどではなくても、転移ができる魔法使いはこの国にも何人かいるのだよ。舞台には必ず間に合わせるから、君はそれまで娘と夜会を楽しみなさい」

そう言って余裕の笑みを浮かべた閣下の言葉通り、カエレスエィスの錫杖はしっかりとこの場に届いた。

しかも、知らぬ間に王太子殿下までこの騒動に関わっている。

これはもしかして、俺の出る幕はないんじゃない？

「これはかの大聖女ウルラが真の力を解放するために使った、カエレスエィスの錫杖だ。この錫杖は真の聖魔法使いのみが扱える魔法具である。ここまで大きな騒ぎにしてしまったのだ。誰が聖魔法使いであるのか、今ここではっきりとさせるしかあるまい」

王太子殿下の言葉に、第二王子が何を勘違いしたのか勝ち誇ったような表情を浮かべた。

自分の惚れた女性が聖魔法使いであると証明する機会を、兄殿下が与えてくれたと思ったようだ。

「この私、メルキオール・アストラ・ソルモンターナの名に於いて、錫杖の使用を許可する。二人の聖女候補よ、ここに己の力を示すが良い」

聖女候補だって？　とんでもないことを言い出したが、王太子が宣言しちゃったんだから、ここでカエレスエィスの錫杖を使い熟した者が問答無用で聖女だろう。

仰々しく神官を呼んだ理由はそれか。

多くの貴族と来賓が招かれている夜会の場は、聖女お披露目の場として申し分ないし、聖女認定の話題は第二王子の婚約破棄宣言を霞ませるだろう。

錫杖を持った神官が厳かに二人の令嬢の前に歩み寄る。

「さあ、エレーラ、君こそが聖魔法使いだ！　そこの女にはっきりと知らしめてやれ！」

「はい、アレクシス様」

ファガーソン侯爵令嬢が自信ありげに頷いて、錫杖に手を伸ばす。

もう少し謙虚な態度で挑めばいいのに。そんなに自信満々に振る舞って、錫杖が使えなかったら大いに恥をかくことになる。

この後に起こることが想像できる俺は、口元が歪みそうになるのを抑えるのに必死だ。

「祷りよ、あまねく光渡れ！」

ファガーソン侯爵令嬢が錫杖を床に突き立て魔力を送る。

第二王子が期待に眼を輝かせているが、その表情が訝しげなものに変わるまでそう時間は掛からなかった。

彼女がどんなに祷ろうと、錫杖が触れている床がほんの僅かに光るだけで、何も起こらない。

「祷りよ、あまねく光渡れ！」

再び、ファガーソン侯爵令嬢が祷る。

皆が固唾を呑んでその様子を見守っていたが、やはり錫杖は沈黙したまま何も起こらない。

「お、おかしいですわ！　この錫杖は偽物です！　これはカエレスエィスの錫杖ではありませんわ！」

「そうだ！　聖魔法使いであるエレーラが祷っているのに、何も起こらないなどあり得ない！　大体、こんな見窄らしい錫杖がカエレスエィスの錫杖であるわけがない！」

ファガーソン侯爵令嬢が狼狽え、第二王子までもが喚き立てる。

アウローラのことは偽聖魔法使い呼ばわりしたくせに、ファガーソン侯爵令嬢の時は錫杖を偽物扱いするんだな。

「このような偽物を持ち込むなんて！」

癇癪を起こして騒いでいるファガーソン侯爵令嬢が錫杖を投げ捨てようと振り上げたので、神官たちが皆青褪める。

俺は令嬢から素早く錫杖を取り上げた。大聖女が使っていた神聖な魔法具なんだ。乱暴に扱われたらたまらない。

「まだブルームフィールド公爵令嬢が祷(いの)りを行っていませんよ」

俺が錫杖を手渡せば、アウローラは微かだけれど力強く頷いた。

ウルラがインサニアメトゥスと戦う俺たちに向けて祷(いの)った錫杖だ。この錫杖の真価は、聖魔法使いが使った時にこそ発揮される。

「祷(いの)りよ、あまねく光渡れ」

アウローラが静かに祷(いの)りの言葉を発した途端、光の魔法陣が広いホール一杯に広がり、何の飾り気もないただの錫杖が瞬く間にその姿を変えた。

金の光を放ちながら、枝や蔓を伸ばし緑の葉を茂らせる。

誰もが驚愕(きょうがく)してその奇跡を見つめていた。

そう、これがカエレスエィスの錫杖の本当の姿だ。いつの時代に誰によって作られたのかはわからない。

ただ、この錫杖を作った魔法具師は、聖魔法使いを相当特別なものと思っていたんだろう。

神秘的な光景は、ここにいる者たち全ての心に強烈な印象を残し、やがて静かに収束していった。

残ったのは、不思議な高揚感。

「……して、神官長殿。一体どちらの令嬢が聖女であったか」

王太子殿下の声がホールの静寂を破った。

「ブルームフィールド公爵家のアウローラ・スタインフェルド嬢、貴方こそが聖魔法使い。聖女であらせられる」

わぁ！　と歓声が上がり、拍手が沸き起こった。あの光景を見せられたら、最早認めないわけにはいかないだろう。

ファガーソン侯爵令嬢は完全に顔色をなくしている。

「これではっきりしたな、アレクシスよ」

王太子殿が第二王子に声をかける。

ポカンと奇跡の光景を見ていた第二王子が、ようやく我に返った。

「こんなものはいかさまだ！　お前、一体何をした！　そこまでして、王子妃の座に縋りつきたいのか！」

激昂（げっこう）した第二王子がアウローラに詰め寄り、拳を振り上げた。

背後でパーシヴァルとリベラが動いた気配を感じながら、俺はさっと杖を抜き、その先端を振り上げられた第二王子の腕にちょんと当てた。

「なっ！」

拳を振り上げた姿のまま、第二王子は微動だにしなくなる。

正直ちょっと間抜けな格好だ。こんな格好で動けなくしちゃうのも、不敬罪に当たるかな？　って思ったけど、か弱いご令嬢に暴力を振るうような男に何の配慮が必要かってね。

「きっ、貴様！　一体何をした！」

動けないまま うるさく喚いている第二王子を、王太子殿下の指示で動いた近衛たちが拘束する。

「お前ら！　なぜ王子である俺を拘束する！　彼奴は魔法の使用を禁じている王城内で魔法を使ったんだぞ！　捕らえるなら彼奴だ！」

「おや？　何をおっしゃられるやら。私は魔法なんて一切使っておりませんよ」

　そう、俺は魔法なんて使っていない。

　公爵家での特訓の最中、杖の先から無駄に溢れ落ちる魔力を見ながら、これ何かに使えないかな？と俺は考えた。

　パーシヴァルと色々と試してみた結果、杖から俺の魔力が他人の体に流れ込むと、魔力に反応した体が硬直してしまうことがわかったのだ。

　同じことを俺の体で試してみたけれど、こちらは特に何も起こらなかった。これは、やっぱり魔力の性質の違いなんだろう。

　そんなわけで、俺は魔法など一切使っていない。ちょん、と杖の先を当てただけだもんね。

「ブルームフィールド公爵、愚弟がご令嬢に大変失礼な真似をした。別室を用意するので、今後について話し合いたい」

「御意」

　いつの間にやってきていたのか、閣下が王太子殿下の後ろに控えていた。

「皆、随分と騒がせてしまったが、今宵は我が王国に聖女が現れた佳き日でもある。このまま夜会を楽しんでくれ」

　王太子殿下と公爵閣下が退場してゆく。その後ろに神官たちが従い、最後に第二王子が腕を振り上げた姿のまま、衛兵にずるずると連れていかれた。

その情けない姿を見送りながら、いっそ腕を差し出した方がまだ面目は保てたんじゃないかと思う。愚かな騒ぎを起こしはしたが、愛のために腕を差し出した王子として美談にでもなっただろうに。

哀れ、ぽつんと一人残されたファガーソン侯爵令嬢は、王城の侍女に促されて退場していった。

誰もが好奇の視線で見送っている。もう少し謙虚な態度だったら、同情の余地もあっただろうけど。あんなに自信満々で、結局錫杖は使えませんでした、なんてしばらくはお茶会の笑い種になるだろう。

「クラウィス様、リベラ様、ありがとうございます」

今や聖女となったアウローラが、優雅に頭を下げた。

「いや、こちらこそあのような奇跡の光景を見せてもらえるとは。心が震えるとはまさにこのことだ」

そうだと思うよ。俺は錫杖の奇跡を見たのは二度目だけれど、何度見たって感動する。

「サフィラス様、パーシヴァル様、大変お疲れ様でした。寮のお部屋にささやかですがお礼の品を届けておりますので、今宵はどうぞゆっくりとお休みください」

ゆったりと微笑んだアウローラは、護衛騎士に護られながら王太子と閣下が向かった別室に案内されていった。

これから、婚約破棄の件や聖女認定について話し合うのだろう。

婚約破棄を告げられた後だが、アウローラはまるで憑きものが落ちたかのような笑顔だったな。

「……クラウィス王太子殿下、先ほどはありがとうございました」

王太子だと知ってしまった以上、演習の時のように接することはできない。畏(かしこ)まって礼を言えば、クラウィスは顔を顰(しか)めた。

「演習の時に言っただろう。いつも通りにしてくれと」

「……そう？」

窺(うかが)うようにクラウィスの顔を覗き込めば、そこに浮かぶのはただの少年のような笑み。

俺もにかっと笑うと、クラウィスとお互いの利き手をあげて、ぱしんと手を打ち合わせた。

「平民の俺は、身分を出されると太刀打ちできないからさ。本当にありがとう」

「同じ学舎で学ぶ友だ。それに、一度とはいえパーティを組んだ仲間だろう？　仲間が困っていれば手を貸すのは当然だ」

「クラウィス……！」

本当にいい奴だな。もしクラウィスが困っていたら、俺はどこにだって必ず助けに行くよ。

冒険者は仲間を大切にするものだからね！

俺たちの芝居の幕は下りたので、もう出番はない。

クラウィス達は王城に滞在することになっていると言うので、俺とパーシヴァルはさっさと学院に戻ることにした。寮に到着すると、入り口で事務の人に声をかけられる。

「サフィラスさん、公爵家からの遣いの方がいらしたので、お部屋に案内しておきましたよ」

「え？　公爵家から？　なんだろう？」

パーシヴァルと顔を見合わせ、首を傾げる。

二人で俺の部屋に行ってみると、公爵家の使用人が狭い部屋いっぱいに豪華なディナーを準備していた。

「旦那様からでございます。どうぞ、ごゆっくりとお楽しみくださいませ」

「……うわぁ、肉だ！」

見るからに脂が乗って柔らかそうなぶ厚いステーキに、手の込んだサイドディッシュ。それにデザートまで用意されている。

アウローラの言っていたお礼って、これのことだったのか。ささやかだなんてとんでもない。最高じゃないか！

早速二人で席についてディナーを楽しむ。

一仕事の後の肉はことさらに美味しいな。こんな美味しい料理が出てくるんだから、ケット・シーが公爵家から帰りたがらないわけだ。

ところが、料理を堪能している俺とは対照的に、パーシヴァルは全く料理に手をつける様子がない。

「どうしたの？　肉、とっても美味しいよ」

「……ああ、すまない。少々気が抜けたようだ。覚悟は決めていたはずなんだがな……クラウィスのおかげで時間稼ぎができた。彼には本当に助けられたよ」

パーシヴァルでも気が抜けるなんてことがあるんだ。夜会ではすごく落ち着いて見えたし、気を張っている感じは微塵(みじん)もなかったから、ちょっと意外。

「俺はパーシヴァルの剣の腕を信用してたし、アウローラの聖魔法も本物だから、なんの心配もなかったけど」

「……サフィラスには敵わないな。だが、そこまで俺を信用してくれていたとは、光栄だ」

「当然だよ。でも、あそこでクラウィスが助け船を出してくれるなんて予想外だった。まさか、獣人国の王太子だったなんて思いもよらなかったけど、パーシヴァルはクラウィスがワーズティターズの王太子だって知ってたの？」

クラウィスが王太子だと名乗りを上げた時、パーシヴァルは少しも驚いていなかった。

「ああ、なんとなくは。王太子殿下がワーズティターズと同盟を結ぶために、水面下で貴族たちに働きかけているのは知っていたからな。獣人の留学生ならば、恐らくそうではないかと思っていた」

「なるほどね」

そうか、ソルモンターナはワーズティターズと同盟を結ぶつもりなのか。それはなかなかいい判断じゃないか。

それにしても、やっぱりパーシヴァルはすごい。色々なことを知っている。

ともあれ。大変な一夜だったけれど、終わり良ければ全て良し。アウローラも愚王子と縁が切れてよかった。

この後、第二王子がどうなるかはわからないけれど、もう好き勝手はできないだろう。身分以外にいいところのない凡庸な男だったとしても、婚約者に誠実で真面目な男だったら、優秀で美しい妻に支えられて能力以上の立場も望めただろうに。愚かだなぁ。

第四章

ゴトゴトという耳障（ざわ）りな音で目が覚めた。ささくれた木の床にガツンガツンと体が当たって痛い。

一体何事？　と思って起き上がろうとしたけれど、後ろ手に回された手首と足が拘束されていて、まともに動くこともできなかった。そこでようやく、ちょっと尋常じゃない事態だなと気がついた。

たぶん幌馬車の荷台か何かに乗せられて、どこかに移動している。

いや、いや、ちょっと待て！　なんでこんな事になってるんだ？

とりあえず目が覚める前までの記憶を必死にたぐる。夕食の後に共同のシャワー室で湯を浴びて、自室に戻ったところまでは記憶にある。

それからどうしたっけ？　うんうん唸って考えても、そこから先の記憶はない。

「どうしてこうなった？」

声を出してみて、首に違和感があることに気がつく。

何かが付けられているみたいだけど、恐らくは魔法使いの詠唱を封じる呪具かなんかだろう。

いかな大魔法使いとはいえ、生身の人間。無防備な状態で刺されれば死ぬし、毒を盛られてもやっぱり死ぬ。当然病気になったって死ぬのだ。もちろん、馬車に轢（ひ）かれてもね。

ましてやサフィラスは脆弱が過ぎるので、人一倍死ぬ要素が多い。

今回はどこかに運搬されているだけだけど、うっかりすれば殺されていたところだった。

もし死んでしまっていたら、戻ってくるのが早すぎるとまたしても女神に文句を言われてしまう。強運の祝福があるから、今世はそう簡単に死ぬようなことにはならないと思うけど……三度目の生はさすがにないかもしれないから気をつけねば。

「きっと、こういうところなんだろうなぁ」

こうなってみると、閣下が高位貴族用の寮に移った方がいいと熱心に勧めていた理由がようやくわかった。はっきり言って俺の住む第四寮棟の警護は、虫に食われて穴の空いた桶と言っても過言ではない。

一応、貴族の子息を預かっている学院なので、それなりの警護体制は整えられていて、外部からの侵入者はおいそれとは入れないようにはなっている。

けれど、学院内部は性善説に基づいた上での警護が主だ。

曲がりなりにも貴族の子息や令嬢が、神聖な学舎で学院生として相応しくない行動を取ったりはしないだろう、という考えの下に警護体制が敷かれているのが第四寮棟だ。

一方で、やはり高位貴族の寮となると全く違う。

高位貴族や王族が入る第一や第二寮棟の警備は相当しっかりとしている。何しろ、各階に守衛がいるくらいだ。

ちょっと前までは第二王子もいたし、公爵家の嫡男とかご令嬢とか、とにかく下位貴族とは格の違う方々が住まわれている。そのため、寮へ入るには基本的に用事のある相手側の許可がいるし、許可を得て寮に入る時も名簿に名前を書かされて、出る時もチェックされる。

他人が勝手に部屋に入ることなんて、まず絶対にあり得ない。浴室だって各部屋に備え付けてあるくらいなのだ。

対して、第四寮棟にある俺の部屋なんかは鍵こそかけられるけど、そんなのあってないようなものだ。

鍵をなくしても針金で開けられるし、棟にだって誰もが出入り自由。そもそも盗まれて困るようなものはないので、防犯に関しては俺も無防備だった。

まさか俺自身が盗まれる対象だったとは。慢心していたことは大いに反省せねばなるまい。

さて。このまま部屋に戻って何事もなかったかのように過ごすこともできるけれど、誰がこんなことをしたのかは非常に気になる。

寮に帰るのはいつでもできるので、とりあえずはこのまま運ばれることにした。ただ、この体勢はいささか辛いので、誰かが荷下ろしに来るまでは楽にさせてもらおうか。

魔法で手足の戒めを外し、胡座(あぐら)をかく。首の呪具はまた付ける時に面倒なので放っておこう。

こんなものごときで俺の魔法を封じることなどできないのだよと鼻息を荒くしていれば、ふんわりと甘い匂いが鼻を掠めた。

「んん?」

胸元のシャツを掴んですんと匂いを嗅げば、不快なほどの甘ったるい香りがして思わず顔を顰(しか)める。

これは眠り香だ。匂いがこんなに染み付くほど香が焚かれていたのか。

俺が部屋に入ってから香を仕込んで、扉に目張りでもしたんだろうけど。これだけ色々されて何も気がつかなかったんだから、俺ときたら相当鈍いぞ。

しかし、運ばれてからどれくらい時間が経っているんだろう？

王都からどれくらい遠ざかっているのか、それともまだ王都内なのか。

少しでも状況を確認すべく、耳を澄まして御者台からの音を拾おうとしたけれど、ガタンゴトンと揺れる音が煩(うるさ)すぎて、早々に聞き耳を立てるのをやめた。

それにしても振動だって酷いし、拘束具もいくつも付けられている。こんな状態で俺はよくも無防備に寝ていたもんだ。

外した枷に視線を向ければ、それは頑丈な木と金属でできていて、奴隷に付けるのと同じ物だ。

普通だったら、容易に外せるものじゃない。それに重すぎて、こんなものを手首に付けていたら腕が上がらん。

「奴隷用の拘束具だなんて、随分と大層なものを用意したよなぁ……」

奴隷といえば、初めて獣人のバイロンに会ったのは、とある都市の市場だったな。

バイロンはそこで大暴れをしていて、大変な騒ぎになっていた。衛兵もやってきて彼を取り押さえようとしているので、いくら力の強い獣人でも不利に見えた。

そんな状況でも、バイロンは人族を相手に致命的な怪我を負わせないように手加減している。事情はよくわからないけど、俺は一瞬でどちらの味方につくのか決めた。

当然獣人だ。

多勢に無勢の中、一人大立ち回りをしている獣人に背後から魔法で助太刀をする。俺が味方をすれば、勝負はあっという間についた。

圧倒的勝利をした俺とバイロンは笑い合い、お互いの拳をぶつけ合った。

しかし、勝利の喜びを分かち合ったのも束の間、市場をめちゃめちゃにした俺たちは、応援でやってきた警邏に捕まりそうになったので、助けた少女を抱えて全力で走って逃げた。

「で、何で争ってたんだ？」

落ち着いた場所でそう尋ねれば、バイロンは驚いた顔をした。

「何だよ、何も知らないで手を貸してくれたのか？　呆れた奴だな」

改めて聞けば、商人が幼い獣人の女の子に暴力を振るっていたのだという。

バイロンがそれを止めさせようとすれば、獣人の子は自分の所有物だからどう扱おうと勝手だと商人は言い放ったそうだ。

当時はまだ幼い獣人を攫ってきて奴隷にするような、酷い奴らがのさばっていた。

成人した獣人を捕らえることは難しいが、子供相手なら容易だからだ。抵抗できない幼いうちに従順に躾けて、奴隷として売る、そんな人道に反することが半ば公然と行われていた時代だった。

それを目撃したバイロンは、元より攫ってきた子供だ。ならば自分が奪っても文句は言えないだろう、と商人を殴り飛ばしたらしい。

そんなことをすれば、商人が雇っている護衛が黙ってはいない。騒ぎが大きくなれば警邏が来る。

そしてバイロンは取り押さえようとしてくる彼らをぶちのめす……そんな修羅場に俺は遭遇したというわけだ。

それから助けた少女を家族の元に送り届けた俺たちは、そのまま一緒に旅をすることになったんだよな。

昔を懐かしく思い出していて、ふと引っかかった。

……え？　っていうことは、こんな拘束具を付けられてる俺って、もしかして奴隷として売られちゃうところなわけ？

学院生を拐かして、奴隷として売ってしまおうだなんて大胆だけど、思い当たる相手が全くいないわけではない。

元兄を使ってオルドリッジ伯爵がやったのか、あるいはギリアムが暴走したか。

そんなことを考えていれば、馬車が速度を落とした。

俺は慌てて手枷と足枷を付け直し、横になって意識を失っているふりをした。

間もなく何者かの気配が近づいてくると、荷台に上がってきた。薄目を開けて相手を見たけれど、暗くてよくわからない。体格からして男だろう。そいつは俺を荷物のように肩に担いで馬車を降りた。

今度こそはっきり目を開けて、周囲に視線を向ける。

どうやら森の中のようだな。正面が見えないので、正しい状況は把握できない。

俺を担いだ男は、薄明かりが灯る石造りの建物に入っていく。

そこに仲間でもいるのかと思ったけど、意外にも無人だった。こんな破落戸、何人いても楽勝だぜと思っていたのに、拍子抜けだな。

部屋の中はがらんとして何もない。古いテーブルや木箱がいくつか積まれているだけだ。

男は慣れた様子で木箱を移動し、隠し扉らしきものを開けると地下に向かって下りてゆく。

あらかじめ準備をしていたのだろう。既に灯されていた古い洋燈（ランタン）に照らされたそこは、湿気と黴（かび）の匂いがして、随分と長い間使われていないことがわかる。

そう、俺が運び込まれたのは地下牢だった。空の牢が他にもいくつか並んでいるようだけど、暗くて全容はわからない。

森ってことは王都の外に出たんだろうか……まだ暗いからそれほど眠ってはいないと思うけど。

まさか、丸一日寝ていた訳じゃないよな？

そんなことを考えていれば、いきなり牢の中に投げ捨てられた。

うわっ！　嘘だろ、おい！

咄嗟に魔法で衝撃を和らげたけど、冷たい石の床はなんとなく湿っていて不快だ。

「ったく、あんな上玉の味見もできないってんじゃな。つまんねぇ仕事だ」

男はそうぼやくと、鉄格子の扉を乱暴に閉めて行ってしまった。階段を上る男の足音が遠ざかり、ばたんと扉が閉まる音が地下に響き渡る。

男の気配が完全に消えたので、俺は手足の枷を外して起き上がった。

「全く乱暴な奴だなぁ。打ちどころが悪ければ大怪我するじゃないか……」

ぼやきながら薄暗がりの中をぐるりと見回してみれば、堅牢な石壁に鉄格子。

向かいの空の牢に何か乾いた白っぽいものが転がってるように見えるけど……俺は何も見なかった。あれがなんなのか、考えたら負けだ。

作りの古さから言って、昔の奴隷商人が奴隷を閉じ込めておくために使っていたものだろう。壁際には申し訳程度の木の寝台があって、薄っぺらいシーツが掛けてある。

いらない優しさだな。でも、湿った石の上で寝るよりはマシか。

「ま、そのうち主犯が来るだろうから、寝て待つかな」

俺は木の寝台にごろんと横になると、あっという間に夢の世界へと飛び込んだ。

もちろん、誰かが無闇に近づかないように、防壁魔法を寝台の下に広げておいた。俺はちゃんと学んだのだ。

目が覚めると、牢の中は真っ暗だった。明かりが全くないので何も見えない。

これが鼻を摘まれてもわからない闇というやつか。どうやら洋燈（ランタン）のオイルが燃え尽きてしまったようだ。

魔法で周囲を明るく照らすと、寝台から降りてぐっと伸びをする。結局、誰も来なかったな。

しかし、一体どれだけ寝たんだろう？　洋燈（ランタン）のオイルが尽きているということは、少なくとも夜は明けている。

「一回外に出てみるか」

転移で地下牢から出ると、外は昨夜確認した通り、森の中だった。空を見上げたけれど、木々が邪魔をして太陽の位置はよくわからない。

ただ、明るさからして南中を過ぎるか過ぎないかくらいだろう。

地面には馬車の轍が複数残っている。足跡もいくつか。どうやらここに出入りしている何者かがいる。

振り返って見た石造りの建物は、平家造りのこじんまりとしたものだ。蔦に絡まれ、窓も枠を残すのみとなっていて、放置された年月が窺える。

「やっぱり、かつての奴隷商人の隠れ家だな」

建物の周囲をウロウロとしながら、何か拐かし犯の痕跡はないかと探してみたけれど、特に何も見つからない。

それにしても、人のことを攫っておきながら一晩も放置しておくとは失礼千万。それとも、この地下牢で餓死でもさせるつもりだったのかな？　相手が伯爵だったらそれも考えられる。

でも、そのつもりなら昨夜の男に俺を犯させてもよかったはずだ。

あの男はまるで手を出しちゃいけないようなことを言っていた。

となると、犯人はギリアムかな？

「……まぁ、いいや。お腹が減ったから一回寮に戻るか。ランチに間に合えばいいけど」

空腹を満たすつもりで気軽に寮の部屋に戻れば、なぜか俺の狭い部屋に騎士や学院の守衛がいた。

「え!?」

「っ!!」

驚いたのは俺も、彼らも同じだったようだ。

「え！　え⁉　何？　何⁉　どういうこと⁉」

「……それは、こちらの台詞(せりふ)です。君はサフィラス君かな？」

「え？　ええ、そうですけど？」

さすがは王国騎士。突然部屋に現れた俺に驚きはしたものの、すぐに平常心を取り戻したようだった。

俺は今もって心の臓が落ち着かないよ。この人たち、俺の部屋で一体何をしているの？

「学院長から君の捜索願が出されている。部屋には眠り香が焚かれ、扉には細工した跡があったが、それは君自身が行ったものか？」

「いいえ、絶対に違います」

俺がキッパリと答えると、騎士の視線が俺の首の辺りでピタッと止まり、途端に眉を跳ね上げる。

「それは……」

ああ、呪具か。枷は外してきたけど、これは付けたままだったな。

「何があったのか、説明してもらってもいいだろうか？」

俺は頷くと、騎士に付き添われて学院長室に連れていかれた。

ここに来るのは二回目だな。

だけど、今度は俺自身は何もしていない。気がついたら知らないところに連れていかれていたんだから、怒られはしないよね？

促されて学院長室に入ると、学院長が厳しい顔をして待っていた。

そして、俺の首に付けられている呪具を見て、一層厳しい表情になった。

まぁ、呪具なんて過去の奴隷時代の名残だし、そもそも人道に反している。稀に、凶悪な魔法使いの犯罪者などには使うことがあるらしいが。

「サフィラスさん、無事で何よりでした。疲れているとは思いますが、何があったのか説明していただけますか？」

俺は昨夜あったことを簡潔に説明する。

湯を浴びて部屋に戻った後からの記憶がないこと。目が覚めたら拘束されていて、幌馬車の荷台に乗せられていたこと。連れていかれた先で、地下牢に閉じ込められたこと。

そして、お腹が減ったのでとりあえず戻ってきたことを騎士と学院長に話したところで、ブルームフィールド公爵家の侍従がやってきた。

「サフィラス殿が無事に戻ってこられたとか」

俺がいなくなったことは、公爵家にも伝えられていたらしい。

こんなに大騒ぎになっているとは思わなかった。よく考えてみれば、学院生が忽然といなくなったら何があったんだって話になるよな。

俺一人がいなくなっても誰も気にしないと思っていたけど、せめてパーシヴァルには状況を伝えておくべきだったかもしれない。

「ええ、無事に戻ってきてくれました。ここまでの事情は私から説明させていただきます。まずは、サフィラスさんに食事を」

　俺は別室に移動して、そこでようやく食事にありついた。

　昨晩ぶりの食事だ。ありがたく味わっていれば、パーシヴァルが険しい顔をして部屋に駆け込んできた。いつも落ち着いている彼にしては珍しい。

「サフィラス！　無事だったか！」

「あ、パーシヴァル。なんかごめん、心配かけたみたいだね」

「……その様子だと、どうやら無事のようだな……よかった」

　呑気に食事をしている俺を見て、気が抜けたんだろう。

　パーシヴァルは、はぁと深くため息をついて前髪を掻き上げた。

　何でも朝食の時間に俺が現れなかったので、パーシヴァルはわざわざ部屋まで来てくれたそうだ。ノックをしても返事がないので、何か勘のようなものが働いて扉を開ければ部屋はもぬけの殻。しかも、甘ったるい匂いが漂っている。明らかにおかしい部屋の様子に、パーシヴァルはすぐに学院長に報告してくれたのだ。

　守衛と教師が部屋を確認し、扉に目張りされていた跡があること、眠り香が焚かれていることから、俺が連れ去られたと判断して王国騎士を呼んだのだとか。

　貴族の子息令嬢を預かっている学院で、起きてはならない事が起きてしまった。

　学院生に動揺があってはならないと、俺が拐（かどわ）かされたことは伏せられているらしい。だが、騎士が出入りしているのだから、みんな何かが起きていることは察しているだろう。

食事が終わると学院医に体調を確認され、再び詳しい経緯の説明を求められた。大体寝ていたので、さっき話した以上のことはわからない。

「俺はまたあの地下牢に戻ります。殺す気がなければ、犯人が戻ってくるかもしれないので」

「いいや、そんなことはさせられない」

俺の提案に、パーシヴァルは強く反対する。

「大丈夫だって。犯人が来たら、そいつを連れてここに戻ってくるだけだから」

「しかし……」

俺なら、どこだかわからない向こうに一瞬で移動できる。

ここで犯人探しをしているよりも、諸々の細かい背景は当事者を捕まえて直接聞いた方が早い。

最小の労力で問題が解決できるなら、それに越したことはないだろう？

「だってほら、俺は呪具を付けられててもちゃんと魔法が使えるだろ。拐(かどわ)かし犯は、俺が無詠唱で魔法が使えるって知らないんだよ。油断しているはずだから、大丈夫だって」

「だが、いくら魔法が使えると言っても、危険なことには変わりない」

「いえ、その作戦、悪くないと思います」

騎士の一人が、俺とパーシヴァルの攻防に割り込んだ。部屋でもこの人が一番に話しかけてきたから、恐らくこの件の責任者だと思う。

「サフィラス君は我々をその場所に転移させることができますか？」

「ある程度の制限はありますが、できます」

騎士は深く頷くと、作戦を提案してきた。

俺と一緒に騎士数人が、例の建物に向かう。俺が地下牢で拐(かどわ)かし犯を待ち、騎士たちが周辺に潜んで待機する。というものだ。

実に単純だが、俺の転移魔法あっての作戦でもある。複数で向かえば周辺の探索もできるし、場所の特定もできる。

それならばと学院長も納得したが、今度はパーシヴァルが自分も行くと言って譲らなかった。

学院生を連れてゆくわけにはいかないと反対されたが、俺こそ学院生なのに囮になっているではないかと強く主張し、最終的にはベリサリオ家の子息だということで同行を認められた。

やっぱり国防の要。ベリサリオ家、強い。

それにしても、パーシヴァルは寡黙ながらも物腰の柔らかな優しい男だけど、意外に押しが強い一面もあるんだな。

それから俺は、五人の騎士とパーシヴァルを連れて、件(くだん)の建物に戻った。体の大きな騎士を転移の範囲内に五人も入れられなかったので、二度に分けさせてもらったけど。

案の定、転移した騎士は皆一様に驚いた。

やはり、これだけ正確に転移ができる魔法使いは稀らしい。その上、俺の首には呪具が付きっぱなしだ。

不思議なものを見るような視線を向けられたが、世の中には自分の常識を超えたことがいくらでもあるのだよ。

ちょっと得意げな顔をしていたら、将来、王国魔法師団に入らないかと誘われてしまった。

いや、騎士なのになんで魔法師団に誘っているんだ。騎士じゃ駄目なのかよと不満を抱きながら内心で唇を尖らせたが、何にせよ俺は冒険者希望だ。申し訳ないけどそのお誘いは丁重にお断りした。

さて、辺りは既に暗くなり始めている。もう間もなく日没だ。完全に陽が沈む前に、と騎士たちは早速周辺の捜査に向かい、俺とパーシヴァルは地下牢に下りる。

地下牢の中は相変わらず真っ暗で、魔法で明るく照らさなければ目を凝らしても何も見えない。まともな心の持ち主だったら、こんなところに一人きりで閉じ込められていたら数刻で参ってしまうだろう。

周辺の様子が視認できるようになると、パーシヴァルは眉間に深く溝を刻む。

せっかくの美少年なのに、痕になってしまわないか心配だ。最近のパーシヴァルは少し眉間に皺を寄せすぎじゃないか？

「こんな酷いところに押し込まれていたのか」

「まぁね。でも案外、寝られるものだよ。何より、静かだったし。うっかり昼まで熟睡しちゃったくらいだ」

俺は逞しいから、この程度ではびくともしないんだ。依頼で洞窟に潜ったこともあったし。

「サフィラスは、本当に肝が据わっているな」

「あははは。俺には魔法があるからね。大抵のことは自分で解決できちゃうからさ」

「……だが、あまり無理をしてくれるな」

眉間に皺を寄せたままそう言われてしまえば、俺は頷くしかない。

サフィラスは誰にも心配をして貰えない子供だった。むしろ、死んでもいいとさえ思われていた。そんなサフィラスを、パーシヴァルは本当に真剣に心配してくれている。その気持ちを無下にはできないではないか。

なんとなくこそばゆい気持ちになったが、まずは敵を迎え撃つための準備を開始する。

いざという時にすぐ動けるよう、パーシヴァルは隣の牢の中で待機することになった。犯人もまさか俺以外の奴がこの地下にいるなんて思いもよらないだろう。

俺が改めて枷を付け直したところで、タイミング良く上から扉の開く音が聞こえてきた。

魔法の灯りを消して犯人の登場を待つ。外にいる騎士たちも、踏み込む機会を窺（うかが）っているはず。

ゆらゆらと明かりが近づいてくる。洋燈（ランタン）を持って現れたのは……ギリアムだった。

……なんだ、やっぱりお前かよ。全く期待を裏切らない男だな。

「どうだ、少しは大人しくなったか？」

ギリアムは粗末な寝台に座っている俺を見て、実に不愉快極まりない笑みを浮かべた。

絶望的な状況に追い込んで、俺の心を折るつもりだったんだろう。

確かに、普通なら頼りの綱である魔法を封じられ、時間の経過もわからないような真っ暗な牢に閉じ込められてしまえば、心が折れるどころか、正気を失っていてもおかしくない。

どうしても自分に縋らなければならない状況を作って、サフィラスを支配するつもりだったんだろう。本当に考えることが下衆の極みだ。

本人は気がついていないかもしれないが、だんだん顔つきが醜悪になってきているぞ。いや、元からそんな顔だったかも。

「素直に俺の奴隷になればここから出してやるよ。まぁ、お前がそれを拒むなら、このまま奴隷商人に売り渡してもいい約束になっている。お前の容姿は極上だからな、かなりの高値で買ってくれるそうだ。だから、俺としてはどちらでもいい。お前を売った金で新しい玩具を買えばいいんだ」

奴隷商人に売り渡していいって、俺はそんなこと承諾してないぞ。

どこのどいつとそんな約束をしたんだ。それに、新しい玩具だって？　聞き捨てならないな。

「こんなことをしてタダで済むとでも？」

「俺がやったとバレなければ問題はないだろう？　なに、この一件にはお前の父親も一枚噛んでる。上手くやってくれるさ」

「はぁ？」

思わず呆れた声が出た。伯爵も絡んでいたのか。

どちらかの仕業と思っていたら、まさかの共犯。ていうかあの伯爵、本当にサフィラスをなんだと思っていやがる。魔力があってもなくても邪魔なのかよ。

確かに、今まで魔力なしの恥曝しとして冷遇していた息子が、放逐した途端に公爵家の後ろ盾を得て、将来有望な若い魔法使いとして表舞台に立てば、伯爵としては顔に泥を塗られた気分だろうけど。それはとんだ逆恨みだ。そもそもの種は自身が蒔いたものじゃないか。

ギリアムは牢の鍵を開けて入ってくると、壁の洋燈掛けに灯りを掛けた。その目は欲望に塗れてギラギラしている。

猛烈な不快感が足の裏からゾワゾワと這い上がって、背筋から頭の先までを走り抜けた。命の根本がこいつを全力で拒否している。

前世を思い出す前のサフィラスは、こんな男に襲われてさぞ悍ましかっただろう。怖かっただろう。

そりゃ、下手したら大怪我で済まないとわかっていても、二階から飛び出すはずだ。

「どうせ逃げられないんだ。大人しくしてれば最高に気持ち悦くしてやるよ。その間に、どちらがいいか考えろ」

息を荒くしたギリアムが、ガバッと俺に覆いかぶさってくる。あろう事かギリアムの下半身は既に昂っていて、俺の太腿にそいつが当たった。

「ッ！」

瞬間、全身総毛立った俺は、手の枷を外してギリアムの下顎に思い切り拳を打ち込んだ。ごきっと鈍い音が伝わってくる。

「ってぇー！」

なんと、悲鳴を上げたのは俺の方だった。

俺の繊細な拳は、ギリアムの下顎の硬さに耐えられなかったのだ。しかし、ダメージは十分に与えられたはず。

仰け反ったギリアムが俺から離れた隙に足の枷も外した。次に狙うのは股間だ。サフィラスの持てる全力で潰しに行く。

そこで無駄に存在を主張している物は、インサニアメトゥス級にこの世に残しておいては駄目なやつだ。

「貴様ァァ！　許さん！　お前の立場を徹底的に思い知らせてやる！」

熱り立ったギリアムがそう叫んで、俺の胸ぐらを掴んだ時だ。

「思い知るのはお前だ。ギリアム」

パーシヴァルの剣がギリアムの首筋にぴたりと押し当てられた。

「べ、ベリサリオ？　ど、どうして……そ、それより、いくら辺境伯の息子とはいえ、侯爵家の俺にこんなことをしてただで済むとでも、」

ギリアムが脅しの台詞を言い終わる前に、どかどかと騎士たちが地下牢に駆け込んでくる。

まさか騎士が来るとは思ってもいなかったのだろう。想定していなかった事態に酷く狼狽えたギリアムは、抵抗する間もなく取り押さえられた。

おっと残念。股間に一撃を食らわすことができなかった……命拾いしたな、ギリアムよ。

ここまでの騒ぎになってしまえば、もはや侯爵家の力をもってしても問題は揉み消せない。

今回のことでスペンサー侯爵家はそれなりの責を負うことになるだろう。いくら息子が勝手に暴走したといっても、貴族の子息令嬢が集まる学院内で拐かしなんて罪を犯したんだ。

しかも、奴隷商人と繋がっている可能性もある。

大陸にはまだ奴隷制度がある国もあるけど、この国で人身売買は禁止されているからね。ギリアムを切り捨てるだけで済めばいいけど。

ダメな息子でも、スペンサー侯爵は親としての愛情を注いでくれていたというのに。本当に愚かな男だ。

……まぁ、その愛情の注ぎ方は大いに間違っていたけど。

「せっかくパーシヴァルが親切に教えてやってたのに。俺は、優秀な魔法使いとして公爵家の援助を受けてるって言っただろ？」

俺はギリアムの目の前で、首の呪具を弾き飛ばしてみせた。砕けた呪具が、バラバラと床に散らばる。

「なっ！」

「こんなガラクタ、俺には意味をなさない」

騎士たちに捕らえられたギリアムが目を見開く。俺が優秀な魔法使いっていうのは、ブラフではなかったんだよ。

俺の仕事はここまでだ。あとは騎士たちにお任せする。

「あ、そうだ」

俺は騎士に連れていかれるギリアムの背中に声をかけた。

最後に言っておかなければならない重要なことがある。

白い顔をしたギリアムがパッと俺に視線を向けた。何かを期待するような眼差しだが、俺に何を求めようっていうんだ？

「お前、ものすごく気持ち悪いよ。原初の嫌悪が揺さぶられるほどだった。今後のためにも、少しはそれを自覚した方がいいと思う」

ギリアムの顔が一瞬にして怒りに歪み、何か言い返そうとしたけれど、言葉を発する前に容赦なく引き摺られていった。その姿を、ふふんと笑いながら見送る。

「俺たちも、さっさとこんな湿っぽいところから出ようか」

いつまでもこんなところにいたら、全身に黴が生えそうだ。俺はパーシヴァルと転移で地上に出る。

地下から連れ出されたギリアムは、俺は悪くないだの、生意気なサフィラスが悪いだのと往生際悪く喚いていたけれど、数人の男たちが捕らえられているのを目にして、顔面を引き攣らせた。

捕まっている男のうちの一人は、昨夜俺を地下牢に放り込んだ奴だ。あいつらが奴隷商人だろう。彼らは自分たちが捕まってしまった以上、ギリアムを庇う義理はない。共犯であることを包み隠さず話すはずだ。

ギリアムが青褪めて震え出す。ようやく自分のやらかしたことの重大さに気がついたらしい。自覚するのが遅すぎる。

これから、この思いあがり男はこれまでの振る舞いの清算をすることになるだろう。浅薄愚劣な男ではあったが、それでも伯爵が唆しさえしなければ、ただの小悪党で終わったかもしれない。だけど、ギリアムがいくら伯爵と共犯だと言っても、確たる証拠がなければあの男は罪を認めはしないだろうなぁ。

それでも蒔かれた小さな疑惑の種は、周辺貴族たちのオルドリッジ伯爵に向ける目を幾許かでも変えることになるはずだ。

保身に必死どころか、犯罪にまで関わっているペルフェクティオには、魔法伯爵の名を返上する時が来ているのだろう。国を救った魔法使いは、もはや歴史書の中にしかいないのだ。

なんとも言いようのない気持ちでギリアムと奴隷商人たちをぼんやり見ていれば、パーシヴァルが俺の右手をそっと持ち上げた。

「いっ！」

ズキンと痛みが走って思わず声を上げる。俺の拳は予想以上にダメージを受けていたようだ。

骨が痛んでなければいいけど。あの男、心理的攻撃だけでは飽き足らず、顎まで武器にしてくるとは。侮れない。

「大丈夫か？」

「ああ、たぶん大丈夫。だけどあいつの顎、めちゃくちゃ硬いんだもん。こっちもダメージ受けちゃったよ」

パーシヴァルは労しげに俺の手を撫でると、ハンカチを取り出して丁寧に巻きつける。慣れているのか、手際がいい。

「サフィラスはトラブルに巻き込まれやすいようだな」

「……うん、まぁ、それは否定できない」

何しろ、女神を楽しませるために二度目の人生を歩んでいるようなものだ。そうそう平和な生き方はできない気はしている。

「……初めての出会いは、サフィラスが二階から落ちてきた時だった」

「え？」

初めての出会い？　どう言うこと？　カフェテリアで会ったのが初めましてじゃなかったの？

パーシヴァルは俺の手に視線を落としていて、その表情はわからない。

「突然のことだったので、しっかりと受け止められなかった。サフィラスは意識を失ってしまっていたから、無事だったのかずっと気がかりだったんだ。だから、カフェテリアで姿を見かけて、思わず声をかけた」

なんと、俺を受け止めた屈強な人物はパーシヴァルだったのか！

命の恩人がこんなに近くにいたのに、全く気がつかなかった。

しかも、その後も俺のことを気にかけてくれていたなんて。

一言言ってくれればよかったのに。でも、わざわざ言わないところが、パーシヴァルなんだろうな。

「……意識を取り戻した時に、学院医から俺を助けてくれた人がいるって聞いたんだ。だから、その人にお礼を言いたいと思っていた……今更になっちゃったけど、俺を助けてくれてありがとう。大した怪我もせずに済んだのは、パーシヴァルのおかげだよ」

二階から飛び降りたからパーシヴァルと出会えたのだとしたら、その点においてはギリアムに感謝しなければならないな。この手の痛みは、それでチャラにしてやろう。

「サフィラスには魔法があって、その実力は確かなものだともわかっている。きっと、どんなことも一人で解決できるのだろう。だが、サフィラスはもう一人ではない。なんでも自分だけで解決しようとせず、これからはもっと俺を頼ってくれないだろうか？」

顔を上げたパーシヴァルが、真っ直ぐに俺を見つめた。

そのいつも以上に真剣な眼差しに、心の臓がドクンと跳ねる。

「も、もう十分に頼りにしてるよ！　ほら、俺って時々うっかりやらかしちゃうだろ？　ラエトゥスでは逸れたし、今日みたいにいつの間にか誘拐されてたりとかさ。だから、パーシヴァルがいてくれると、とっても心強いよ！　だけどさ、パーシヴァルも俺のことをばんばん頼ってほしい。いつだって、全力で力になる。俺は助けられるばっかりじゃなくて、パーシヴァルからも頼られる存在でいたいんだ！　だって友達だろ？」

頼るだけだなんて、俺の性に合わない。

腕力はないけど、魔力なら無限だ。俺だってパーシヴァルを守れるからな。

「ああ、そうだな。俺たちは友達だ。サフィラスの力が必要な時は遠慮なく頼らせてもらう」

「うん！　任せてよ！　えーっと……それでさ、たった今頼ってほしいって言ったばかりでなんだけど、試験勉強に付き合ってほしいんだよね！　特に芸術……正直全くわからないから！」

第二王子の騒動で失念しかけていたけれど、もうすぐ到達度試験だ。芸術なんて、俺からしたら未知の世界。前世も今世も、全く無縁で生きてきた。そんなもの、どうやって勉強したらいいのかさっぱりわからない。

いくら魔法が使えても、こればっかりはどうにもならないからね。

「もちろんだ。頼りにしてくれて構わない」

そう言ってパーシヴァルが相好を崩す。

ほのかに甘さの混じる柔らかな微笑みに当てられて、顔にブワッと熱が集まった。

「うわぁ、何これ……」

こ、こんな麗しい笑顔を簡単に見せちゃうなんて！

笑みに当てられたご令嬢ご令息が失神しちゃったらどうするんだ！　本当に太陽の騎士は油断がならない！

「サフィラス？　どうした、顔が赤いが……どこか具合でも悪いのか？」

笑みを引っ込めたパーシヴァルが、気遣わしげに顔を覗き込もうとしてきたので、俺は慌てて首を横に振る。

「い、いや！　だ、大丈夫っ！　なんでもないよ！」

これ以上、その良い顔を近づけないでくれ！

やたらに火照る頬と、なぜだかかつてないほど大騒ぎしている心の臓を持て余した俺は、すっかり途方に暮れてしまった。

番外編1　パーシヴァル・ベリサリオ

俺――パーシヴァル・ベリサリオはヴァンダーウォール辺境伯、オースティン・ベリサリオの三男として生まれた。

国境沿いに位置し、魔獣が生まれる森林を抱えるヴァンダーウォール領を治める一族の一員として、立って歩き出すのと同時に剣を持ち、物心付く頃から父と兄二人、そして屈強なベリサリオ軍の騎士や兵士たちの訓練に交じり、随分と扱(しご)かれてきた。

もちろん、討伐にも加わり、魔獣が闊歩(かっぽ)する森で野営をしたことも両手の指では足りないほどだ。三男の俺は社交界に出る必要もないし、このままベリサリオ軍に所属して国境と領地を守っていくつもりだった。

しかし十四歳になる頃に、王都のクレアーレ高等学院に行くようにと父から言われた。

必要なことは家で学べるし、長期にわたり領地を離れるのは気が進まない。そう考えて王都に行くつもりはないと言えば、学院に通うのは貴族の義務だと諭(さと)されてしまった。

確かに上の兄二人も学院に通っていた。家督(かとく)を継ぐがゆえの進学だと思っていたが、そうではなかったのだ。義務だと言うのなら、俺の希望で入学しないというわけにはいかない。

学院で学ぶことは多く、領地で剣を振るっているだけでは得られない知識を身につけられるし、多くの貴族と交流することで幅広い視野を獲得できると両親と兄たちは言った。

確かに、知識や人脈はあって邪魔になるものではない。せっかく王都の学院に通うのだ。それならば家族を支えるために励もうと、前向きに考えた。

そうは言っても、領地を出るのは初めてのこと。

これから向かう王都や学院がどんなところなのか、未知の場所と経験に俺も多少は緊張した。いくら遠征や討伐で過酷な経験をしていても、周囲は気心の知れた者たちばかりだ。

けれど、学院は違う。僅かな荷物と身一つで、右も左もわからない場所へ赴くことになる。

だが、兄たちもそれを経験してきたのだし、同時期に入学してくる貴族の子息令嬢も自分と同じ条件だ。必要以上に気を張る必要はないと、気楽に考える事にした。初めて魔獣と対峙した時以上の緊張を味わうことは、きっとないだろう。

そう思って遠路はるばる王都までやってきてから、早数日。

慣れない環境に誰もが多かれ少なかれ周囲を窺い様子を見ている中、入学早々噂になっている学院生がいた。

――オルドリッジ伯爵家の次男、サフィラス・ペルフェクティオだ。

初代オルドリッジ伯爵は、かつて王国を襲った魔獣の大群を強大な魔法で退け、その爵位を賜った。そんなペルフェクティオ家の一族は皆、多くの魔力を持ち、魔法の扱いに長けているらしいのだが、その中で全く魔力を持たず生まれてきたのがサフィラスだという。

魔法伯爵家に生まれた、俺と同じ年齢の彼が魔力なしであるという話は、王都からそこそこ離れたヴァンダーウォールにも流れてきている。

昨今のオルドリッジ伯爵の評判はあまり芳しくない。ペルフェクティオ家の当主は、代々王国魔法師団の相談役を務めているものの、先代あたりからは目立った功績もなく、さりとて人材を育てる指導力もない。魔法師団内からの評判もあまりよろしくないと聞く。

現当主は過去の栄光を振りかざすだけで、名ばかりの魔法伯爵だと口さがない貴族たちの囁きは、まだ若い俺の耳にすら入ってくるほどだ。

それゆえに次代の息子たちに期待するオルドリッジ伯爵は、魔力なしで生まれたサフィラスを疎み、冷遇しているとか。

貴族の血統を持つ者は、その身に魔力を持って生まれてくるが、しかし、魔力量は個人によって差がある上に、稀に貴族の血を受け継ぎながらも魔力を持たない者もいる。

魔力の有無は貴族にとっては一つのステータスではあるけれど、だからと言って、魔力がない者を虐げていいという理由にはならないのだ。

そもそも、魔法使いにでもならない限りは、魔力がなくて困ることはない。市井に暮らす者のほとんどは魔力がなくとも普通に暮らしているし、ヴァンダーウォール軍の兵士でも魔力を持たない者は多い。

噂のオルドリッジ伯爵子息を俺も遠目で何度か見かけたけれど、小柄な彼はいつも独りで、所在なげに俯いていた。

学院生活が始まってしばらくすると、今度は素行に問題があるスペンサー侯爵家の次男、ギリアム・アンダーソンが、婚約者であるサフィラスをひどく乱暴に扱っているという話が聞こえてくるようになった。

本来ならば尊重すべき婚約者に傲慢に振る舞うギリアムの態度に誰もが眉を顰めるものの、相手は侯爵家子息。しかも、家から冷遇されていると噂のサフィラスを表立って庇う者はいない。学院内は親の爵位による忖度がないように配慮されているとはいえ、それは相手に常識が備わっていればこその話だ。

そんな周囲の態度がアンダーソンの横暴な態度を助長させたのだろう。

婚約者を下僕のように扱うその姿に俺も苦言を呈したくなったが、部外者が口出しをしたせいで、そうでなくとも弱いサフィラスの立場が一層悪化する可能性もある。人目のないところでもっと酷いことをされるのではないかと、その時は様子を見るに留めた。

公にはされていないが、アンダーソンは侯爵の庶子だという。マナーも礼儀もなく、父親の爵位の威光を振りかざし、下位貴族の子息令嬢たちに横暴な態度で接する。

貴族教育を全く受けていないのではないかと勘繰るほどに、その振る舞いは貴族としていかがなものかと思うようなことばかりだ。荒くれものの集団と言われるヴァンダーウォールの兵士たちであっても、礼節を尊ぶというのに。

次男の横暴な振る舞いに侯爵は目を瞑(つむ)っているようだが、こんな調子ではまともな縁談も得られない。あまり好き勝手をさせて侯爵家に不都合があってはならないとでも思ったのか、婚約相手としてオルドリッジ伯爵家で冷遇されている次男に目をつけた。伯爵家なら家格的に問題はない。スペンサー侯爵はアンダーソンが学院を卒業した後、サフィラスと共に領地のどこかに押し込む算段だったようだ。

大人しく反抗しないサフィラスは、侯爵の計画に丁度良い存在だったに違いない。

オルドリッジ伯爵も、侯爵家との縁を結べば己の地盤を盤石(ばんじゃく)にできると、何の躊躇(ためら)いもなくサフィラスを差し出した。

相手が問題のある男であるにもかかわらずだ。

そんな両家の思惑は、サフィラスにとっては不幸でしかない。さながら生贄(いけにえ)にされるがごとく結ばされたアンダーソンとの婚約に、彼の安寧は微塵(みじん)もないのだから。

貴族にとって婚姻とは家同士の契約だ。だが、それにしてもあまりにも酷すぎるのではないか。サフィラスとはクラスが違うために接点はないが、体を縮めて歩いている彼の姿を見かける度に、言いようのないやるせなさが湧き上がった。

☆　☆　☆

午後の授業が終わると、剣術の指導を受けるために鍛錬場へ向かうのが俺の日課だ。

ヴァンダーウォールを離れたからといって、鍛錬を怠るわけにはいかない。一日疎かにすれば、それを取り戻すのに数日かかる。

それに、魔獣を斬るためのなりふり構わぬ剣の振り方だけではなく、型に則った剣の扱い方も身につけた方がいいと兄たちから助言を受けていた。

学院には二人の兄も師事した剣術の講師がおられる。かつては王国騎士団を鍛えていた傑物だ。将来剣で身を立てようという学院生のほとんどが、この方の指導を希望した。しかし、当然ながら彼の指導は厳しく、放課後の指導という名の鍛錬が始まって数日のうちに、鍛錬場に来る者は半分になっていた。この講師の他にも剣の指導者はいるので、恐らく彼らはそちらに籍を移したのだろう。

もちろんどちらの指導者に師事しても、騎士になれるだけの実力は身につく。本人の努力とやる気次第で、と但し書きがつくが。だが、それは全てにおいて言えることだ。

そもそもどんな厳しい鍛錬であっても、魔獣の討伐に比べればなんてことはない。何しろ命の危険がないのだから。

それに、せっかく故郷を遠く離れた王都まで来たのだ。得られるものはできる限り身につけて帰りたい。

いつものように鍛錬場に向かっていれば、どこからか甲高い悲鳴が上がった。

思わず何事かと視線を巡らせると、丁度今まさに、真上に位置する二階の窓から人が落下してくるところだった。

あまりに突然の出来事に構えることもできないまま、俺は一か八(ばち)か腕を広げる。

投げ落とされた土嚢(どのう)のような重さと衝撃が腕全体にかかった。

「くっ！」

辛うじて受け止めたものの衝撃を受け流せず、落下してきた学院生と共に倒れ込んでしまう。

「大丈夫か⁉」

慌てて腕の中の人物に声をかけるも、全く反応がない。

しかし、長い前髪から覗く顔を見たら、それが誰だかすぐにわかった。

この学院生はサフィラス・ペルフェクティオだ。

噂話には積極的に参加しない俺が知っているくらいだ、恐らく第一学年のほとんどが彼を知っている。ある意味で有名な人物だ。

その彼がなぜ、二階から落下してきたのか？　しかも、随分と服が乱れているように見える。どういう状況なのかと疑問が浮かぶが、今はそんなことを考えている場合ではない。

ともかく、俺はサフィラスを受け止め損ねてしまった。意識もない様子から察するに、もしかしたら頭を打ったかもしれない。すぐにでも学院医に診てもらった方が良さそうだ。

それに、周囲に人が集まってきて騒ぎになり始めている。彼もあまり目立ちたくはないだろう。

「すまない、道を開けてくれ。救護室に連れてゆく」

集まった学院生を掻き分け、俺はサフィラスを抱えて救護室へと急ぐ。

それにしても、抱き上げた体の軽さには驚いた。自分と同じ年齢のはずだが、とてもそうは思えない頼りなげな体つきだ。

しかし、この身の軽さが幸いした。これ以上体格のしっかりした人物だったら、俺も受け止めきれずに潰されてしまっていただろう。倒れ込むだけで済んで良かった。


救護室には学院医が在室していて、すぐに対応してくれた。彼は俺が横抱きにしているサフィラスに視線を向け、眉を顰（ひそ）める。

「一体どうしたのかね？」

「寮の二階から落下したのですが、受け止めきれず転倒してしまいました。意識を失っているので、もしかしたら頭を打ったのかもしれません」

「……受け止めただって？　君の方は大丈夫なのかね？」

「はい。俺は問題ありません」

あの程度でどうにかなるような鍛え方はしていないつもりだ。実際、鍛錬着に土埃が付いただけで、どこも痛めてはいない。

「ふむ……では、彼をそこの寝台に運んでくれるかな」

学院医に言われた通り、寝台に彼を横たえる。改めて見てみると、その顔色は酷く悪い。

彼は学院に入学するまで、屋敷に閉じ込められていたと聞いている。

はだけたシャツから覗く透けるような白い肌と、折れそうなほど細い体は、噂を裏付けるかのようで、決して健康的とは言えない。

元々体が弱いのだろうか。

「それで、なんで二階から落下するようなことになったのかね？」

学院医はまず頭部を診た。見たかぎり出血はしていないようだが。

「それはわかりません。俺は偶然下を通りかかっただけですので」

「なるほど。事情は分かった。あとは私が診るから、君は戻りなさい」

「……はい。よろしくお願いします」

サフィラスを学院医にお任せすると、俺は鍛錬場へ向かった。指導の時間には少し遅れてしまったが、緊急事態だ。やむを得ない。

その後の彼の容体が気にはなったが、それを知る機会は残念ながらなかった。

複雑な事情がありそうな彼だ。大したことがなければいいのだが。

☆　☆　☆

午前の授業が終わり教室を出ようとしたところで、教師に教材の後片付けを頼まれた。特に用事もなかったので引き受けたが、昼食にはすっかり出遅れてしまった。この時間では、空いている席はないかもしれない。

カフェテリアに行くといつものランチプレートをカウンターで受け取り、どこか空いている席はないかとホールに視線を巡らせる。

ほとんどのテーブルが学院生で埋まっている中、ホールのとある一角だけなぜかガランと空いていた。その空白の中心では小柄な学院生が一人、ぽつんと昼食を食べている。

サフィラス・ペルフェクティオだ。

あの落下事故の後、彼とアンダーソンとの婚約は白紙になったと聞いた。理由はサフィラスが事故で騒ぎを起こしたからだという。

彼が転落したのはアンダーソンの部屋の窓で、それが迷惑だったという言い分だが、それにしてもあまりにも理不尽な理由だ。

思い返してみればあの時、アンダーソンの姿はどこにもなかった。婚約者が自分の部屋の窓から転落したと言うのに、知らぬふりで通したのだろうか。

俺は迷わず、彼が一人座るテーブルに向かう。酷い怪我を負っていないかずっと気になっていた。何より、俺がしっかり受け止められなかったことで転倒してしまったので、いささかの責任を感じてもいた。一人でいるならば、話しかけるいい機会だ。

「失礼。相席いいだろうか？」

俯(うつむ)いていたサフィラスが、僅かに首を傾げて俺を見上げた。その姿に思わず息を呑む。

俺を見つめるのは、言いようのないほどの深いサファイアの煌めきだった。星を内包した青色に、吸い込まれるような錯覚すら覚える。

窓から差し込む光を受けて、黒い髪が雲母のように淡く輝く。

容姿の美醜に興味はないつもりだったが、彼の美しさには思わず目を奪われてしまう。

「もちろん。どうぞ」

女神への讃歌を歌い出しそうなほど澄んだ声が紡いだ言葉は、意外にも普通のものだった。彼も普通の学院生なのだ。そのことになぜか安堵する。

それにしても、二階から落ちてきた彼と、今目の前に座る彼は、本当に同じ人物だろうか？

あの時の彼は意識を失っていたとはいえ、青白い顔をしていて酷く病的に見えた。遠目で見かけた時も、まるで影のような印象だったというのに。

ここにいるサフィラスは随分と痩せていることに変わりはないが、俺が今まで見ていた彼とまるで違う。

よく似た別人だと言われたとしても、信じてしまうかもしれない。

ともかく話をしようと、内心の動揺を隠して彼の正面に座る。

「俺は第一学年のパーシヴァル・ベリサリオだ。よろしく」

「第一学年のサフィラス・ペルフェクティオだよ。こちらこそ、よろしく」

綻（ほころ）ぶような笑顔を見せた彼に、俺はいよいよ驚きを禁じ得ない。

いつも体を小さくして、俯（うつむ）いて歩いていた彼からは想像もつかない表情だ。つい最近まで長い前髪で隠れていた顔をはっきりと見せていて、これまでの影のような雰囲気がまるでない。

俺の目の前に座るサフィラス・ペルフェクティオは、とても溌剌（はつらつ）としている。濃く深いサファイアの瞳は強い輝きを秘めていて、生まれついての不遇への薄暗さなど微塵（みじん）も感じさせない。内面から湧き出るような輝きを感じるのだ。

なるほど、これだけの美貌を隠し持っていたのならアンダーソンが執着していたのも頷ける。

周囲のテーブルに座る生徒たちが、こちらに注目しているのがわかった。どんな話をするのか興味があるのだろうが、あまりいい気分ではない。サフィラスはずっとこの好奇の視線に晒されていた。俺もその中の一人だったのだと思い知らされた気分だ。

触れられたくない話もあるだろう。サフィラスが怪我をしていないか確認できればそれでいい。

そう思って、なるべく私的なことを聞かないように会話を交わしていれば、なぜかサフィラスが熱心に俺を見ていることに気づいた。

「どうした？」

「いや、見事な食べっぷりだと思って……」

「ああ、食べないと体が持たない環境で育ったからな」

どんな状況であっても、食べられる時にしっかりと食べる。魔獣討伐や戦の場では、無理にでも食べなければ体はすぐにヘタってしまうからだ。

また逆に、拠点を離れれば食料の補給が十分にできないこともありうる。そんな食料のない状況でも、できるだけ長く耐えられる体を作っておくようにとも教えられた。

だから、ヴァンダーウォールの男はよく食べる。

「……あ、もしかしてさ、パーシヴァルって東のヴァンダーウォール辺境伯のご子息だったりする？」

「ああ。そうだ」

「なるほど、納得」

サフィラスは得心したとばかりに頷く。

しばらくはそのまま俺の故郷の話をしていたが、ちらりと周囲に視線を走らせたサフィラスが声を潜めた。

「……あのさ。今更だけど、あまり俺と一緒にいない方が良いんじゃないか？」

「なぜだ？」

「知っているかもしれないけど、俺にはあまりいい噂がないんだ。そんな俺といたらパーシヴァルまで好奇の目に晒される」

その言葉に、俺は少なからず衝撃を受けた。彼は学院での自分の立場をよくわかっていた。自分が周囲にどんな目で見られ、どんなふうに言われているのかを。

家族からは冷遇され、学院で唯一の味方になってくれるはずの婚約者もサフィラスを虐げている。

そんな不幸と言わざるを得ない境遇を、今までたった一人で耐えていた。

そんな孤立無援の状況で、彼は助けを求めるのではなく、むしろ俺の立場を心配している。

本当は無理をしているのかもしれない。それでも、サフィラスは自分よりも、まだ出会ったばかりの俺の心配をしたのだ。

彼の心根の優しさと、芯の強さを感じずにはいられなかった。

「なんだ、そんなことか。サフィラスは俺と一緒にいるのは迷惑か？」

「迷惑なわけないだろ！　パーシヴァルはこんな俺に声をかけてくれた勇者だよ」

サフィラスは屈託なくそう言うが、むしろ勇者はサフィラスの方だろう。

最初はただ、サフィラスが無事であることを確かめたくて声をかけた。そして傲慢にも、常に一人でいるサフィラスの慰めになれれば、とさえ思っていたのだ。

けれど、サフィラスはただの一言も自分の境遇を嘆いたり、卑屈な事を口にしない。

「勇者、か。サフィラスは面白いことを言うな。だが、サフィラスが心配するようなことは何もない。俺がサフィラスと仲良くしたいと思う気持ちと、周囲の人間の感情は全く関係ないことだ」

俺はサフィラスを可哀想な人物だと決めつけて、同情心を持って接していたことを深く反省した。彼はそんなものを望んではいない。

俺は彼に対して、傲慢無礼であったことを反省した。


その日の相席をきっかけに、俺はサフィラスと食事を共にするようになった。クラスが違うのでその程度の交流しかできなかったが、短い時間でもすぐに打ち解けた。

サフィラスと話せば話すほど、彼が実に魅力的な人物であることを知ってゆく。

彼にはどこか不思議なアンバランスさがあった。黙っている時には今にも消えてしまいそうな儚さを漂わせているが、ひとたび口を開けばその印象はガラリと変わる。

本人は自身のことを世間知らずだと言っているが、そんなことは全くない。サフィラスは驚くほど知識が豊富で、機知に富む。その上、知識欲も旺盛で、何にでも興味を示す。

そして、実に表情が豊かだ。その感情の動きがよりサフィラスを美しく見せる。彼の輝きに何度はっとさせられたかわからない。

「なぁ、ベリサリオ。最近魔法伯爵子息とよく一緒にいるよな」

昼時を迎え、カフェテリアに向かおうと席を立った時だ。クラスメイトの一人に話しかけられた。

「ああ。それがどうかしたか？」

「同情する気持ちはわかるが、あんまり問題のある奴と一緒にいない方がいいんじゃないか？」

サフィラスと一緒にいることで俺自身も好奇の視線を集めているらしいが、それは全く構わない。俺は自ら望んでサフィラスといるのだから。だが、問題のある、とは聞き捨てならない。

「問題とは何のことだ？」

「え？　だってあいつ、魔力なしだろう。それに最近は問題を起こして、婚約を白紙にされたっていうじゃないか。由緒正しきヴァンダーウォール辺境伯子息であるベリサリオが、気にかけてやることもないだろう」

彼にしてみれば、それは親切心で言っているつもりなのだろう。

誰かの言葉を盲目的に信じ、自らの目で見極めることなく、浅い経験で得た価値観のみで物事を判断する。そんな態度が、実に軽薄に見えた。

だがそれは俺も同じだ。クラスメイトだけを批判することはできない。

「魔力がないことの何がいけない？　魔力がないと、この学院の規則や国の法に反するのか？」

「い、いや。そうは言ってないよ。だけど、問題は起こしているだろ？」

「サフィラスが一体何をしたと言うんだ？　彼自身は模範的な学院生だ。寮から転落したことを言うのであれば、あれは事故だろう。問題を起こしているのは、どちらかと言えば元婚約者の方だと思うが？」

「……」

「それから一つ。君の誤った認識を訂正させてもらうが、俺は同情でサフィラスといるわけではない。友人として有意義な時間を過ごしている。そこは間違えないでくれ。それでは失礼する」

すっかり黙り込んでしまったクラスメイトを置いて、俺はカフェテリアに向かう。サフィラスと語れる貴重な時間を無駄にはしたくない。

「あ、ベリサリオ！　ちょっといいか？」

急ぐ俺を呼び止めたのは隣のクラスの生徒だ。彼の期待を含んだ表情に、何を言おうとしているのか察してしまった。あれは、サフィラスを紹介しろとでも言いそうな顔だ。

呆れた俺は、ため息を隠さなかった。

「サフィラスはそれで足りるのか？」

俺よりも随分と量の少ないプレートに、ついそんな言葉が出た。

「……まぁね」

少し不満そうに答えたサフィラスの反応に、これは失敗したと悟る。

故郷のヴァンダーウォールでは皆かなりの量を食べるので、この俺でも少食だと言われていた。

ついその感覚で尋ねてしまった。

サフィラスは確かに少し痩せすぎで、些細なことで骨が折れてしまうのではないかと心配になる。本人も食が細いことを気にしているのだろう。

だが、不満気な表情を浮かべたのは一瞬のことで、彼はすぐに食事に手をつけた。肉を一口食べると、実に幸せそうな笑みを浮かべる。

サフィラスは何を食べても美味しいと言う。学院で出される食事は確かに不味くはないが、どれも普通にテーブルに上がるものばかりで特別な料理ではない。けれど笑顔で食事をする姿は、見ているこちらも楽しい気分になる。こんなに食事を楽しんでいると知ったら、料理人もきっと喜ぶだろう。

「サフィラスは物静かな人物なのかと思っていたが、実際話してみると全く違うんだな」

「そうだった？」

サフィラスは悪戯っぽい笑みを浮かべた。

ここ数日で、彼の印象はすっかり塗り替えられていた。俯(うつむ)いて人目を避けていた姿を見ることはもうない。

いまだクラスに友人と呼べるような者はいないようだが、散々好奇の視線を向け、陰であれこれと噂をするような者たちの中から、わざわざ友人を作る気にはならないだろう。

「あのさ」

サフィラスが小首を傾げ、俺の顔を覗き込む。光の加減で色の濃さを変えるサファイアの瞳には、心配の色が浮かんでいる。

「なんだ？」

「俺のせいで、友人に何か言われたりしてない？」

「何かとは？」

「いや、俺って魔力なしだとか言われているし、アンダーソン子息との事件もあっただろ？　そのせいで、パーシヴァルまで変なことを言われていたら嫌だなって思って」

　今のサフィラスは、俺が思っている以上に苦しい立場であるはずなのに、こうして事ある毎に俺のことを心配してくれる。

　サフィラスといることを理由に、俺を悪し様に言う者はいない。だが、サフィラスに対しては相変わらずつまらないことを言う者はいる。

　中には今まで前髪で隠されていたサフィラスの素顔を知ったことで、おかしな下心を抱く者まで出てくる始末だ。

　彼に繋いで欲しいと言ってくる者も何人かいたが、当然そんな話は聞く価値もない。サフィラスと友人になりたいのなら、俺などを通さず彼と直接話すべきだ。

「何を言い出すのかと思ったら。前にも言っただろう。俺の気持ちと、周囲の感情は関係ない。俺はサフィラスと仲良くしたいんだ。何よりも、関わりのない者に何かを言われる筋合いはない。それに、サフィラスが心配しているようなことは一切ないから安心してくれ」

「そっか……それならよかった」

　サフィラスが表情を緩める。

常に一人でいるサフィラスだが、こうして俺とテーブルを共にしてくれるということは、好んで一人を選んでいるわけではないのだろう。

俺といる時のサフィラスは、こちらが微笑ましくなるほどによく笑い、よく話す。これが本来の彼の姿なのかもしれない。

「サフィラス！」

和やかなひと時を過ごしていれば、カフェテリアに大きな声が響き渡る。

ギリアム・アンダーソンだ。あの男との婚約は解消になったはずだが、今更サフィラスに一体なんの用があるというのか。

「サフィラス！　俺が呼んでいるのに、聞こえないのか！」

アンダーソンの怒声に怯えている令嬢もいる。サフィラスはそんな騒ぎなど全く気にする様子なく、食事を続けていた。喚き散らすアンダーソンを完全に無視する事に決めたらしい。

「サフィラス！　返事をしろ！」

無視されたことがよほど腹立たしかったのだろう。ギリアムが一層声を荒らげた。ついさっきまで皆が食事を楽しんでいたカフェテリアが、水を打ったように静まり返る。

サフィラスを見つけたアンダーソンは大股でやってくると、無作法にも乱暴にテーブルを叩いた。

この男には、同席する俺の姿がまるで見えていないらしい。

婚約者ではなくなったとはいえ、こんな威圧的なアンダーソンを前にサフィラスが萎縮(いしゅく)してしまうのではないかと俺は案じた。

しかし、彼はといえば無の表情でアンダーソンを見上げている。そこには萎縮も恐れもない。

「俺が呼んでいるんだぞ！　なぜ返事をしない！」

「……何でしょう、アンダーソン先輩」

危うく、この緊迫した空気の中で笑い出すところだった。歪みそうになる口元を懸命に引き締める。

驚くほどの棒読みだ。まるで心が籠もっていない。

サフィラスにとって、アンダーソンは既に恐るるに足りない存在となっているのだ。

これまで、面識もないサフィラスとアンダーソンの関係に対して、俺は何も口出しできなかった。

だが、今は違う。サフィラスはアンダーソンの婚約者ではなくなり、そして俺は彼の友人となった。

俺がアンダーソンの振る舞いを諌めることに、何の柵もない。

すぐにでもアンダーソンとの間に割って入ろうかと思っていたが、どうやら今はサフィラスの舞台のようだ。邪魔をするのは無粋だろう。

「婚約の解消など俺は認めていないぞ。いいか、お前からもう一度、俺と婚約を結びたいと伯爵に伝えろ」

「はぁ？　絶対に嫌です。ようやく解放されたのに」

「何だと……？　もう一度言ってみろ」

「だから、絶、対、に、い、や、だ、と申し上げているんです。今度はしっかりと聞こえましたか？」

慇懃無礼とはまさにこのことだろう。

丁寧な返答を装ってはいるが、明らかにアンダーソンを煽っている。

「サフィラス！　お前ごときが俺に逆らうのか！」

アンダーソンの顔が怒りに赤く染まる。馬鹿にされていることに気がついたのだろう。

憤ったアンダーソンは、勢いのまま腕を振り上げた。その瞬間のサフィラスの表情を、俺は見逃さなかった。

綺麗な顔に浮かんだ悪役染みた笑みは、彼に対する新たな印象を刻みつけるものだった。

見たことのないサフィラスの顔に思わず心臓が跳ねるが、これはさすがに静観できる状況ではない。すぐさま立ち上がると、アンダーソンの腕を掴む。

この男は、今までこうやって暴力の恐怖でサフィラスを従わせていたのだろう。決して許せることではない。

「アンダーソン先輩、また学院で騒ぎを起こすつもりですか」

「……貴様には関係のないことだ」

アンダーソンが俺の手を振り払う。

「関係ならあります。サフィラスは俺の友人だ。友人が暴力を振るわれようとしている。それを助けるのは当然です」

「友人……だと？　ベリサリオはこいつを友人だと言うのか？」

アンダーソンは馬鹿にしたような表情を浮かべる。この男は、本当に何もわかっていないのだな。

「そうです。サフィラスは俺の友人だ。そもそも、ここは食事をする場で、騒ぎを起こす場ではありません」

「……ちっ」

俺の言葉を聞いて、舌打ちをしたアンダーソンがカフェテリアを出て行く。

辺境伯の息子を相手に騒ぎを起こす事は得策ではないと考えたのだろう。本意ではないが、ヴァンダーウォールの名が場を収めた。

それにしても、どこまでも子供じみた行動をとる男だ。サフィラスとの婚約を白紙にした以上、アンダーソンが次の婚約者を見つけることは難しいだろう。あの男が婚約者（サフィラス）に対して行っていた仕打ちは誰もが見ている。

オルドリッジ伯爵のように、我が子を自らの立場を守るための道具としか見ていない人物ならばともかく、大切に育てた娘や息子を生贄（いけにえ）のように差し出す家がそうそうあるとは思えない。

今まではサフィラスの犠牲があったからこそ、アンダーソンの問題行動による被害者は他に出ていなかった。これからスペンサー侯爵家は、次男の扱いに頭を悩ませる事になるだろう。

「サフィラス、大丈夫か？」

「……あ、うん。助けてくれてありがとう」

「いや、気にするな。しかし、まさかサフィラスがあんな悪役（ヴィラン）のような顔をするとはな。可愛い顔が台無しだぞ」

俺がそう言えば、サフィラスは驚いた表情を浮かべた。俺にあの顔を見られているとは思わなかったのだろう。

だが、挑戦的な表情も悪くない。しかも、アンダーソンに言い返す様は痛快でもあった。胸がすくとは、まさにあのようなことを言うのだろうな。

「え？　可愛い？　悪役？」

「アンダーソン子息に言い返していた時のサフィラスは、まるで悪役のような顔をしていた。だが、悪くはなかったな」

「えー……」

「サフィラスはなぜ今までアンダーソン子息の言いなりになっていたんだ？　最初からさっきのようにはっきりと拒否していれば、不名誉な呼ばれ方はしなかっただろう」

「ああ、ギリアムの男妾？　それともペルフェクティオの恥曝しの方かな？」

サフィラスはさらりと、屈辱的とも言える二つ名を口にした。それらを耳にして、傷つかなかったわけがないだろう。俺はそれをサフィラスに言わせてしまった。

「……いや、すまない。いささか配慮が足りなかった」

「いいよ。そう呼ばれているのは事実だし。だけどこれからは、そんな呼び方はさせない。二階から飛び降りて目が覚めたんだ。嫌なことを黙って受け入れる必要はないんだって」

「……飛び降りた？」

それは一体どういうことだ？

「うん、ギリアムに襲われて。扉には鍵をかけられていたし、窓から逃げるしかなかった」

「事故じゃなかったのか？」

「侯爵家はそういうことにしたかったんだろうね。まだ十四歳で婚姻もしていない俺を、ギリアムは学院の寮で手篭めにしようとしたんだ。そんな醜聞が世間に知れ渡れば、もともと素行の悪いギリアムはともかく、長女の婚約に支障が出てくるでしょ。でも、おかげで俺はギリアムとの婚約を白紙にできたわけだし。思い切って飛び降りた甲斐はあったよ」

なんてことだ……

第四寮棟のサフィラスが、なぜ第二寮棟の部屋から落ちてきたのか。どうしてあんなに服が乱れていたのか。

思い返してみれば、おかしいことはいくつもあった。

アンダーソンはサフィラスが転落したというのに全く顔を見せなかったが、出てこられるわけがなかったのだ。サフィラスの転落に、自分が関わっていることを知られたくなかったのだから。

「そうだったのか……」

正式に決まってはいないが、アンダーソン家のご令嬢は王太子殿下の婚約者にほぼ内定しているという。そのような状況で、次男の醜聞は避けたいだろう。

ましてや侯爵夫人にとってアンダーソンは不義の子供。実の娘の足を引っ張るようなことを許しはしないはずだ。

それにしても、二階から飛び降りれば大怪我を負う可能性もあった。随分と無茶をしたようだが、サフィラスはそうするしかなかったのだ。

だがそれが、サフィラスを縛り付けていた鎖を断ち切るきっかけになった。以降、大人しかった彼はすっかり変わっている。

明るくなっただけではなく、今まで言いなりだったアンダーソンを真っ直ぐに見据え、はっきりとあの男を拒絶した。

脅しにも全く怯む様子はなく、彼の名であるサファイアの瞳はいっそ好戦的と取れるほど輝いていた。

そんなサフィラスの姿に、不思議な高揚感を覚えた。

「そういう事情なら、これからは遠慮なくあの男を追い払って良いんだな。あいつのことだ、これで終わりにするとは思えない」

無駄に自尊心の高い男だ。衆目の中で恥をかかされたと、逆恨みをする可能性は高い。それに美しさを隠さなくなったサフィラスに、より執着する可能性もある。

「うん、俺もそう思ってる。でも、火の粉は自分で払うよ。パーシヴァルに迷惑はかけられない」

「友が困っていれば、手を差し伸べるのは当然だろう。遠慮は無用だ」

俺がそう言えば、サフィラスははにかむような笑みを浮かべた。

サフィラスは今まで一人で戦ってきた。よく頑張ってきたものだと思う。

俺が彼の立場であったら、果たして耐えられただろうか？

☆　☆　☆

「大丈夫か？」

「……ううっ、気持ち悪い、」

口元を押さえてうずくまるサフィラスの背中をさする。華奢（きゃしゃ）で頼りない背中だ。

「辛いなら、吐いた方がいい」

「いやだ……せっかく食べたのに、もったいない……」

痩せている事を気にしているサフィラスは、俺の食事量を意識してか、プレート一杯に料理を盛っていた。

あれは普段から体を作るために鍛えている者が食べる量だ。元々食が細そうなサフィラスが食べ切れるわけがない。

「サフィラス、無理に胃の腑（ふ）に詰め込んで具合を悪くしていたら本末転倒だ。食事量を増やしたいのなら、いきなり量を食べるのではなく、少しずつ増やしてゆくべきだ。こんな無茶をしていたら、早晩体を壊す」

ここ数日、特に夕食後はこんな調子が続いている。うっかり足りるのかと聞いてしまった俺のせいでもあるのだが、さすがにそろそろ見過ごせない。

少しでも早く、年齢に見合った体つきになりたいというサフィラスの気持ちは理解できる。

しかし、いくら量を食べたからと言って、一朝一夕で成長できるわけではない。

努力は素晴らしいと思うが、その努力が体や体調に見合っていなければ、逆に成長の足を引っ張ることになる。

「わかった……明日から大盛りはやめるよ」

悔しそうにしながらも素直に俺の提案を受け入れてくれたサフィラスは、翌日から普通の量を注文するようになった。

未だに俺のプレートをちらりと見ては、少しだけ恨めしそうな表情を見せるけれど。そんな様子が微笑ましく、俺はサフィラスに気がつかれないようにそっと口元を緩めた。

アンダーソンの一件以来、サフィラスとの距離が近くなった。自惚(うぬぼ)れでなければ、サフィラスとは確かに友人になれたのではないかと思っている。

他の学院生と交流を持たないサフィラスが俺のことをどう思っているのか、今までは正直わかっていなかった。ただ、どこか一歩引かれていると感じてはいた。

それは彼自身の置かれている立場を鑑(かんが)みた上での、俺に対する気遣いだとわかっていたが。

カフェテリアでの騒動以降、サフィラスはそれまで挨拶のように尋ねていた、俺と周囲の関係を心配するような言葉を口にしなくなった。

そんな心配は必要ないと、ようやくわかってもらえたのだろう。

サフィラスはその儚げな容姿とは相対し、中身は思った以上に強(したた)かなのだ。もしかしたら、無能な振りをしながら、その類い稀なる能力を解放する日を忍耐強く待っていたのかもしれない。

サフィラスは間違いなく、俺が持っている程度の物差しでは測ることのできない稀有(けう)な才能を秘めている。なぜだろうか、そんな気がしてならないのだ。

彼を知るほどに、その為人(ひととなり)に惹かれてゆく。サフィラスをもっと知りたい。そして、その心により近づきたい。

何よりも俺の勘が、彼と共にいるべきだと訴えている。

ベリサリオ家では、己の勘には迷わず従えと教えられた。それは己をより良い道へと導くものだからだ。戦いの場では、直感が命さえも救う。

予知にも近いこの勘は、長きにわたり戦いの場に立ち続けたベリサリオ家の者たちが持つ特別な能力だ。

そして俺のその勘は、図らずも魔法実技の授業で証明されることとなった。

魔力がないと嘲（あざけ）られていたサフィラスが無詠唱で高位魔法を使ったと、他クラスである俺の教室まで伝わってきたのだ。周囲はざわめいていたが、俺はそれほど驚きはしなかった。

あのサフィラスなら、それくらいのことをやってのけても不思議ではない。

カフェテリアでアンダーソンに向けていた、不敵とも取れる強い眼差しはそういうことだったのかと、むしろ深く納得した。俺が止めなくとも、サフィラスは自らの力であの男を退けることができたのだ。

目の前で彼の魔法を見た教師と学生は、誰もがサフィラスを疑ったそうだが、高位魔法を絡繰りなどで真似できるわけもない。仮に何某（なにがし）かの細工で高位魔法を偽ったのだとしても、その仕掛けを作る腕前はむしろ称賛に値するのではないか。

「おい、ベリサリオ。聞いたか？　ペルフェクティオが学院長室に呼び出されているらしいぞ」

それを教えてくれたのは、放課後の剣術指導で同じ講師に学ぶ友人だ。サフィラスに対して偏見の目を持たない、数少ない学院生でもある。

「何だって？」

「あいつ、もしかしたら学院を辞めさせられるかもしれないな……」

友人は気の毒そうな表情で言う。

学院への入学は義務だが、学院側が学院生として相応しくないと判断すれば、学院退去を命じられることもある。だが、彼が学院を辞めさせられるだなんて、そんな理不尽が許されるものか。いても立ってもいられず、気がつけば鍛錬場を飛び出していた。

「あ、おい！　ベリサリオ！」

見なくともわかる。サフィラスの魔法は間違いなく本物だ。

誰がサフィラスを疑おうと、俺は一片たりとも彼を疑いはしない。

彼のために、俺にできることは何かないのか。どうすれば、彼の魔法が本物だと証明できる？

学院長室の前に行くと、丁度サフィラスが退出してきたところだった。

「サフィラス……！」

「あれ、パーシヴァルどうしたの？」

「サフィラスが学院長室に呼び出されたと聞いたんだ」

呼び出された本人は、まるで何事もなかったような顔をしている。無理に取り繕っているのだろうか。

「大丈夫だったのか？」

「うん。まぁ、どうなるかはわからないけど。それはそうと、夕飯にはちょっと早いけど、カフェテリア行かない？　俺、お腹減っちゃった」

「ああ」

落ち込んでいる様子はないので、強く叱責されたわけでもなさそうだ。学院長に何を言われたのか聞いてもいいのだろうか。

「おい」

逡巡していれば、後ろから声をかけられた。サフィラスが足を止めて振り返った。

「……お久しぶりですね。兄上」

サフィラスは完全に作った笑顔を向けている。

彼がサフィラスの兄か。似た雰囲気を持っているが、冷え切った眼差しには家族に対する情のようなものが一切感じられない。

「全く、この国の慈悲深い教育制度のせいで、お前のような恥曝し者にも、我が家は無駄な金をかけなければならない」

「はぁ……」

この男は一体何を言っているんだ？　到底実の弟に向けるような言葉ではない。

俺はグッと拳を握りしめる。サフィラスを冷遇しているのは、伯爵だけではない。この兄も同じなのだ。

「忌々しいことに、お前の無能さはこの学院にも知れ渡っている。しかも魔法実技で下らない小細工をしたそうだな。二年後にはお前と違って優秀な弟のアクィラもこの学院に入学するんだ。これ以上ペルフェクティオの名を汚すことはするな……お前が家のために賢明な判断をすることを願っている」

一方的に言いたいことを言うと、サフィラスの兄はその場を去っていった。

「えーっと？」

「あれは、本当にサフィラスの兄なのか？」

思わず声に出してしまった。あのような理不尽なことをよくも言えたものだ。しかも、自主退学を促すとは……なおのことあり得ない。

俺にも兄がいる。厳しい一面もあるが、いつでも弟である俺を守ってくれた。そんな兄たちの背中を見てきた俺は、あれを自分の兄たちと同じ立場の者だと認めたくはない。

「え？　そんなに似てないかな？　髪の色は違うけど、目鼻立ちはそこそこ似てると思うけど？」

「そういうことじゃない」

なぜサフィラスは平然としていられる？

サフィラスが置かれてきた境遇を目の当たりにして、俺は湧き上がる怒りを抑えるのに必死にならざるを得なかった。

「まぁ、あんなもんじゃない？　俺、家族から疎(うと)まれてるし。それにしても、わざわざ声をかけてきて、一体何を言いたかったんだろう？」

「自主退学しろ、とおっしゃっているのではありませんか？」

「ああ！　なるほ……ど？　えーっと、どなたでしょうか？」

声がした方を向くと、金髪の令嬢が優雅に微笑みながら立っていた。

アウローラ・スタインフェルド嬢。ブルームフィールド公爵家のご令嬢だ。

彼女は、サフィラスの兄が現れた時からこちらの様子を窺（うかが）っていた。完璧な淑女と名高い彼女が、一体何用だろうか。ただの興味本位で話しかけてきたとは思えないが。

「あら、申し訳ございません。勝手に会話に割り込んでしまって。わたくし、アウローラ・スタインフェルドと申します」

公爵令嬢はスカートの裾を摘み、すっと膝を下げた。完璧の名に相応（ふさわ）しい、美しい所作だ。

サフィラスは令嬢が何者なのかわかっていないのだろう。きょとんとした表情を浮かべている。

「聖魔法使い……？」

「あら、おわかりになりました？」

「世にも希少と言われる聖魔法使いに、学院で会えるなんて思ってもなかったな」

驚くことに、サフィラスは一目で彼女が聖魔法使いであることを見抜いてしまった。白魔力を持つ者は、サフィラスの言う通り数が少ない。当てずっぽうに言って当てられるものではないはずだ。その上、白魔法に関する知識までもしっかりと持っていた。

本当に、彼には驚かされることばかりだ。

「しかし、自主退学かぁ……まぁ、それもありかな」

「本気で言っているのか？」

うっかり感情を表に出してしまった。

だが、到底承諾できるようなことではない。だと言うのに、サフィラスはこの学院を辞すことに何の躊躇いもないようだ。

確かに、この学院は彼にとって少々窮屈かもしれないが。それでも、まだ未成年のサフィラスには必要な場所であるはずだ。

実家であるペルフェクティオ家に戻っても、ろくな扱いはされないだろう。

「いやだって、言われてみればあの父親の金で学院に通ってると思うと、どうも居心地が悪い。ペルフェクティオも貧乏ではないだろうから、俺の学費ぐらいは痛くもかゆくもないだろうけど……何かあるたびに文句を言われるのはさすがに鬱陶しいよ。いい機会だし、学院を辞めて冒険者にでもなるよ」

何を言い出すのかと思えば。

サフィラスに、まだ冒険者登録はできない。昔は十二で登録できたそうだが、今は十六からだ。

公爵令嬢にそう言われ、サフィラスは初めて焦った様子を見せた。

まさか、学院を辞めて自立しようとしていたとは。そもそも家に帰るつもりがなかったのだから、あっさりと学院を去ろうとするのも道理だ。

その潔さは見事だが、それではなおのこと良くないではないか。

「一つ、提案がございますのよ」

サフィラスの話を聞いていたアウローラ嬢が、含みのある笑みを浮かべる。

「この学院に通う皆様は貴族ですけれど、全ての貴族が高い学費を払えるとは限りません。随分無理をして、ご子息ご令嬢を学院に預けておられる家もあるのですわ。ですから学院には後援奨学金制度というものがありますの」

「後援奨学金？」

「はい。成績優秀な生徒の学費を、学院を支えている貴族が援助するというものです」

なるほど、その手があったか。

後援奨学金は、優秀な学院生のみが得られる支援だ。実技と論文の二つで実力を示すことで、有力貴族が後ろ盾となる。

当然、そう簡単に資格を得られるものではないが、サフィラスならば問題なく試験に合格するだろう。魔法の腕前も、知識も十分すぎるほど持っている。

ブルームフィールド公爵家は建国より王家と共にある古参の貴族だ。国の要職には就かないながらも、直接意見を述べられるほど王族に近しい。

その公爵家が後ろ盾になると手を挙げたのならば、サフィラスの実力を誰もが認めざるを得ない。

そして何より、オルドリッジ伯爵家が、サフィラスを理不尽に扱うことができなくなる。

好ましくない噂に惑わされることなく、公爵令嬢はサフィラスの才能をいち早く見抜いていたのだ。後援奨学金の話をするつもりだった公爵令嬢にとって、自主退学を促すサフィラスの兄の登場はうってつけだったのだろう。

才女であると聞いてはいたが、その慧眼（けいがん）は辣腕（らつわん）と名高い公爵閣下によって磨かれたものに違いない。

「この奨学金制度、我がブルームフィールド公爵家も関わっておりますのよ。ですから、ご心配なさらずに」

完璧な淑女、アウローラ嬢が優雅に微笑んだ。

このブルームフィールド公爵令嬢との出会いを契機に、俺はサフィラスの秘められた力を次々と目の当たりにすることになる。

彼は恥曝しでも無能でもない、無詠唱であらゆる魔法を使いこなす稀代の魔法使いだったのだ。

一体誰が彼には魔力がないなどと言ったのか。

父や兄たちの言う通り、確かに学院には通うべきだ。領地から出なければ、サフィラスに会うこともなかったのだから。

きっと彼とは長い付き合いになるだろう。俺は確かに感じていた。

そう、ベリサリオの勘は外れない。

番外編2　ケット・シーとの出会い

「ご主人、何か面白いことはないのかにゃ？」

そう言ったケット・シーは、ぴょんとテーブルに飛び乗った。

どこか偉そうに胸を張って俺の教科書と帳面を堂々と踏みつけているが、全く悪びれる様子はない。俺はテーブルの上に立つなんて行儀の悪いことを教えた覚えはないぞ。

今はパーシヴァルと二人、カフェテリアで学生らしく勉強会をしているところだ。俺だってたまには真面目に勉強をする。一応奨学生なので、悲惨な成績を取るわけにはいかないのだ。

午後のカフェテリアには、俺たちのようにお茶をしながら勉強をしている学院生がちらほらといる。図書館と違って会話や飲食をしながら勉強できるので、放課後のちょっとした人気スポットだ。

そんな場所でのケット・シーの登場だった。

当然俺が喚んだわけじゃない。ケット・シーはたまに、喚んでもいないのに勝手にこちら側にやってくる。

「……お前はまた、勝手にこっちに来たのか。残念だけど、特に面白いことはないよ」

「にゃっ！　仕方ないから、面白いところに行ってくるにゃ」

そう言ってテーブルから飛び降りると、どこかに行こうとするので慌てて引き止めた。

「ちょ、ちょっと待て。お前、まさか公爵邸に行くつもりじゃないだろうな?」

「そうにゃ」

行くつもりなのかよ!

飄々(ひょうひょう)と答えたケット・シーだが、公爵邸をなんだと思っているんだ。

そんな気軽にお邪魔していいところじゃないぞ。ちょっと可愛がられたからって、調子に乗りすぎだ。

「お前なぁ……」

「サフィラス様、構いませんわ」

「アウローラ嬢……」

ケット・シーを引き留めようとしていると、花開くような笑みを浮かべたアウローラがこちらにやってきた。

「いや、だけど……」

「ケット・シー様、こちらのハンカチーフを身につけていってくださいませ」

身を屈めたアウローラは、ハンカチーフをケット・シーの首に結ぶ。

ちょっとお洒落になったケット・シーは、アウローラのイニシャルが刺繍されたペールローズのハンカチーフが気に入ったのか、髭をピンと張った。

「これで、屋敷の者もケット・シー様がわたくしのお客様だとわかりますわ」

「にゃっ！」

「お気をつけて行ってらっしゃいませ」

ケット・シーは尻尾を立てて、颯爽とカフェテリアを出ていってしまった。アウローラは微笑みながらその後ろ姿を見送っている。

あ、ケット・シーとすれ違った学院生が、ギョッとしたように振り返った。

こんなところに二足歩行の猫がいたら、誰だって驚くよな。

「本当にうちの子がすみません……」

「いいえ。ケット・シー様がいらっしゃったら、屋敷の者たちもきっと喜びますわ」

「……しかし、今サフィラスは召喚をしたわけではないよな？　召喚されていないケット・シーがこちら側に来られるのはどうしてなんだ？」

パーシヴァルが心底不思議だと言わんばかりの顔をしている。やっぱりそこは気になるよね。普通、召喚獣は召喚れなければこちら側に来られない。

「ケット・シーはちょっと特別なんだ。次元の隙間を見つけるのが得意で、そこをすり抜けてこちら側にやってくるんだよ」

「次元の隙間？　……そんなものがあるのか」

「まぁ、知りませんでしたわ」

次元の隙間というのは、俺たちが住んでいるこの世界と幻獣たちが住んでいる世界が、僅かに重なる時にできる綻びのことだ。

常に同じところにあるわけではないその綻(ほころ)びを見つけて、ケット・シーはこちら側にやってくる。

ケット・シー(妖精猫)が次元の隙間を抜けてこちら側に来るという話は、召喚魔法を使う者の間では割と知られている話だ。

悪戯好きの彼らは、しばしば人の世界にやってきて些細な悪戯をする。

小物がなくなっていたり、本棚の本の位置が入れ替わったりしていたら、それは大体ケット・シーの仕業だ。

ただ、こちら側に勝手にやってくるケット・シーは、魔法使いと契約を結んでいないので本来の姿を保てない。普通の猫と全く見分けがつかないため、その辺を彷徨(うろつ)いている猫が実はケット・シーだということもありうる。

「それにしても、ケット・シーは俺の知る幻獣とは随分違う。契約者とこれほど親しい関係の召喚獣は、これまでに見たことがない」

「ええ、わたくしもです。お二人はとても深い絆で結ばれているように見えますわ」

アウローラがキラキラした眼差しを向けてくる。きっと少女らしい、夢見がちな友情譚(たん)でも思い描いているのだろう。

「幻獣を使役獣としてしか見ていない魔法使いもいるが、二人の関係は召喚魔法使いの理想の姿だな」

パーシヴァルさえも、少し期待の籠もった眼差しで俺を見ている。そんな顔をされても、俺とケット・シーはそこまでご立派な関係じゃないんだけどなぁ。

「……そう言ってもらえるのは嬉しいんだけど」

俺は彼との出会いを思い出して、つい遠い目をしてしまった。

あれは俺がまだ駆け出しの冒険者で、ソロで活動していた頃だ。丁度、今と同じ年頃だったんじゃないかな……

☆　☆　☆

今日の夕飯は湖で釣った二匹の魚を焚き火で焼いたもの。味付けは塩だけなのに、身がふっくらとして最高に美味いんだよな、これが。

そう思っていたんだが……ヨダレを垂らしながら、魚を食い入るように見ているこの黒猫は、一体なんなんだろうか？

今にも焚き火に張り付きそうな勢いだから、毛に火が燃え移らないか見ているこっちが不安になる。

「……魚が食べたいのか？」

そう尋ねると、黒猫は魚から目を逸らすことなく縦に大きく首を振った。

普通の猫は人の問いかけに返事はしないと思う。これはもしかしなくても妖精猫なんじゃないだろうか。

俺は焼き上がった魚を皿に載せると、黒猫の前に置いてやる。

良く冷ましてから食べろよ、と声をかける間もなく、黒猫はまだ湯気の立っている魚に飛びついたと思うと、フギャッと叫んで飛び上がった。

そりゃそうだ。焼き立てなんだから、魚は熱々。猫は前足で、火傷をした口を何度も拭っている。

……全く仕方がないな。

俺は一旦皿を引き揚げると、魚をほぐして冷ましてやる。その間、黒猫はずっと恨めしそうな目で俺を睨んでいるが、まぁ、待ちなさい。今食べられるようにしてやるから。

「ほら、これなら食べられるだろ」

よく冷ました魚を前に置いてやると、黒猫はガバリと皿に飛びついた。まるで何日も食べていなかったような勢いであっという間に食べ尽くすと、もう一匹の魚にまで爛々と輝く目を向ける。

幻獣は人の食べ物を食べないと聞いたけど、どうやらそんな事はないらしい。

でも、この魚まであげてしまったら俺の夕飯がなくなるじゃないか。

期待の眼差しに気が付かないフリをするけど、黒猫は髭を焦がすんじゃないかって程に焚き火に近づいて、焼けてゆく魚を熱心に見ている。そのうち本当に髭の先が焼けて縮れてきたので、うっかりその根性に負けた。

仕方なく、俺の腹に収まるはずだった魚を黒猫にくれてやる。今度はちゃんと初めから冷ましてやった。

夢中で魚を貪る黒猫を横目に、俺は非常食の干し肉を炙って齧る。

「お前、本当に美味そうに食べるなぁ」

まぁ、魚はまた釣ればいい。どうせしばらくはこの湖に留まる予定だし。

一瞬で片付くと思って水蛇（みずへび）討伐の依頼を受けたけど、肝心の水蛇が待てど暮らせど現れないのだ。

この湖は魚がよく漁れることで有名だった。近くには漁村もあり、村の人々は湖で漁れる魚で生計を立てている。

ところがある日突然、巨大な水蛇が現れた。船上の漁師を襲い、時には岸辺で水を汲む子供や、女性までをも襲うのだという。

すっかり困り果てた村長は、村人から資金を募ってギルドに水蛇討伐の依頼を出した。貧しくはないけれど、決して豊かでもない村の報酬なんてたかがしれている。

そこそこ危険なこの依頼を受ける者は、なかなかいなかったようだ。

そこで俺の登場だ。まだ冒険者に成り立てで、実績があまりない俺が受けるにはうってつけの依頼だった。こういう誰も引き受けない仕事は、俺のような若造が手を挙げても断られることはない。

依頼を受ける時に、受付のお姉さんには大層心配されてしまった。

まだ冒険者登録したばかりの駆け出しだし、その上ソロだ。そんな俺が受けるにはかなり難しい依頼だけど、本当に良いのかと何度も聞かれた。

もちろん、大丈夫と答えたね。俺にかかれば、水蛇一体くらい朝飯前だ。なんなら起きて顔を洗う前でもいい。

そんなわけで、勇んでこの湖にやってきたわけだが、肝心の水蛇が全く姿を現さない。いくら俺でも、出てこない奴を討伐することはできない。

もしや、この俺に恐れをなして、水底で震えているんじゃないか？

とまぁ、こんな具合に湖のほとりで呑気に野営をして既に数日。そろそろ退屈になってきたところにやってきたのが、この黒猫だったたってわけだ。

突然現れて図々しくも魚を二匹ともペロリと平らげた黒猫はそれ以来、野営地の周囲を彷徨くようになった。猫の一匹ぐらい邪魔にはならないだろうと思っていたけれど、それが大きな間違いだった。

妖精猫が悪戯好きなのは知っていたけど、この黒猫ときたらとんでもない悪餓鬼だったのだ。

鞄の中身をどこかに全部捨ててきて、代わりにどんぐりをみっちりと詰めたり、俺が寝ている夜中に天幕を倒したりと碌な事をしない。手を替え品を替え、日替わりで悪戯を仕掛けてくる。

そのくせ、食事時になるとケロッとして相伴に与ろうとするのだから図々しい。

頭から水をかけられた時にはさすがに腹に据えかねて、首根っこを掴んで湖に投げ込んでやろうかと思った。

だけど、一人の野営も長く続けば退屈になってくる。食事だって猫一匹いるだけで気分が違うのも確かだ。腹を立てはしたけれど、無下に追い払うこともないかと思い直した。

黒猫の悪戯は、どれも俺自身の命を脅かすものじゃない。だったら、放っておいてもいいじゃないか。

猫を止められないなら、俺が悪戯対策をすればいいだけのことだ。捨てられて困るものは身につけておく。雨が降っていなければ天幕を倒されても気にしない、水をかけられても魔法で乾かせば問題ない。

賑やかなのはいいことだ。俺は別に孤独を好んでいるわけじゃないからな。

「それにしても、長閑（のどか）だよなぁ……」

湖に釣り糸を垂らしながら、俺はあくびをする。かれこれ一週間以上ここで野営をしているけれど、相変わらず水蛇は尻尾の先すら現さない。

「もしかして、湖の中でとっくに死んでたりして」

湖面は凪いでいて、波紋一つ起こらない。本当に静かなものだ。これじゃぁ、ただのピクニックだよな。

そろそろ国を出たいと思っているから、それなりにまとまった路銀が必要なんだけど。

水蛇を倒さなければ、先立つものが手に入らない。

「引き受ける依頼を誤ったかなぁ……」

黒猫が独り言を呟く俺の側にやってきて、同じようにふわんとあくびをすると、ごろんと腹を出して転がった。猫に俺を警戒する様子は全くない。

突然首を絞められるかもしれないとか、蹴り飛ばされるかもとか、そんな事は微塵（みじん）も思ってないんだろうな。

たとえ彼が妖精猫だったとしても、契約者がいない今はただの猫だ。この世界で危害を加えられたら、普通の猫のようにあっさり死んでしまうのに、いくらなんでも無防備がすぎるだろう。

もちろん俺に乱暴をするつもりはないけどさ。

「……ま、いいか」

討伐が終わればこの猫ともお別れだ。

なんとなく馴染んできた猫と別れるのもなんだか寂しい気がするし……。村の人には申し訳ないけど、急ぐ旅でもなし。もう少しだけここで野営するのも悪くないか。

猫と俺だけの、静かでゆったりとした時間が流れる。

そのままのんびりと釣りを楽しんでいるところに、一人の冒険者らしき男がやってきた。体が大きく、腰には持ち上げるだけでも苦労しそうなご立派な大剣を提げているので、恐らく剣士だろう。

「おい、坊主。ここは水蛇が出る湖と聞いたが、間違いないか？」

横柄に男が話しかけてきた。俺がただの釣り遊びをしている子供に見えたんだろう。猫が薄目を開けて男を見上げたが、興味が湧かなかったようですぐにまた眠ってしまった。

「ああ、その依頼なら今俺が受けてるよ」

「……お前が？」

男が値踏みでもするような視線を俺に向けると、小馬鹿にしたように鼻で笑った。

「お前のような餓鬼に水蛇は荷が勝ちすぎるぜ。その依頼は俺に譲りな」

「……」

たまにいるんだよな。この男みたいに、人が受けた依頼を横から掻っ攫う奴。

依頼を受けた冒険者自身が助っ人を頼むのならなんの問題もない。だけど、後からやってきて横から奪ってゆくような真似は、完全にマナー違反だ。

ギルドに訴えれば対処してくれるが、依頼を奪われるような奴は大体脅されたり、痛い目に遭わされたりして、泣き寝入りをするしかないのが実情だ。

当然俺は依頼を奪われたりしないし、よしんば奪われたとしても、絶対に泣き寝入りなどしないけど。

そもそも、初対面で挨拶もなしに依頼を譲れなんて失礼なことを言い出す奴と話すつもりもないので、完全に無視の方向だ。

「ふん、まぁいい。水蛇が出れば、身の程を知るだろうさ。せいぜい餌にならないように気をつけな」

……お前がな。

「ご忠告、どうも」

素っ気なく返せば、男はふんと鼻を鳴らして俺から離れていった。

好き勝手言っていたけど、俺の邪魔さえしなければどうでもいいや。

フギャーッ！

まだ夜も明けやらぬ頃、猫の叫び声で俺は飛び起きた。

「猫!?」

天幕を飛び出すと、そこには昨日の男が猫の首根っこを掴んで立っていた。なんでこの男がここにいるんだ？

「……その猫を放せよ。それにここで何をしてる？」

「何って、この生意気な猫に仕置きをしてやるんだよ！　皮を剥いでやる！」

「はぁ？」

何を言っているんだ、この男は？

よく見ると、男の顔には引っ掻き傷ができている。猫は悪戯好きだが、俺を傷つけたことは一度もない。きっと男が猫を怒らせるような真似をしたんだろう。

「お前を可愛がってやろうとしたら、こいつが襲ってきやがったんだ。俺の相手を務めりゃ、水蛇討伐の報酬をちったぁ分けてやろうってのに、このクソ猫が邪魔をしやがった！」

なんだこいつ、俺の寝込みを襲いに来たのかよ。正真正銘のクズだな。

もしかしたら、これまでもそうやって駆け出しの冒険者や自分より弱い奴に、こんなことをしてきたのかもしれない。

よし、大体理解した。それなら、未来ある若き冒険者達のためにも、俺がここでこいつをぶちのめしてもなんの問題もないよな。

しばらくは仕事ができなくなるくらいには痛い目に遭ってもらうか。

そう思って、俺が魔法で男をぶっ飛ばそうとした時だ。突然湖面がゴボゴボと湧き立つと、巨大な水柱が立ち上った。

「っ！」

ザーッと水が滝のように流れ落ち、舞い上がった水煙の中から現れたのは、巨大な水蛇だった。まるで水面から建つ一本の柱のようだ。

「……で、でかい」

男が呆然と呟いた。

確かにこいつはかなり大きい。こんな奴、今まで一体どこに潜んでいたんだ？

水蛇の獲物を狙う鋭い目が、こちらに向く。この水蛇という奴は威嚇で相手を怯ませて、その隙に襲ってくるんだ。

先制攻撃が必須だが、剣を抜くかと思われた男は、あろうことか掴んでいた猫を水蛇に向けて投げつけた。

「おいっ！」

慌てて魔法を放とうとしたけれど、投げられた猫はくるくると空中で回転して体勢を整えると、水蛇の頭に小さな前足で一撃を加えた。

竜と兎くらい体の大きさに差がある。そんなものは全く無意味だと思ったが、黒猫の鋭い爪が水蛇のてらてらと光る体を引っ掻くと、きらりと何かが剥がれ落ちた。

あれは水蛇の鱗だ。

なるほど、妖精猫だから、魔力を込めた攻撃ができるのか。

上手く水蛇の頭に乗った黒猫は、水蛇の目を狙ってなおも前足を振り上げている。急所の一つである目を狙われた水蛇は、猫を振り落とそうとしてこちらから意識を逸らした。

あいつ、なかなか度胸があるじゃないか。だけど、黒猫がいては俺が攻撃できない。

大きな魔法はまだ正確に使いこなせないのだ。うっかり黒猫を傷付けかねない。

「猫！　そいつから離れろ！　でかいのぶっ放すぞ！」

黒猫は俺の声に応えて水蛇から飛び降りると、肩に飛び乗ってきた。

「それじゃ、遠慮なく行くぜ！」

巨大な竜巻を起こし、その中に水蛇を閉じ込めるとズッタズタに切り裂く。剥がれた鱗が、渦巻く風の中でキラキラと舞っている。

いくら硬い鱗を持っていても、俺の魔法にかかれば芋を切るようなものだ。ついでに長い体を捻り上げて、骨を砕く。

それがとどめになったのか、不気味な咆哮（ほうこう）を上げて水蛇の巨体が派手な水飛沫を上げながら横倒しになった。

激しい波が収まると、湖に穏やかな静けさが戻ってくる。

「ま、こんなもんでしょ」

上手い具合に体半分が陸に打ち上がっている蛇から、討伐の証になる鰭（ひれ）をナイフで切り落とそうとしていれば、猫を投げつけただけで何もしなかった男がニヤニヤとしながらこちらにやってきた。

「お前、なかなかやるじゃないか。無詠唱だなんて、そんな魔法使いは見たことがないぜ。そんだけ実力があるんなら、俺の仲間にしてやるよ。その水蛇もお前に譲ってやる。ありがたく思いな」

またまた、こいつは何を言っているんだ？　仲間にしてやってもいい？　っていうか、水蛇を譲ってやる？

だいたい水蛇討伐は俺が受けた依頼で、俺が倒した獲物じゃないか。なんでお前のものになってるんだ。

こいつ頭の中身が腐っているのかな？

「仲間になんかならないし、そもそも水蛇は俺の獲物だよ。あんたはそこでただ突っ立っていただけじゃないか。図々しいにも程があるぞ」

「お、お前……」

俺の言葉が癇（かん）に障（さわ）ったのか、男は顔を真っ赤にすると怒りの形相を浮かべ、胸ぐらを掴んできた。

なんだ、自分が図々しい自覚はあったのか。

「何のつもり？　それで俺が怯（ひる）むとでも思った？」

「餓鬼（がき）がっ！　生意気な口をききやがってっ！」

逆上した男が拳を振り上げた時だ。死んでいるはずの水蛇がヌルッと動いた気がした。

あっと思った瞬間、ヒュンと風を切る音と同時に頬に何かが掠め、肩に乗っていた黒猫がすごい勢いで吹っ飛んだ。

「猫っ！　くそっ！　こいつ、まだ生きてやがったのか！」

胸ぐらを掴んでいる男の腕を振り払うと、こちらに向けて大口を開けている、折れてだらりと下がった水蛇の頭を、特大の氷の槍で貫いてトドメを刺す。

油断した！　ちゃんと絶命していることを確認するべきだった！

こんなの、初歩的なミスだ。あのクズが下らないことを言ってこなければ、水蛇が生きていることに、もっと早く気がつけたのに……！

急いで黒猫の元へと走ったけれど、地面に叩きつけられた可哀想な黒猫はもはや虫の息だ。好奇心に輝いていた目は虚ろで、命の灯は今にも消えようとしている。

黒猫が妖精猫ならば、幻獣界に帰してやれば死なずに済むが、それができるのは幻獣と契約ができる召喚魔法使いだけだ。

だけど、召喚魔法は幻獣と魂を結ぶ特殊な魔法で、俺がいつも使っている魔法とは訳が違う。俺の魔力が拒否されればそれまで。

俺に召喚魔法なんて使えるわけが……

「……いや！　俺なら絶対にできる！　猫！　俺と契約しろ！　必ず生かしてやる！」

ぐにゃりとした体を抱き上げて、魔力を流し込む。

正直契約の仕方なんてわからない。だけど、これまでだって使い方のわからない魔法をモノにしてきたんだ。召喚魔法だって同じだ。この俺に使えないはずがない。魔法に必要なのは想像力と絶対に使ってやるっていう意志の力だ！

慈悲深き運命の女神フォルティーナ、俺の魔力でこいつの命を繋いでくれ！　この小さな命の火を消したくないんだ！　頼む！

「っ！」

猫と繋がることを強く心に念じれば、不意に体の奥から何かを吸い取られるような感覚が襲う。

火が灯ったように心の臓が熱くなったその瞬間、ぐったりとしていた小さな体がドクンと脈打つ。

あっと思った時には、黒猫は俺の腕の中から飛び出していた。

「猫！」

「死ぬかと思ったにゃっ！」

「……は？」

後ろ足で立った黒猫、ケット・シーは俺に前足を突きつけると、開口一番文句を言い放った。

「油断しすぎにゃ！　そんな呑気なことだから、あんなクズにも絡まれるのにゃ！」

なんとなくそうじゃないかな～と思ってはいたけど、やっぱりそういう感じの奴だったのか、こいつ。

でも、契約は無事にできた。俺はほっと安堵の息を吐く。

だけど、この契約はあくまでもケット・シーの命を救うためのもの。この後は、彼の好きにしたらいい。そう思っていたんだけど……

「仕方にゃいから、ご主人のことはおいらが面倒を見てやるにゃ。まずはお掃除にゃ」

「え？」

誰が誰の面倒を見るって？

俺が怪訝な顔をしている事にも気がつかず、ケット・シーは座り込んで呆けている男のところに走ってゆくと、思い切り蹴りを入れた。

俺の魔力を得て、幻獣としてこの世界に存在できるようになったケット・シーの蹴りは、それはそれは相当な威力だった。

小さな猫のひと蹴りで、男の巨体は見事に吹っ飛び湖の中に落ちてゆく。

「……」

腰に大層な剣を提(さ)げていたけど、浮かび上がってこられるかな？

まぁ、あれだって冒険者の端くれだし、自力でなんとかするだろう。俺が心配してやる義理はないか。

「水蛇は倒したにゃ。鰭(ひれ)を持ってさっさと報酬を貰いにゆくにゃ」

「お、おう……」

えーっと、なんだか仕切られてるけど、これは俺が主人で良いってことなのかな？

それにしても、人の世界のことに詳しいな。さてはお前、こっち側に入り浸っているだろ。


かくしてケット・シーは俺の友となったわけだが。

「魚はもう飽きたにゃ。肉はないのかにゃ？」

契約を交わしたケット・シーは、なぜか呼んでもいないのに、ちょくちょくこちら側にやってくる。

俺の魔力を得ているので、今はすっかり幻獣界での姿だ。と言っても、二足歩行して喋るくらいなので、それほど姿に大きな違いはないけれど。

だけど、どうも俺が知っている召喚獣とは違う気がするんだよな。

「お前さ、夕飯時になると勝手にこっちに来るよなぁ」

確か幻獣は魔力があれば、食べなくても良いって聞いていたけど。

このケット・シーはよく食べるし、しかもちょっと図々しい。召喚獣ってみんなこんな感じなの？

でもまぁ、冒険に仲間は必要だ。彼と一緒ならきっと楽しい旅ができることだろう。

「おいら、脂の滴る焼きたての肉が食べたかったにゃ。ご主人、明日は猪を狩っておいてほしいにゃ」

……多分。

勝手に鞄の中を漁って干し肉を取り出しているケット・シーを見ながら、俺は長いため息をついた。

☆　☆　☆

……というのが、俺とケット・シーの出会いだ。

死にかけたケット・シーに魔力を分けてやっただけで、特に胸を打つような友情物語はない。

その後、ケット・シーとの契約をきっかけに俺は召喚魔法を使えるようになり、他の幻獣とも契約を結んだ。

その彼らともいい関係を結べていると思うけれど、最初に契約をしたケット・シーはやっぱりちょっと特別なのかもしれない。言うなれば、長年の悪友のようなものだ。

「ケット・シーは俺が焼いていた魚の匂いを嗅ぎつけてやってきたんだ。それを分けてあげたら、ちょくちょく食事をねだりにやってきてさ。それなら契約したほうが、彼も都合がいいのかなって」

勝手に食べている時もあったしな。

「……お魚に誘われていらっしゃるなんて、ケット・シー様らしいですわね」

「ああ、そうだな」

そう言いながらもアウローラとパーシヴァルは、揃って怪訝そうな面持ちをしている。

そりゃそうだよな。二人は俺の境遇を知っている。

離れに閉じ込められていた俺が魚を焼いていただなんて、そんな話をされても困惑しかないだろう。

だけど、彼らはそんな疑問を呑み込んだようだ。

本当は勇敢なケット・シーの武勇伝は色々あるけど、それはケット・シーと俺だけの秘密だ。

二人が彼のすごいところを知る機会は、これからいくらでもあるだろうからね。

その時までのお楽しみに。

この作品に対する皆様のご意見・ご感想をお待ちしております。
おハガキ・お手紙は以下の宛先にお送りください。

【宛先】
〒150-6008 東京都渋谷区恵比寿4-20-3 恵比寿ガーデンプレイスタワー 8F
（株）アルファポリス　書籍感想係

メールフォームでのご意見・ご感想は右のＱＲコードから、
あるいは以下のワードで検索をかけてください。

アルファポリス　書籍の感想 

ご感想はこちらから

本書は、「アルファポリス」（https://www.alphapolis.co.jp/）に掲載されていたものを、改題、改稿、加筆のうえ、書籍化したものです。

いつから魔力（まりょく）がないと錯覚（さっかく）していた!?

犬丸まお（いぬまる まお）

2023年 4月 20日初版発行

編集－徳井文香・加藤美侑・森 順子
編集長－倉持真理
発行者－梶本雄介
発行所－株式会社アルファポリス
〒150-6008 東京都渋谷区恵比寿4-20-3 恵比寿ガーデンプレイスタワー8F
TEL 03-6277-1601（営業） 03-6277-1602（編集）
URL https://www.alphapolis.co.jp/
発売元－株式会社星雲社（共同出版社・流通責任出版社）
〒112-0005 東京都文京区水道1-3-30
TEL 03-3868-3275
装丁・本文イラスト－シェリー
装丁デザイン－百足屋ユウコ＋タドコロユイ（ムシカゴグラフィクス）
（レーベルフォーマットデザイン—円と球）
印刷－図書印刷株式会社

ISBN978-4-434-31904-4 C0093